猫知道
一切答案

CATS KNOW EVERYTHING

凌晨 等 / 著

中国画报出版社·北京

图书在版编目（CIP）数据

猫知道一切答案 / 凌晨等著. -- 北京：中国画报出版社，2024.1
ISBN 978-7-5146-2271-3

Ⅰ.①猫… Ⅱ.①凌… Ⅲ.①幻想小说—小说集—中国—当代 Ⅳ.①I247.7

中国国家版本馆CIP数据核字(2023)第074218号

猫知道一切答案

凌晨 等 著

出 版 人：方允仲
责任编辑：李聚慧
责任印制：焦　洋

出版发行：中国画报出版社
地　　址：中国北京市海淀区车公庄西路33号
邮　　编：100048
发 行 部：010-88417418　010-68414683（传真）
总编室兼传真：010-88417359　版权部：010-88417359

开　　本：32开（880mm×1230mm）
印　　张：9.5
字　　数：202千字
版　　次：2024年1月第1版　2024年1月第1次印刷
印　　刷：三河市九洲财鑫印刷有限公司
书　　号：ISBN 978-7-5146-2271-3
定　　价：48.00元

目 录

猫在犯罪现场　段子期 /001

猫　凌晨 /027

黑夜是绿色深瞳　范轶伦 /061

侠猫十三婆传　迟卉 /087

少女与薛定谔之猫　宝树 /095

猫兄弟　罗隆翔 /119

男人与猫　关德深 /148

应许之子　犬儒小姐 /163

不要怕猫　墨熊 /220

猫在犯罪现场

文 段子期

一

我根本就不是罪犯，我的猫知道。

但是，谁会相信呢，爱酱又不能开口说话，我只能一遍又一遍地解释，但他们根本不听。

那好吧，我再跟你说一次。我叫李维俊，我的猫叫爱酱，事发当天，是这样的——

那天天气很好，爱民街人不多，午后的阳光洒进玻璃窗里，舒服得让人犯困。我办完事准备从银行离开，银行门口有条向下的坡道，右转通往宽敞的马路。我提上猫包，爱酱在里面趴着，一直保持一个姿势，都懒得动一动。我戳了戳它的小窗口，它把脸别过去。这家伙，还在闹脾气。

我背上它，低头看了下手机，下午14：15。我一只脚刚踏出大厅，就看见门口正好停下一辆白色面包车，门一开，三个戴

黑色面罩的人飞速下车,往银行里疾冲。在我意识到"他们不会来抢银行吧?"时,我已经被冲在最前面那哥们儿一把推了进去。

我跟跄地差点摔倒,背后的重心往下稍稍一坠;爱酱轻轻叫了声"喵",它估计在包里打了个滚。

这是标准的抢银行的桥段,真在现实里遇到,还是觉得不可置信,过了两分钟我才反应过来,与那劫匪老大对视一眼,只觉浑身打冷战。老大掏出了装上消音器的手枪,吆喝着要所有人趴下,谁动就开枪杀谁,他身材不高,手稍微有些抖,声音很干,像嗓子里灌了沙。后面两个跟班胁迫保安把铁栅门关下来,开枪破坏所有监控,然后像赶鸭子一般,把柜台外所有人都圈到一起。

我半爬着躲向一旁,和五六个人一起蹲在最里面的空地上,双手抱头,任由他们搜走身上的手机、钱包。猫包被我用腿夹在怀里,爱酱被哄乱的声音弄烦了,有点躁,用爪子抓挠着小窗口。身边穿花裙子的大姐被吓哭了,保安大叔直勾勾盯着俩哥们手里的枪,其他几人都是邻里街坊,工友、大爷、阿姨都一脸恐惧,低着头大气也不敢出。

我心里暗暗骂自己,早那么几秒踏出门口,就不会……

劫匪老大一个人冲进里面,用枪指着柜员的脑袋,要他们把钱都往袋子里装。柜员吓傻了,只得惊慌照做。他很着急的样子,不停催促,恨不得自己动手装,像是在赶时间。

他们拿够了钱,就会以最快速度离开。否则,如果有人找到机会报了警,他们来不及逃走,就会躲在银行里,把我们当成人质,跟外面的警察一直耗着,如果他们的要求不被满足,就会一个一个地杀掉人质。

你知道的,电影里都这么演。

但是,他们看上去并不像惯犯,抢银行应该是彻底走投无路的选择。凭什么这么说?一种感觉呗,有些人的苦衷写在了眼睛里。

可接下来事情的发展,出乎我的预料。

咦?等等,这是在哪儿?我头有点疼,刚刚我们不是还在银行门口吗?怎么现在……这个场景,门口、天空怎么在剥落?这一切都是假的吗?

二

"李维俊,请保持镇定,深呼吸,接下来发生了什么?你能不能解释一下为什么你是最后一个幸存者?爆炸发生时,劫匪跟你说了什么?为什么所有钱都在你手上?你是共犯吗?"我有些着急,但为了破案,必须尽快厘清线索。

"爆炸?钱?等我想想,啊!头好疼啊……"李维俊的信号弱了下去。

我关上"阿赖耶系统",从脑域连接中退出。

"暂停李维俊的信号连接,"我对方博士说,"那段记忆对他来说,刺激太大了,脑波信号非常不稳定,怎么办呢?"

"嗯,毕竟是接近死亡的一瞬间,潜意识里的恐惧会将这段回忆埋藏起来,更何况他现在……"方博士面对显示屏前一堆跃

动的数据,轻轻摇了摇头。

我取下头罩,从白色的半躺式脑域连接舱里缓缓起身,眩晕感还未完全退去,"明天这个时候,再连接一次"。

"我想了想,隋警官,你下次询问他时,可以假装跟他是朋友关系,他也许会对你放下戒备,说不定能更快找到线索呢?"

我点点头,方博士说得没错,或许我应该更柔软一点。可是要我相信他吗?一场犯罪事件中最后的幸存者,怎么看都有重大嫌疑。

"他们能顺利拿钱离开的话,为什么又要引爆炸弹呢?"太多疑点在我脑中盘旋。

这是"6·21银行抢劫爆炸事件"案发后第五天,和李维俊的第四次脑域连接回溯。李维俊现在躺在隔离病床上,昏迷不醒。爆炸发生后,银行里所有人包括劫匪都当场身亡,他是现场唯一一个活下来的人。他被发现时,位置距离银行门口5米远,身旁有一个跟劫匪的一样的袋子,里面装满了钱,应该是准备拿钱离开。银行里的爆炸对他来说不是致命伤,是爆炸瞬间产生的冲击力将他推远撞在对面的砖墙上,导致脑部重伤、多处骨折和脏器受损。

在他入院的第二天,我们的调查遇到瓶颈,银行里和门口的监控被破坏,现场发生了什么我们一无所知。按照流程,我们要调查所有涉案人员的背景、行动轨迹。

李维俊,24岁,广告设计师,单身,在公司附近租房住,无不良嗜好,无犯罪记录,社会背景单纯,与劫匪三人没有任何交集。

他一直没醒,我们无法与他对话。而关键是,医生已经宣判他是颅脑损伤后呈植物状态的伤者，就算醒过来也很难恢复意识和知觉，更何况开口说话。

我去看他的时候，他几乎奄奄一息，我很同情他正遭受的痛苦，但我们不能放掉这唯一的线索。

幸运的是，院长告诉我，医院正在与一家叫"拓维科技"的脑神经医学公司合作，他们开发了一套阿赖耶[①]系统程序，可用于脑电波意识的修复与再造，能帮助脑损伤、神经症、老年痴呆症等病症的恢复治疗。项目组的方元齐博士建议我们，可以利用"阿赖耶"提取李维俊的记忆，或是引导他进入自己的潜意识世界，还原事件现场的真相，找到罪犯的作案动机。

向上面的申请程序走得很快，我们得到允许后便在医院对李维俊进行记忆回溯。登录"阿赖耶"系统如同登录游戏一样，他只需戴上一个头盔，系统便会对他的脑电波数据进行分析和提取。对他而言，沉睡的意识会在一个虚拟世界中苏醒，这个世界便是由系统根据他的记忆而重塑的虚拟实景画面，并且会根据他意识的转变而即时调整每一处细节。

简单说，他想起什么，这个世界就会出现什么，他脑中的记忆画面会在"阿赖耶"世界中得到完全复刻。如果，在他的脑域连接过程中有外部信号参与，来正向引导他，那么，他的大脑调动记忆画面会变得更快、更准确。

---

① 阿赖耶：佛教术语，为八识（眼、耳、鼻、舌、身、意、末那、阿赖耶等识）之一，意译为"藏识"，此识为宇宙万有之本，含藏万有，使之存而不失，故称藏识。

而我,经过简单训练后,会扮演这个"引导人"的角色,只不过之前几次我依然是隋警官。下一次,我打算扮成他的师姐。

三

你叫隋慕驰,是我的师姐?嗯,长得还挺好看的,但我怎么记不起来以前在学校见过呢?既然你这么了解我,那肯定没错!

对,前几天我遇到点……可怕的事,不过,我现在好像没事啦,就是警察不相信我说的。什么,你相信我?嗯,谢谢师姐。至于那天发生了什么?感觉就像一场梦,让我想想……

气氛很紧张,我们这些人质被捆在一起瑟瑟发抖。负责看管我们的两个人,就叫老二和老三吧。老二个子矮,秃顶;老三瘦高,戴眼镜,年轻点儿。他俩看上去也有些紧张,时不时商量着什么,听不清。很快,他俩好像有什么分歧,在吵架,保安大叔坐不住了,小声安抚我们不要出声,他准备偷偷去按紧急报警按钮。

此时,老二老三吵架的声音大了起来,什么"医院""心脏""分钱"……劫匪老大从柜台里出来,一只手提着一袋钱,低声冲他们喊:"吵什么!"他俩才各自低头收声。

我往柜台看了看,剩下的工作人员还在装钱。另一侧,保安大叔趁他们不注意,正慢慢往后挪动。老二注意到保安的举动,突然大喊:"你干什么,别动!"

劫匪老大见状,也用枪指着保安,"别想报警,否则大家一起死"。老二此时解开衣服，露出绑在身上的几排炸弹，"有本事就试试"！

我们当时全吓傻了，不敢乱动，旁边有人开始小声哭泣，捂住嘴往里缩。

我以为这种状况下，没有人能出去，可那时，劫匪老大看了看墙上的时间，有些慌了。

他眼神在人群中搜寻着什么，我已经惊慌到窒息，甚至以为自己在做梦，直到冰凉的枪口抵在我脑门上。劫匪老大随即走到我这一侧，一把把我拎起来，我差点喊出声，只顺势单肩背上猫包，双手抱头，姿势滑稽。他不会第一个要杀我吧？怎么办？怎么办？警察还没来，他要做什么？

他用枪挟持我走到门口，几步路的距离，我悄悄把猫包的拉链拉开了一半，想着，如果能把猫放走，它会自己躲远，成为流浪猫，但至少不用陪我死。接着，他用力将铁栅门往上打开一米的高度，随后低声对我说："小伙子，求你帮我办件事，把这钱送到爱民医院3楼502病房李乐雨。"他的眼神有种令人无法拒绝的无奈，"求你了，时间来不及了，我儿子等着换心脏，我放你走，你先把钱送到医院行吗？我不会伤害他们……"

他竟然在求我？局面在此刻反转了，能放我走，我肯定得答应！

"好，我答应你，我立马把钱送去医院。"我不敢多看他一眼，害怕他又改变主意。我接过他递来的袋子，颤抖着准备从门缝下俯身出去，顺势往里看了一眼，所有人都在看我，我能明白他们眼神中的无助和暗示。

可谁知,他扯下我的猫包说:"把猫先留下,半小时后,我把它放在门口。"

这是条件!他看我这么护着猫,肯定觉得我是个有爱心的好人,他把爱酱押在这里,就是逼我必须去送钱,至于之后我会不会报警,他已经不在乎了。

"我的猫……"没等我说完,里面突然躁动起来。

老三和柜台人员不在,可能去银库里面装钱去了,老二敞开衣服骂骂咧咧地冲人群发火,声音嘈杂了起来。一瞬间,我似乎听到了滴滴声,那声音就像凭空在耳边产生,或许只是一种幻觉,但这瞬时的直觉告诉我,别的地方还有炸弹!

我脑子里只有一个想法——逃出去!趁他往回走的时候,我用力拉开猫包的拉链,一把抓起爱酱的颈子,一手使劲撑开铁栅门,然后俯身,一只脚踏了出去,一系列动作在分秒内完成。可是,也就是在分秒内,炸弹爆炸了,炽热的气流往外翻滚,我感到皮肤一阵刺痛,之后的事就完全没有记忆了。

问我害怕吗?当然害怕了,里面的人应该都……师姐,我头有点疼……对了,我的猫呢?爱酱不见了,我想去找它。

四

每次连接时间不能太长,方博士将我们的脑电波信号暂停下线。连日来的脑域连接让我有些疲惫,好在这一次有了重大突破。李维俊对扮成师姐的我没有戒备心，他几乎是领着我一起进入了"犯罪现场"，我就跟在他身后，听他一点点描述着现场的所有细节。

这是重案组警察第一次用这种方式查案。我们见过太多诡异、残暴的案件，对受害者的同情，对犯罪者的谴责，久而久之内心已经变得麻木。从前，感同身受是不存在的，我们只是掌握真相的旁观者，而现在，我们能身临其境地进入受害者的世界，回顾他在那个时空经历的一切。他在那一刻的恐惧、无助、痛苦，无限真实地复刻在由脑域创造的虚拟世界中，当他的感官信号叠加在我的脑波时，我才体会到那一切有多真实可怕。

可李维俊现在正在生与死之间的边缘挣扎着，对他来说，似乎是停留在一个混沌的意识空间里，一个灰色的、看不到出口的裂缝之中。

在他病床前停留一阵，我将这些信息上报，之后便回家睡了一觉。关于劫匪的作案动机，炸弹的来源，劫匪三人的关系，当时发生的细节，所有线索拼凑在一起，案子也许很快就会告破。

第二天清晨，我从家里温暖的被窝醒来，伸了一个懒腰，享受这几分钟的私人时间。还没起床，脑子又不自觉地回顾起案情，有什么东西一闪而过，我突然想到一个很重要的点——李维俊的猫呢？现场只有猫包，但没发现猫，爱酱应该是在爆炸发生的一瞬间掉下地，然后躲开了。

我立马清醒过来，抓起手机拨给同事："小丁，李维俊当时带着猫一起去银行的，现场附近有找到这只猫吗？"

猫知道一切答案
CATS KNOW EVERYTHING

"那只猫现在已经被送到宠物医院了。是这样的，案发两天后，有人拨打李维俊的手机，说在路边捡到了他的猫，当时李维俊还在病床上，电话是我接听的，应该是好心人通过它脖子上的猫牌找到了主人的电话。我当时拜托鉴定科的同事去处理，她就先把猫送到最近的宠物医院寄养了。"

"这么重要的线索，你怎么不及时汇报呢？"

"抱歉隋警官，我太忙，忘记这件事了。嗯……难道，猫也是线索吗？"

我没多作解释，对，猫身上没什么有用的线索，但我在几次连接中，看到李维俊对它的保护，也难免动了恻隐之心，也许，猫能帮助李维俊早点醒来呢。我没多想，起床后赶到那家宠物医院，找到了爱酱。它是一只一岁多的英短（英国短毛猫），银渐层的皮毛，体型不大，脚掌蜷起来，尾巴环绕着身体，正待在笼子里眯着眼休息。医生说，它被送来的时候，身上有烧伤的痕迹，但不严重，治疗了几天，快好了，它不久前还做过绝育，有点闹脾气，对它温柔点就好啦。

我连连道谢，结清所有费用，把爱酱接回了家。它不怎么怕生，进屋四处巡视了一番，确认这里是自己的新领地后，跳上沙发，往窗户的方向看看，阳光洒进来，就挪到有太阳的地方晒着，不时张开爪子抓挠沙发边缘和靠枕，发出沙沙的响声。我坐下来摸摸它，想要示好，可它对我摆出一副臭脸，不知道是不是因为太久没人来接它而生气了。

先在这里养好伤吧，爱酱。

我手机下单买了猫粮、猫砂盆、猫窝、玩具和药品，等情况好一点，我想把它带去医院见李维俊。

接下来调查取证的工作不算太难，因为劫匪的作案动机已经很明确了。我闲下来翻了翻李维俊的社交网络，大多是爱酱的照片和一些日常琐碎。他的生活忙碌且单调，爱酱的出现让他成了一个乐得其所的铲屎官，不管是方案被否、彻夜加班，还是失恋、空虚，家里总有个朋友在默默陪伴他。我翻完他的最后一张照片，想想还挺羡慕有猫的生活。

我尽量不待在客厅，怕打扰爱酱，家里忽然来了一位新成员，我们互相都在适应中。

第二天醒来，睁眼便看见爱酱蹲在床边，它轻轻叫了一声"喵"。我伸出手逗它，示意它可以上来。得到允许后，爱酱一跃跳上床来，毛乎乎的爪子在我的枕头上按压了几下，我轻轻抠了抠它的下颌，它眯着眼，喉咙里发出咕噜噜的声音。

"你想你的主人了吗？"

"喵……"

出门前，我检查了它的伤口，已经没什么大碍。

还需要再连接吗？李维俊基本已经洗脱嫌疑，案子的疑点也都快找到答案。可是，就在十分钟后，我接到同事的信息——经再次勘察，在案发现场找到疑似第二处爆炸点，位于金库旁边。

我立马赶回警局，重新翻看所有调查资料。鉴定科同事在对比之后，提出现场发生过两次爆炸的可能，也就是说，劫匪身上的自制炸弹是真正的爆炸源爆炸后才被引爆的，那么，第一次爆炸是怎么发生的，如果还有凶手，那又是谁？

组里领导调来劫匪进入银行前的监控资料，要我们仔细查看，依以往的经验，两起案子因为巧合并作一案，两个凶手在同一时空撞上，不得不同时作案或是隐藏，这样的例子也曾发生过。果真如此，那么隐藏在银行劫案背后的案子又是什么呢？

我买了杯咖啡，和同事蹲守在监控前，之前调查只集中在劫匪进入银行后的时间段，忽略了案件发生前一两天银行的状况。此时的监控画面是案发前26小时左右，银行大厅，有人在等待办理业务，李维俊和爱酱竟然又在这儿，在案发前一天，他们来过！

另外，里面的办公区都是普通职员，而在离金库最近的一个办公室里，也就是第一次爆炸发生的地方，有位经理出入过两次，不能说可疑，只是在案发前看上去多少有些不合时宜。

正在此时，画面角落里有只猫探出头来。

"等等，放大！"

是爱酱！竟然是爱酱！它从猫包里出来过，李维俊甚至没提起，他在前一天来过。

它竖起尾巴贴着墙往里走，经理没注意到，它钻进了那个房间，又很快溜了出来。大厅那边，工作人员抱着爱酱还给正到处找猫的李维俊。

我不知道他和他的猫为何在这场案件中有这么多特别的举动，是麻烦还是幸运，想起家里的爱酱，我显然更倾向于后者。我暂停监控，立马拨通方博士的电话："方博士，我们可能还需要再次和李维俊连接。"

五

　　师姐，你说爱酱在你家，它还好吧？谢谢你的照顾，等我好了就去接它。你说，我们在前一天去过银行，它还跑出来过？嗯对，我在银行办信用卡业务，但因为信息不全没办成，第二天才又去了一次。这两天我都带着爱酱一起去的，它第一天在银行从包里出来过，没错，是一段小插曲啦。

　　你想了解下？爱酱是很调皮啦，有的时候跟你玩躲猫猫，你都找不到它的。

　　我记得当时是上午11点多，我拿了号，在座位上等着。旁边有位姐看见猫包里的爱酱很是喜欢，逗它玩呢。我干脆把它抱出来放在腿上，爱酱抖了抖身子，又仰起脸歪头看着对方，很享受别人的宠爱。可转眼间，它就跳了下去，一下子往里蹿没影儿了。

　　我们赶忙去找它，沿着墙边角落，一直没找见。没想到两三分钟后，一位工作人员抱着它从里面走出来。

　　那位工作人员有没有异常？没有，看上去挺和善的，抱着爱酱笑眯眯地还给我。她没说爱酱钻到哪儿去了，估计就在他们办公室转了一圈吧。

　　其实，跟爱酱生活这么久，我发现它跟别的猫有点不一样。说不上来，猫咪的傲娇、高冷、独立它都有，喜欢你的时候会主动来黏你，不想理人的时候会躲到你找不到的地方。但它对声音

和气味特敏感,特有灵性,有一次我在家做饭,忘关火就睡着了,是它闻到气味后,在我头上使劲蹭才把我叫醒的。还有次,我发高烧,它也不吃不喝,在床上蜷着陪我……

爱酱不仅仅是只宠物,还是我的朋友和家人。

师姐,我是不是说太多了?对了,你刚刚问的这些,有什么要紧的吗?

六

脑域连接的工作就在李维俊隔壁病房展开,方博士布置过,安放两个舱室和几台仪器,简洁却有效,很难想象有一个看不见的世界正在这里运转。我从连接中断开,片刻休息后,爱酱的身影如同画面残留,在脑海中徘徊不去。

我先回了趟家,给爱酱喂食、清扫猫砂,它埋头吃饭,耳朵竖着,尾巴打起卷来,填饱肚子后舔舔爪子,然后踱步到我脚边蹭了蹭,发出懒懒的叫声。

我一把抱起它,继续给它喂猫条,一边与方博士通电话:"博士,我有个问题,'阿赖耶'系统能转译动物的脑电波信号吗?"

电话那头有短暂的停顿,"没有实验过,但理论上是可行的,原理一样,只不过动物意识里的世界,和人类认知的世界会有明显差别"。

"您的意思是……"

"同样一个客观世界,动物和人类对外部事物的反应是完全不一样的,得'过滤'掉主观意识,才能还原它们感官中的真相。这一点,人意识中的脑域世界还原度会更高,因为我们有'记忆'的习惯。但如果,想通过动物的视角再现某部分真相的话,会需要一些技术干预。隋警官,你是有什么新发现吗?"

爱酱舔猫条的动作慢了下来,抬头看了看我。我轻抚它的头,继续说道:"李维俊的猫进入过爆炸发生的隔壁房间,有位经理很可疑,我在想有没有可能……"

"与猫连接?"

"是不是有点太异想天开了?"

没想到方博士竟然笑了,似乎是种赞许,"隋警官的想法虽然很大胆,但许多科技的发明与进步都源于异想天开。这样,我先测试和写入程序,至于你提出的方案,可以研究看看"。

挂掉电话后,我心中还有一丝疑虑,就算"阿赖耶"系统能还原爱酱的记忆,那有多大概率能挖出有用的线索?作为警察,不管多渺茫都会追查下去,但对爱酱来说,它的大脑能承受吗?

时间不允许我多想,三天后,方博士告诉我实验测试结果显示与猫连接有一定的成功率,前提是得需要做几次脑波连接信号的数据录入。

其间,我去看过李维俊,他还沉睡着,头发变油了,贴在额头,嘴唇干干的,脸色有些苍白,偶尔有反射性的眼皮跳动。他的身体机能逐渐好转,但脑电图依然呈杂散波形,医生说,植物状态患者能恢复智能、思维等高级神经活动的概率太低了。

怀着忐忑不安的心情,我带爱酱来到拓维科技的专业实验室,方博士已等候多时,这里通体白色,四方墙面发出暖色的光,让人放下紧张感,中间是几张排列在一起的液晶屏,操作台上有造型不一的计算机,边沿则是一排胶囊型的脑域连接舱。我把爱酱抱出来,准备开始数据录入和测试。

方博士提到,他跟动物神经医学专家联系过,技术理论方面有数据支持,测试不难通过。随后,我们把爱酱放在操作平台上,它没有表现出抗拒,很听话地坐下来,望着我们。

"难得它今天这么乖。"我说。

"放心吧,隋警官,也许它真能帮上忙呢。"方博士挠了挠爱酱,露出宠溺的笑容。

首先是一系列的基本机能评估,随后,方博士给爱酱的头上贴了几个刺激贴片,用作大脑电波信号测试。另外,在它眼前撑起一个类似支架的仪器,仪器前端发出对焦光点,触在它的眼睛上,这是视觉信号连接。最开始它有些不适,等视觉光点与它的视网膜对接成功,它便端坐着,像入迷般安定了下来。

"不用担心,它就像我们说的'入定',系统正在分析它的视觉、脑区的信号频谱。"

我放心下来,守在爱酱一旁,不时看看晶屏上跃动的字节。

两天内,我们进行了几次测试。深夜,我接到方博士的信息:这次,可以让李维俊、你和爱酱一起连接,三方的即时通感记忆回溯,会有更多不可测的地方,但也能让你们的视角更为统一,让现场尽可能准确还原,时间不多,仅有十分钟,记住,这是系统和你们大脑所能承受的极限。如果还要再次连接，会对你们三位都造成负载，不建议重来。所以，隋警官，你一定要把握好，他们在脑域世界里如何存在，就看你怎么引导了。

我把爱酱抱到床上，它有些疲乏，在枕头下蜷成一团。回复完方博士之后，我侧过身，看着爱酱轻缓起伏的呼吸，感到安心。我也试着如此呼吸，将即将到来的紧张都稀释在睡梦中。

第二天，我们在隔壁病房一切准备就绪。

开始前，我带爱酱去看望了李维俊，它在床头边嗅了嗅，肉爪贴在李维俊头上，轻轻抚摸，嘴里发出呼呼的声音，见他没动静，爱酱伸出头去触碰他的脸，温柔地蹭了几下。

这一幕令我内心长久以来某种坚固的东西开始松动，就像一片雪花轻轻落地，又静静融化。

爱酱，你准备好了吗？

七

咦，师姐，爱酱好像刚刚跟我说话啦？你看，它说包里太闷了，想出来呢。师姐，你想抱抱它？没问题，爱酱不怕生人的，你看它多乖啊。

"我想到处转转，喵。"爱酱说完，一跃跳了下去。

"哎，爱酱，你跑去哪儿？"我来不及抓住它，它就往里蹿没影儿了。

我有些着急,起身便去找它。万一它跑到里面办公室了,怕要给人家添麻烦的。

师姐,你看到它了吗?这家伙也溜得太快了。

你说,它往里面去了?走,我们一起去找找。

我刚看到,爱酱趁工作人员开门的时候,钻了进去。

"爱酱,快回来。"我轻声唤它。

我们沿着柜台一旁的走廊开门进去,奇怪,工作人员今天是怎么了,见我们往里走都不阻拦。银行内部跟我想象得差不多,走廊两边有好几间办公室,尽头处是一扇厚厚的门。

爱酱从最远处的办公室门口探出头,对我们说:"里面好像有些奇怪哦,我闻到一点味道,你们要不要进来看看?"

对于爱酱能开口说话的事,我已经不感到惊奇了,自从走进这个银行,我忽然觉得这世上所有事情都变得容易接受,仿佛一直如此,那些意外连同奇迹,一直存在于那扇门的背后,关键在于,我们什么时候打开它。

"好,爱酱,你不要害怕,我们来了。"

路过的几个职员,依然没有过问,像是 NPC[①] 一样。

来到爱酱所在的办公室后,我们发现这里是一间资料室,有许多档案柜,门口处有两张桌子,拼成一个简易的前台办公桌,我特别注意了一下,里面没安装摄像头。爱酱在档案柜之间游走,回头说:"这里好像有东西。"

---

① 非玩家控制角色的缩写。

我跟着爱酱侧身往里移动，它在一块一边已经翘起的地砖边蹲下来，爪子伸进缝里刨了刨，"就在下面"。

在这一刻，我没有别的想法，只听从一个不知从哪传来的声音——对，就在下面，撬开地砖看看。我照做了，地砖下面是一个深度不足一米的小坑，里面堆了三个深灰色方布包，中间一个包上还留下了两道爱酱爪子的抓痕。

"这是什么？"我问道，但这问题不知是问向谁。

什么？师姐，你说这有可能是炸药？

此时，有人经过，脚步声近在耳边。爱酱有所警觉，说了声"快躲起来"，然后立马钻进柜子的隔间。

来的人应该是职务更高的经理，穿着与柜台职员不同的黑西装，身材高大，戴一副眼镜，国字脸，薄嘴唇，眼角下垂，一道深深的法令纹刻在面颊，令他看上去极为严肃。

他在门口停下脚步，打开门张望，我紧张到屏住呼吸，但他并没发现里面有人。随后，他进门，接听了一个电话，压低嗓音说："你大哥什么时候行动？明天下午两点是吧，这边我已经检查过，都准备好了。我明天休息，金库里有个地道，我从地道里过来，把钱搬走后，我会掐着时间引爆，你记得找机会提前进来下地道，爆炸前咱们都可以脱身……这是凑巧，你大哥遇到这事也没办法，是老天助我们，罪让他们担，反正死人又不会开口说话，他儿子需要的钱，你匿名送去医院，没人会查出来的……"

说完，经理轻推门，准备离开，而爱酱此时像箭一般蹿出去，在门关掉之前离开了这个房间。经理在外面发现了它，但没

看清它是从哪里钻出来的,"谁的猫?小张,过来下,快把它抱出去,肯定是哪位客人的"。

不到三秒的工夫,我忽然从档案室转移到了银行大厅,真够神奇的,跟切换场景视角一样。

我把爱酱放回包里。到我的号了,一会儿柜员会告诉我今天办不了,得明天再来,我很快就会离开,等 24 小时之后,我们又再回到这里。所有事情就是这样。

师姐,案件真相你都知道了吧,你会相信我和爱酱说的话吗?

八

"博士,快到时间了,退出连接。"我发出退出信号,可眼前的世界没有丝毫变化,我们还在银行大厅里。

"怎么回事?"我嗫嚅着。

"脑域世界还在运行,连接的三个脑波信号,有一个还未停止活动,且信号越来越强,从外部不能强制截停,你必须尽快处理。"方博士的声音传至我的信号中。

还有谁?我望向身旁的李维俊,他明显有些疲倦,眼睑越来越沉。而此时,这个世界突然发生着一些变化,除了我们,四周像平面一样脱落、消散,包括旁人在内的所有事物如数据重组一般,正折叠变换成一个全新的空间。

是爱酱的脑波信号!它正在重新改造这个脑域世界!

我把它从包里抱出来递给李维俊，他似乎越来越虚弱，像独自跋涉了千里的旅人。他抱起爱酱，对它用力挤出一个笑容。

"阿俊，你看上去很累？"爱酱仰起脸对他说话。

"哈，爱酱，我困了，想继续睡下去。"

"爱酱，快告诉他，不能睡！"我对它说。

这个世界里，我似乎是个旁观者，有一种醒着做梦的感觉，我试着与他们沟通，但李维俊却像是一根快要燃尽的蜡烛。还有最后两分钟，爱酱的脑波竟在继续增强。我们的四周上下突然出现许多画面，如同播放电影，一些生活片段占据了中心，而且所有画面都是爱酱的主观视角。爱酱在他工作时凝视他的背影，它跳上枕头叫醒赖床的他，它翻弄玩耍带着他气味的背包，它抗拒洗澡把水洒得到处都是，它蜷在他怀里一起窝进沙发里看电影……

奇妙而温馨，我们像是通过猫的眼睛来观察外面的世界。李维俊嘴角微微上扬，眼中却泛起泪珠，"爱酱……"

爱酱望着四周，说道："快点醒来，你是我最喜欢的仆人，喵。"

"你这猫咪，只把我当仆人吗？"说完，李维俊忽然闭上眼睛，一只手按着太阳穴。而此刻，我感到大脑一阵刺痛，在这里，我们的脑电波信号完全相连，正彼此分享所有感官，如同坠入一个三人能同时感知的梦里。爱酱从他怀里跳了下去，他也慢慢坐下来，双手抱住膝盖。

大多数哺乳动物的脑神经和人类脑神经一样，总共十二对。植物人的大脑皮质严重损伤，而负责储存记忆的海马体位于大脑

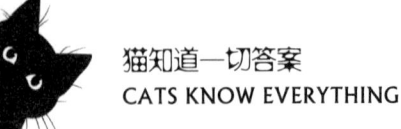

皮质下方，一个人的意识、行为、情感、思维的活动，多数由大脑皮质也就是神经细胞的细胞体区域承担，大脑表面往下凹的沟与沟之间有隆起的回，这些婉转曲折的"回"主导了机体内一切活动过程，而记忆是其最重要的一部分。

我突然意识到爱酱在做什么，它正用自己的方式唤醒他。如何让脑中那片褪色的区域重新恢复颜色，让一束束电信号穿过荒芜的大脑神经网丛，让断掉的神经突触重新连接？这些医生都没找到答案的事，猫咪要怎么解决呢？猫咪只能在自己的梦里，召唤出那些平常又深刻的记忆，以此编织成网，让他忆念起来，将他重新打捞上岸。

时间不多了，会有奇迹出现吗？

"爱酱，我睡了很久吗？只感觉做了好多梦，梦里一遍遍重复那些场景。"

"你都忘了来接我，我记仇了，喵。"

"醒过来，就会……真的会醒过来吗？"李维俊看向我，"师姐，会吗？"

我点头，"阿俊，我们只剩不到一分钟了"。

爱酱跳上他的肩膀，继续说："这女的是好人，她照顾了我几天，但我还是喜欢我自己的猫窝。"说完，它把头贴在李维俊耳朵旁。

"我醒来，那你呢？"

爱酱说："我累了，喵……我把你的世界都改变了，厉害吧，当你的主人够格吧？"

"嗯,爱酱,你是最了不起的猫咪。"

"喵呜……"爱酱的声音小了下去,它缓缓闭上眼睛,身体失去平衡往下滑,李维俊两手托住它。

又是一阵剧烈的刺痛后,脑域世界被按下了暂停键。

在这个将逝未逝的世界中,在这个属于猫的量子态宇宙里,爱酱的脑波信号成为主宰。猫的生物神经元同样是以神经系统的神经细胞为基础的生物模型,因此,用猫的神经网络可以表达物理世界的现象。在这短短一瞬,爱酱大脑皮层的海马体沟回释放出全部能量,它发出的脑电波信号以最快速度点亮大脑皮质层的神经网丛,将神经元信号一个接着一个往下传递,如同点亮城墙上的烽火。而"阿赖耶"系统正好成了它脑波信号的桥梁,将此荧荧之火一点点燃至李维俊的神经网丛之间,唤醒他大脑中沉默而又黑暗的群星。

我闭上眼睛,感觉眼前的世界突然爆发出最强的光亮,又瞬间收束成一道白线,最终消散于一颗好似星星的光点。爱酱就像一颗燃尽的恒星,在点亮另一个宇宙的群星之后,以超过负荷而陨落的代价完成了自己的使命。

霎时,脑域连接停止,如烟花般绽放的世界,又重新归零。

我离开"阿赖耶"世界后,爱酱没有再睁开眼睛,它依然蜷着身子,耳朵耷拉下来,像陷入一场甜蜜的酣睡。我止住不停涌上来的眼泪,毫无仪式感地跟它告别。拜托博士处理好剩下的事,之后,我便火速把最新线索带去警局。

工人范民义为了等待心脏手术的儿子,走投无路伙同两位工

友抢银行。工友之一的赵志,曾与银行的郝立经理因大厅翻修工作而认识,在答应与范民义合作后,又私自和早有监守自盗想法的郝立勾结,两人设计制造案中案,提前转移了金库中的钱财,之后妄图利用爆炸掩盖金库地道的秘密,并毁尸灭迹,将所有罪名嫁祸到范民义身上。

这是我对案件的推理,除了脑域世界中的数据作证,另外我还想起了画面中的一个足以给郝立定罪的细节。很幸运,我们在爱酱的爪缝里提取到炸药的成分,而在郝立家中也找到同样成分的物质,他利用从化工厂收来的废料自制炸弹,利用职务之便设下此局,在银行劫案发生前离开了现场。不到 10 小时,我们对他实施了逮捕。

李维俊作为此案最后一名幸存者,终于洗清嫌疑。

等我处理完手上的紧急事务,赶回医院,方博士已将"阿赖耶"系统关闭,他长舒一口气,对我说,你快去隔壁看看他。

我来到他床边,他听见动静,缓缓张开眼:"师姐?"

"你好,阿俊。"

九

我应该叫你师姐吗?只觉得,你好面熟啊,像不久前才见过。

我醒过来了,医生说这是奇迹。你问我怎么醒来的?你相信吗,爱酱好像在梦里跟我说话了,它说,我如果能醒来,以后就不用给它当仆人了,神奇吧,猫咪竟然还会托梦。

对了,爱酱呢,它现在在哪儿?

我与猫

我养过许多次狗,但只养过一次猫,这仅有的一次,还是朋友把猫寄养在我家,只半个月左右的时间。我记得当时朋友把照片发我,说下班后就送来,一只花纹美短(美国短毛猫),看上去挺机灵的。我急忙在网上定了猫砂盆等用品的闪送,打扫好房间迎接它。

从刚开始的陌生,到慢慢建立起信任,猫咪的转变令我有了一种被接纳、被需要的感觉。后来,它会主动来找我跟它玩,会爬上我的床,会躺在我怀里安心睡去,会跑到书桌上来把我的书都踩在脚下……

在这样短暂的相处中,我还没有捕捉它更多的习性和特点,没有与它建立更多的回忆。把它送走后,起初两天还是挺想念它的,常追着它的主人要它的视频看。后来,随着时间流逝,对它的记忆渐渐被冲散在繁忙的日常中,甚至已经忘记了它的名字。

这一段萍水相逢给我最深的感受是——治愈,在某个时间,它突然出现,带给你一些快乐,然后离开,可能以后都不会再见到。那又怎样呢?它还是那个什么都知道的猫咪，知道怎样讨好你，怎样引起你的注意，知道在哪个时候适合耍脾气，毫无保留地在主人面前展露天性。

现在，我只是在网上刷一刷猫咪的视频，看看这帮小家伙今天又在治愈谁，又让多少人忍不住两眼冒星星。

在这篇《猫在犯罪现场》的科幻小说里，我想描绘一种猫咪和人之间的微妙关系，在一个犯罪悬疑故事的包装下，猫咪成了破案的关键，不是没有这种可能吧，猫咪凭着内心世界强大又温柔的力量，真正意义上"拯救"了它的主人。

——段子期

猫

文 凌晨

猫睁开眼睛。

杂沓的脚步声惊动了它,猫终于从酣沉的睡梦中抬起头。应该醒了。它抖抖身体上的尘土,站起来,弓紧身子打了个哈欠。空气陈腐、肮脏,猫被呛得喷嚏连连。它伸展四肢,拉直身体,还好,所有的关节仍然柔韧而灵活。

大声吆喝,拖动器皿,什么东西摔碎了,在不远处。猫打了一个机灵,多么纷乱的声音,像在遥远的梦境中经历过。猫恍恍惚惚,它的眼睛刚刚适应四边的昏暗,整个思想还浸没于睡眠的麻木状态里。过了大半响,猫才弄清楚自己被卷在一捆毯子中。毯子正在向外移动,猫死死抠住毛穗,憋足了劲往后拖。

"见鬼,这毯子真够沉的!"有人叫。猫松开爪子。人类的声音在它脑子里嗡嗡作响,震得它头痛。毯子一点点挪动,猫急忙后退,直退到后背抵在了冰冷冷的墙上。毯子一下子抽开,猫眼前豁然大亮。

猫知道一切答案
CATS KNOW EVERYTHING

粗壮的脚,粗壮的腿,再上去是粗壮的肚子,粗壮的脖子,粗壮的生满横肉的脸,脸上长一颗粗壮醒目的黑痣。

猫盯着人类,每根神经都因警戒而绷紧。"黑猫!真是触霉头!"黑痣的声音沙哑阴暗,令猫很不舒服,一些遥远的也同样阴暗的事情扫过它的心头。猫瞪大眼睛,竭力回想那都是些什么样的事情。

但黑痣不容猫细想,抄起把扫帚,挥舞着砸向猫:"死猫!一定是它把东西咬烂的。"

猫感到对方强烈的憎恶,本能地一跃,跳到高处。它脚下的东西散发着窒闷的橡胶气味,使它无法忍受。猫连忙蹦至一旁,稳住身体后才看清自己站在一盏大吊灯突兀的金属枝干上。吊灯下是几张歪七扭八摞起的桌子。

黑痣仰起的脸丑陋无比。有几个人跑过来,聚在他周围,七嘴八舌:"这猫好大!""把桌子搬走!""逮着了交老王做龙虎斗。""关上门!关上!"

他们都穿一模一样的蓝色衣服。猫对此产生极大的愤恨。从它嗓子底发出憋了许久的一声:"喵——噢!"

猫彻底清醒了。它感觉身体由于睡得太久而虚弱,还不适合剧烈的战斗。它压抑着心底油然而起的怒火,仔细审视周围的环境。这是间大屋子,乱七八糟堆满东西,到处是搬迁和整理的痕迹,只有一个门。

蓝衣服们开始爬桌子,猫不得不往更高处跳。如何摆脱这群疯子?扑下去,扑到黑痣脸上,吓他个半死,然后夺门而出。这是个不错的方案。甚至可以在黑痣脸上抓出几道深深的血印。

猫低头看自己的爪子。爪子钝得厉害,很久没有修磨了。算了,这次先放过他。猫从一处跳到另一处,人们追逐着它。猫发现天花板漏了一个洞,露出吊顶灰白的金属桁架。猫回过身,双眼迸生寒意逼人的目光。"喵——喵唔!"它厉声叫,随即轻轻一跃,跳进洞中,转瞬没了踪影。

"鬼猫还真会跑。"人们骂。管事的进来:"还不干活!"

"头儿,这仓库里零碎真不少呢。听说这幢楼以前是医院,闹过鬼,是吗?"

"穷鬼!医院经营不好,只好把病房的医疗设备搬出去改成酒店。这不关你们的事,干活干活!"

医院,生和死交替聚集的地方。消毒液的味道刺鼻,来来往往的人们神色肃重,构造复杂的机器上光泽闪烁。猫仿佛又能嗅到、看到、感觉到。它不喜欢,甚至讨厌。

猫喜欢吊顶里的黝黑气氛。它在胶木衬板上好好地把爪子磨利,然后钻进通风口。弯弯曲曲的通风管道一定能通往外面的世界。猫在这时却犹豫不决。按理说它应该出去:它已经醒了,加上屋子里有想捕杀它的人,而且吊顶里既没有水也没有食物。它总不能再倒头大睡吧?

但猫内心感到不能一走了之,不能随便离开,这是责任,也是约定。

约定?猫一惊:以独来独往的个性闻名的猫,怎么会有约定

猫知道一切答案
CATS KNOW EVERYTHING

束缚它的行动？是入睡前和谁约好了在此相会吗？和谁？它使劲想，但想不起来。

猫呆了半响，这时肚子咕咕叫得厉害，饿死了可就什么约定也实现不了了。于是猫向通风管道里走。管口越来越小，终于消失在它的视野里。猫犹如重陷梦境，四周是漆黑而空洞的所在。阴暗遥远的过去从漆黑中慢慢渗透出来，猫睁大眼睛，它看不清楚，更触摸不到。前方有隐约的光亮，猫加快脚步。必须先找到出路，猫对自己说，回忆在此时根本毫无意义。

风凉飕飕的，拂打在猫脸上。猫闻到风里清新鲜美的味道，那是阳光和空气的味道，是花儿和树木的味道。这使猫兴奋，步子一下子轻快起来，全然忘记了饥饿。猫只想立刻见到外面的世界。

也不知走了多久，猫依然陷在通风管道迷宫样的道路中。猫决定换条路走。正好管道左边有块松动的挡板，它过去贴着管壁听了听，那边很安静。猫抠咬一阵，已经腐朽的挡板便掉下，"当"的一声碰到管底，露出个洞来。猫等了等，没有什么异常，就跳进洞，脚踩在聚酯化纤制的隔离板上。又是吊顶，猫有些不耐。它感到疲惫，在吊顶上蹓了一圈。

每隔一段距离，隔离板就开扇小窗，装了金属制的百叶。日光灯宁静的惨白从这些百叶窗透进吊顶，让猫昏昏欲睡。

幸亏此时开门的撞击声、高跟鞋的敲击声、女人们嘻嘻哈哈的笑声，把猫的困倦赶跑了。猫害怕再一次坠入深沉的睡梦中，便寻找声音最响的那个窗口。

隔着窗口的百叶,猫看见质地形状都不熟悉的办公桌、书架和椅子。几个服饰亮丽的女子正在吃一大盒松软纯白的食物。

"这蛋糕还不错吧?"其中一个女子问。蛋糕,烘烤制成的点心。猫也吃过。可是从没有见过这么漂亮的蛋糕。猫耸耸鼻子,蛋糕的奶油香味十分浓郁甜腻。它不由得舔舔嘴唇。

"头儿来了。"女人们忽然慌乱地把盒子盖上,搁在邻近架子的下层。猫清清楚楚瞅见盒子里的蛋糕还剩下大半。房门开了,有人在门外喊:"下班走了,走了!"女人们收拾东西,关灯,锁门。猫等了一会儿。房间里静静弥漫着渐渐暗淡的黄昏。猫开始行动。它拧断百叶窗的搭扣,幸好牙齿还够尖利。接着它用前脚撬起窗户,前脚还不够灵活,但好歹窗户撬开个缝,它伸出头,整个身子也跟着挤了过去。在跳出百叶窗的瞬间,猫因两脚踏空而胆战心惊。但它马上就镇定了,腰一使劲,脚前伸,搭住刚才瞄了半天的日光灯管,再加把力,便爬到灯管上。管子摇摇晃晃,它没有多耽误,一下子跳到文件柜上,然后是书桌、地板。猫来不及回味这一系列惊险动作,便直奔放蛋糕的架子。

蛋糕果真好吃,猫连盒子上沾的碎屑都舔干净了。现在要有水就好了。猫跳上桌子,桌子上还真有半杯水。纸杯边上还残存有女人殷红的唇印。它把头伸进纸杯。水竟然是黑色的,还带有药气和苦味。猫急忙拔出头,甩掉沾在两腮上的水。

猫从一张桌子踱到另一张桌子,漫不经心,这种饭后的散步持续了一会儿。猫觉得应该思考些问题。它望望天花板,想到刚才就是从这么高的地方跳下来的,颇为得意。它在压有日历和电

猫知道一切答案
CATS KNOW EVERYTHING

话表的玻璃板上坐下来,慢慢洗脸,梳理身上的长毛。

房间里更黑了。猫向窗外看去。窗户很大,窗外一盏盏灯正亮起来,建筑和树木渐渐只剩下模糊的轮廓。

思考什么呢?猫跳到窗台上。窗外的世界由房屋、街道、招牌、车辆、卖小食品的中年人、跳皮筋的孩子、从屋檐下流向街旁中国槐的一串串小灯组成。世界的尽头是巨大的在空中闪烁的霓虹灯。

这一切猫都有点儿陌生又有些熟悉。它记得卤煮小肠的美味,它还知道地下阴沟里生活着肥大味美的老鼠。但它不记得城市在夜晚有这么明亮这么热闹,也不记得为什么跑到毯子里睡觉。猫倒是回忆起在屋顶和墙头散步,呼吸月光,追逐星星的自由自在的日子。那是阴暗遥远的过去的过去。

猫糊涂了。过去的过去清晰可辨,过去却像它转着圈儿捉的自己的尾巴,怎么也捉不到。过去是不是和约定有关?

有人开门。猫呼地蹿到桌下。是打扫卫生的工人。门半开着。猫意识到这是个机会,趁工人弯腰捆垃圾袋,溜了出去。它要回到仓库去,从那里开始寻找过去或许会有答案。过去和约定一定有紧密关系。

门外,很长很静的走廊。猫贴着墙边走。它心神不定,脚步缓慢。如果在仓库里什么都找不到呢?那怎么办?怎么办?"凉拌!"从它沉郁的情绪里忽然蹦出这么一个不和谐的词,让猫稍稍放松。"车到山前必有路,去仓库的路上什么也不要想。"猫对自己说。

左拐，再左拐，过一道门，右转，又是门，再转，果然出现了楼梯。顺楼梯一直下去就能找到仓库。猫十分高兴，也不想自己从何得知楼梯的所在。它回过头扫视整个走廊。走廊左侧墙上挂着大大的数字钟：1998年5月24日23：17。

　　猫浑身颤抖，五脏六腑都剧烈地哆嗦。关于时间，它有非常明确的概念。对，毫无疑问，它睡着前的那一天是1988年9月20日。它绝不会记错，因为那一天，那一天……那一天究竟发生了什么事，让它一睡竟睡了十年？没有一觉睡十年的猫，这不合逻辑，不合常理，不……

　　数字刺痛了猫的眼睛，它惶然奔向楼梯。它恐惧思考。它只是一只猫。猫从不会浪费精力去想复杂的问题。但踏上楼阶的时候它迟疑了，内心深处涌起不能抑制的感情，非要弄清事情原委不可。猫转身回到走廊上。电梯，它疯狂地寻找电梯，终于在一个拐角找到了。电梯开关在猫无法够到的地方，猫焦急地四处张望，也许会有人来帮它。

　　走廊里清冷冷的，地板反射着昏黄的灯光。不能指望人类。猫想。他们会逮着我做龙虎斗。猫转过头死盯住开关，眼珠子一动不动。开关上忽然亮了。稍过一会儿，电梯的门缓缓打开。猫一闪而入，恐怕被人看见，猫坐电梯是件不寻常的事。它知道。电梯门悄无声息地合拢。猫仰头看控制板：1，2，3……25，就是25层。猫就死盯住25，指示灯刹那亮了。猫感觉身体往下一沉，随即又是一松。电梯已经运行。狭窄封闭的电梯四壁光滑，隐藏不了秘密，这给猫一份安全感。它嘘口气，根本不明白坐电

猫知道一切答案
CATS KNOW EVERYTHING

梯是为了什么。

电梯停了。还是没完没了的走廊。秘密，阴谋，红色的血，翻滚着涌入脑海，猫恶心欲吐。它急忙加快步子。米黄色的墙壁已开始斑驳脱落，露出浅褐色的血的痕迹。猫低下头。但那些痕迹连着它记忆中血色的画面，让它闻到了久远年代恐怖的血腥。

猫放弃思索，完全凭感觉走着。走廊越来越狭窄。两个消防栓并排立在拐角，玻璃门上溅的油漆依旧如故。很远的地方亮着一盏灯。一切还和十年前相似。时间停滞在这里。相似，停滞。自己到过这里，十年前。猫恍惚。阴暗遥远的过去在朦朦胧胧的灯光中扑朔迷离。猫感到孤独和恐惧。它昏沉沉地走，带肉垫的脚掌落地无声。有时它站住等自己的影子跟上，仿佛这样就有了一个伴儿。

防火梯架在走廊隐秘的凹处墙壁上。猫陡然一惊。这正是它要找的。梯子尽头的铁窗半开着。

半开的铁窗外是一抹清湛的深蓝夜空。

风呼呼吹动猫的尾巴，猫身上的每根毛都随风而舞。它此刻站在这幢25层大楼的屋顶平台上，天空平坦笼于它头顶，城市拥挤展现在它脚下。

天空的宁静与都市的喧嚣，形成巨大的反差。

猫处在反差正中，一时又新鲜又厌恶。它沿平台走了一圈。平台空旷，除了四侧防护的铁丝网外，什么也没有。猫心底也空荡荡的，十分寂寥。天空的吸引力消失了。猫情绪低落，从醒了就有的那种说不出的悲哀越发浓重地席卷了它。它忍不住狂叫，似乎借此就可以叫出心头的沉郁。

夜色深沉，天幕低垂，依稀有数千银星布满苍穹。猫仰头看天，看了许久，看得双眼模糊。

关于过去，关于未来，关于这个城市和这片辽阔深邃的天空，猫似乎熟悉又似乎陌生。对自己这种介于知与不知间的状态，猫非常恼火。这不行，当然不行，没有过去就无法知道将来，就无法知道生活目标。必须确定生活目标，生存才有意义。有意义的生活才会充实快乐，胜可不喜，败亦不惊。

猫试图清理乱七八糟的逻辑，但数字钟和褐色的血迹无法统一。是啊，对于一只睡了十年的猫，逻辑上的混乱是理所应当，可以理解的。

什么叫可以理解？猫会有这种想法吗？作为猫，这未免太离奇了。猫自嘲。也许真是睡得太久，神经短路了吧？

猫为脑子里各种稀奇古怪的念头所困扰。幸而肚子饿了，它一时顾不上再去思考人生。对于睡了十年的猫，几块蛋糕是不够补充体力的。

那一整夜猫便在大楼里转悠：下水道里逮住六只老鼠；办公室中翻出四包干脆面，两块巧克力；员工餐厅的厨房内找到半磅猪肝和一瓶鲜牛奶。人类的声音不再难听，人类的语言也能够理解。猫尽量躲着人，总的来说它对人类没有好感。它发现自己对这幢大楼相当熟悉，看来以前必定研究过大楼的每一个细节，也许是为了寻找食物吧？

猫知道一切答案
CATS KNOW EVERYTHING

猫极力使问题简单化，当然，能不想是最好的。当它吃饱喝足回到屋顶上时，天色已亮，星星们退散了，城市的灯火也黯淡下去。猫听见汽车喇叭在清晨稀薄的空气中格外尖厉刺耳的声音。

猫坐下来洗脸。这是件非常复杂的工作：舔净前爪，用前爪使劲擦脸，然后再舔再擦。洗完脸后得继续舔净身上其他部位的毛。全世界的猫都是这样做的，用同样的姿态和同样的节拍。

我为什么非得是只猫？这个想法可着实吓住了它。醒过来后，还不曾有过如此极端和叛逆的思想，居然对自己的属性产生怀疑和不满。可我真的是只猫吗？

猫惶惶不安，踱到铁丝网边。天色已明朗，太阳红艳艳的，远方一层薄云，弧形的地平线上点缀着几座青色山峦。

世界倒像真实存在着的。

我当然是猫。我有灵敏的听觉和嗅觉，尖利的牙齿和爪子。我会跳跃、翻跟斗、抓老鼠。我哪里不像一只猫呢？

有一觉睡了十年的猫吗？

有会遥控电梯的猫吗？

有懂得人类语言文字的猫吗？

你清楚这不是猫的行为，这不同寻常。

猫惊慌地跳离原地。周围并没有同类。怎么会用第二人称对自己说话。我疯了。它焦虑地在防护网前徘徊。在自己意识深处，还有另一个意识纠缠着，让它不时产生怪念头或者异样感觉。它还不能明确那究竟是什么。但回忆出现了断裂，思维有了偏差。猫的心情沮丧，脚步沉重。连自己是不是猫都弄不清楚，还谈什么存在的意义？谈什么寻找过去和约定？

平台上陆续出现做操、打球、慢跑的大人小孩。猫扫视他们，目光忧郁。他们看来是不会为存在头痛的。"好大一只黑猫！"有小孩子看见猫说，"谁家养的猫哇？嘿，还是四蹄踏雪呢。"有人走近它，猫还会弓起背发出"唬唬"的声音威胁。那人悻悻地离开："什么嘛，也不知主人怎么调教的，好没礼貌的一只猫。"

主人！主人！对呀！我是该有主人的。是主人把我从街上带到楼里，是主人让我留在仓库等他。我和主人有着再见面的约定。就在等他的日子中，我睡着了，一睡就是十年。

那就回到仓库继续等待吧。另一个意识说。这是责任，也是约定。

好，我回去。猫对盯着它的人龇牙。"主人"两个字把所有的疑问都解决了。猫内心暂时安定下来，对自己的属性也不再怀疑。本来嘛，除了猫，自己还能是什么呢？

现在的问题是主人在哪里。十年，十年主人都不曾赴约。走廊的血痕一下了鲜明了。主人是不是出了什么意外？或者，忘记了它？猫更愿意相信后一种设想。那么，去找主人好了，为了补上过去，为了重新开始中断十年的生活。

脚真正踩到土地上时，猫感到发自内心的快乐。仓库、走廊、电梯、楼顶，带给它的只是惶恐的猜测和疑惑。只有土地让它踏实，它放纵地在灰尘里泥土里打滚，任苍蝇在头顶盘旋而不去

猫知道一切答案
CATS KNOW EVERYTHING

理会。

　　猫开始在城市里流浪，用心捕捉着主人的踪影。猫记不清主人的模样，也记不起主人的声音。但它肯定自己能从无数男男女女、老老少少中辨认出主人，肯定能将主人的气息与其他所有人的分开。主人的气息，一定特别温暖舒适，猫断定。

　　猫发现在25层楼顶上看见的城市大得可怕。城市和十年前已大不相同，这是一种精神面貌上的差异，使它很不适应。猫趁着夜色搜索每一个院子，每一幢楼房，每一家商店。整整一个月的忙碌，它才寻遍了三条街。而城市有几千条大大小小的街道，有几十万个院子，几十万幢楼房，几十万家商店，几百万居民。

　　这样能找到毁约的主人吗？能找到丢弃它，浪费它十年时间去等待的主人吗？猫不止一次问自己。这样耗费精神找下去，值得吗？如果真的是遭到了遗弃，再去找他，不是有点儿死皮赖脸吗？

　　这时猫便想到第一种可能。主人遇到了意外的事，因而无法来找它，带它离开。可是主人会遇到什么意外呢？猫不敢多想。也许主人去了遥远的地方，早已不在这座城市里了。

　　搜寻到底有没有意义？猫的第二意识常常质问它。猫被问得透不过气来。那么你说什么有意义？我总不能是街上的野猫吧？

　　你就是野猫，在墙头和屋顶自由奔跑、呼吸月光、追逐星星、不受拘束的一只野猫。这声音在猫的脑海里回荡，竟久久无法消除。

　　起初猫还能压抑矛盾的心情，继续它的追寻：白昼露宿屋顶或墙脚,夜晚接近人类。城市的空气混沌污浊,它必须更加细心地分辨,以期找到主人的蛛丝马迹。

夏天很快结束,秋天来了。城市流行感冒和给古诗谱曲。猫常听到一首叫《越人歌》的流行歌曲,歌里有两句:山有木兮木有枝,心悦君兮君不知。猫觉得这两句很像专为它写的。猫每次听到这首歌都要把它听完,听完后便为主人不知自己寻找他的艰难而伤感。

猫适应了1998年的城市。它渐渐熟悉厨房的油烟,熟悉男人女人无聊的争吵,熟悉小孩撒娇和撒泼的不同,熟悉老人历经沧桑的无奈和中年人负担沉重的愤恨。整个人类像缤纷的万花筒,让猫眼晕。猫也认识了好些同类:娇贵的,慵懒的,淘气的,无知的。它们从未见过老鼠,悠闲地生活在人类的客厅中,一律干干净净、肥肥胖胖。同类们对猫选择的生活道路不以为然。"随便找个什么人家收养你吧。别再费心找旧主人了。"它们劝猫。这样会有温暖的沙发、热气腾腾的食物。是,这样的确很好。我也不想流浪啊。但依偎在陌生人膝盖上打盹,总是很别扭的,除非是主人。找到主人便可以停下来歇息,便有了归宿。一想到这个,猫的疲倦就一扫而光。

但你能接受被人类豢养,作为附属品和玩物的命运吗?

我能。猫拼命在心底大声喊,反抗那另一个意识的嘲笑。它感到这反抗很是脆弱无力。它瞧不起家猫,本能地厌恶它们自高自大又奴颜婢膝的顺从品性。它有时竟会因此而恐惧,害怕自己真的是它们中的一员。可是它们不孤独,它们是一个大群体,声

猫知道一切答案
CATS KNOW EVERYTHING

气相投。

　　猫越来越矛盾，家猫？主人？野猫？日子就在矛盾中过去。天气渐渐变冷，早晨的草丛里已经撒上了白霜。猫现在需要更多时间寻找食物。老鼠、昆虫都不再容易逮到，猫有时不得不吞咽草根。去商店或居民家中找吃的则十分危险，动辄会遭毒打甚至有生命危险。人的自我保护意识有时真过了头。猫不相信吃掉一两块肉就会给人带来毁灭的灾难。人在这方面未免太小气，小气得有点神经质。猫对人是一天比一天更没好感了，当然除了主人。

　　城市下了第一场雪，猫差点儿冻僵。它找到一座古老的钟楼栖身，很少外出。猫常常蜷成一团，躲藏在堆于楼角的杂物中。这时候它倒希望能再来个十年大梦，忘记寒冷的空气和刺骨的北风。但偏偏睡不踏实，一点点轻微的声音就能把它惊醒。过去，过去的过去，不知下落的主人，这些问题搅得它难以入眠。

　　这一天猫好不容易才合上眼，就被十几个人吵吵闹闹的声音吵得失去睡意。猫起身张望。人们簇拥着推动沉重的榫木，敲击那口有上百年历史的青铜大钟。悠扬的钟声里他们互相拥抱，兴奋地喊着"新年快乐！"

　　"新年快乐。"猫对自己说。猫的眼眶不禁潮湿，泪水慢慢流下脸颊，在钟楼最深最黑的角落里。所有关于主人的信念猝然瓦解，它感到前所未有的清冷和孤寂。

　　"新年快乐。"那另样的声音在猫意识里清晰地说。"你还要寻找主人吗？"

　　"我真的是野猫？"

"当然。你从来没有生活在人类的家庭中。你不需要主人,你有自己独立的个性,从不依赖谁。"

"你呀你呀,好像你和我不是同一只猫似的。"

"你是猫。而我不是。"

猫抬起爪子擦拭脸上的泪水,克制不去问你是谁。这种问题很愚蠢。聪明的猫不会纵容自己有精神分裂倾向。

"瞎扯。"另类声音洞察了它的心思。"你要是真聪明就该记起外星人的事。"

外星人,这多少有点儿滑稽。一只猫是不该懂外星人这个概念的。"但是我懂。我知道生活的世界是颗叫地球的星星。天上还有许许多多的星星。每一颗星星都是一个独特的世界。有些世界很像地球,也有植物、动物和人。"

"外星人长得很像地球人。他们说宇宙的进化法则有相似性。对了,我见过外星人。这些都是他们告诉我的。我能和他们交谈,通过意识。"

"但是你怎么会懂外星人的语言?"猫质问。

另一个意识忧伤地笑。"我就是那外星人中的一个。是让你进飞船的071号。"

"不可能!你怎么会在我的身体里?"

"只是我的意识在你的脑子里。别紧张,我不会伤害你。"

猫放下爪子。"这我不能理解。"

"我的全部记忆和思维模式都在你脑子里保存着,就仿佛我是在你脑子里生存着一样。这十年来我一直处于昏迷状态,现在

我的记忆终于全部恢复,我的思维系统又开始运转了。你可以很清楚地感觉到我。"

纠缠的感觉顿然消失。有一种思维从猫的思想里分离,独立清晰且坚强有力,不再模糊难辨。猫可以和这股意识对话,却不能支配或探测。猫顿觉轻松,神清气爽,脑子里的混沌状态结束了。过去,过去的过去,全部连贯起来,和现在之间再没有那十年的睡眠阻隔。但是猫还需要确定一件事。

"约定是怎么回事?"

"我和094约好在仓库碰头。你记得094吗?拦着不让你碰我们采集的标本的那个。"

"是,我记得。"原来约定和我并没有关系。

猫忽然跳到钟架上。在它脚下的大钟早已沉寂。兴奋的人群已经离去。淡淡的晨曦透过木雕花窗投射在铜钟上。

我没有主人。我是一只野猫。根本就不会有谁为我伤感,给我一个归宿。

失望从脚底板开始迅速流遍全身。这就是半年辛苦的结果。很好,我不是那些笨蛋家猫中的一个。我是独立的、有个性的。这很好。

眼眶又一次潮湿,猫闭上眼。新年的阳光照在它身上,阳光是温暖的,但无法驱散内心的悲凉。

"什么也别再想了。"071温和地抚慰,"我和你在一起。"

漫长的走廊,血迹,渐近的杂沓脚步声。强烈的憎恶气氛从走廊尽头涌过来。

猫立刻醒了。血腥的味道还在它的喉咙里。自从071的意识觉醒，它就开始做这种梦。

"我受不了，071，那梦太真实恐怖了。"猫抱怨。

"因为那是你亲眼所见。你记起来了吗？"

"我当时在场？在那个酒店。噢，十年前是医院的地方？"

"是。你一直悄悄跟着我们。我曾想让你回去。那医院里充满危险。但你不愿意。"

"我要帮助朋友。"猫当然记得。当它第一次看见银白色飞船降落在废弃的建筑工地上时，它的心情是兴奋的。猫的本性多疑，但它却从外星人澄清的眸子里看到坦诚。于是这些不同于人类的异族向它伸出手时，它扑跳着立刻就接受了他们。因为它厌恶人类，瞧不起同类，它一直过着孤独的日子，它需要朋友，可以平等交流的朋友。

"我和094穿越了20个光年才到达地球。我们原先并不知道地球的存在。我们只是受命考察银河系的边缘。"071回忆，"旅行本来很顺利，还和另一个星系的探险飞船结成伙伴。从太空中看地球真是美极了。我们还想在它的蓝色大地上散步呢。但进入地球大气层时却遭到导弹袭击，两艘飞船都不同程度受创，被迫降落。"

"人类神经过敏，他们的自我保护意识总是过了头。所以我从来不喜欢他们。"猫插话。

"这是个误会。我们没来得及和地球人进行对话。一切都发

猫知道一切答案
CATS KNOW EVERYTHING

生得太快了。"

"你能和地球人对话吗?"猫问,"我记得有个小姑娘也看见你们降落了。你们既无法用意识又无法用语言,两样她都不懂。"

"可是那个小姑娘对我们很好。她不把我们当异类,和其他地球人不同。其他地球人真是吓了我一跳,他们似乎想把我们制成标本展览呢。"

小姑娘的形象出现在猫的脑海里,乌黑的大大的眼睛,善良的笑容,暖洋洋的气息。"她的确对你们很好,还帮你们找地方埋藏飞船。"猫说。

"你全都记起来了。可真好。我还怕我的存在会损伤你的记忆。"

"我怎么能忘掉。我一直和你们在一起。躲避地球人的追捕,寻找友人的飞船,你和094的每一天都紧张得让我心惊胆战。"

071黯然。那绝不是什么愉快的回忆。地球人扣留了另一艘飞船的友人。消息传来,他们必须闯入一家医院去营救。他们仔细研究了医院的地图,趁着夜色出发。小女孩依依不舍,他们答应一定回来看她。她居然懂了,她的眼睛、她的神情都在表明她把这个承诺牢记于心。

医院有25层。他们从顶层开始找,很快就与地球人相遇。他们刚刚约好在仓库碰头,战斗就开始了。

"这就是我讨厌医院的原因。医院里已经设下陷阱,可你们非要去那里。"猫喟叹。

"没有办法,我们必须找到友人。宇宙旅行中最重要的原则就是互相帮助。094和我都有用意识控制物体的能力，可以对付地球人的过激行为。"

"他掩护你。"猫继续回忆。"你一个病房一个病房地找。我跟着你，我们一起坐电梯。但是电梯出口被封锁了。我们就爬通风管道，完全由一种直觉指引着。我们终于找到了你的友人，却见他的身体支离破碎。"

"我差点儿发疯，于是我折回头想救094。我已经失去一个，我不能再失去第二个。我控制不住情绪，连连击伤阻挡我的地球人。"

血溅在走廊的墙壁上，留下触目惊心的痕迹。猫的脑海中重现那场面。害怕极了的地球人开启预先布置的高能磁场网，迎向他们的094瞬间灰飞烟灭。

"我还来得及在磁场边停住，但强烈的磁干扰破坏了我的意念力。094的毁灭给我带来巨大的愤怒、伤痛和惊惧。我的全部意识竟和肉体脱离，进入你的大脑里。"

"这样一切就都弄明白了。"猫说，"只有猫能从警戒森严的捕捉外星人的现场逃脱。我带着你跌跌撞撞奔向仓库，这是你的本能，你还惦记着和094的约定。强磁场看来对我也有作用，是极度的刺激吧？到仓库我便倒下了，昏睡十年。"

"而我的同伴死了，音容笑貌俱已在时空的流转中消逝。"071的意识浸满沉重的哀伤。

猫意识到自己的多嘴。它终止回忆。

071也沉默不语。但猫感受到了他的悲伤和凄凉。

"什么也别再想了。"猫轻轻地呼唤他。"我还和你在一起。我是你的朋友。"

冬天就在回忆、感伤和互相安慰中过去。猫和071之间的友谊平静发展着。天气暖和后，猫离开了钟楼。没有了寻找主人的精神负担，猫的生活变得很懒散。它常常找僻静通风的地方睡上十一二个小时，饿得实在不行了才去捕食。

071静静蛰居于猫的大脑某处，思考着未来和过去。猫没有询问或打扰他。猫害怕071找到办法的那一天。那一天必将是他们分手的日子。

但是这一天总会到的。猫知道。它恐怕自己不能再过十年前孤独的日子，没有朋友的日子。

我将守护你，071。每当星际旅行者的脸浮现在猫的记忆中，猫便会在心底重复这誓言：071，我将守护在你身旁，珍惜我们在一起的每分每秒，我要尽力为你做能做的事。

071还需要恢复。医院的那一幕虽然隔了十年，却仍让他心悸，让他不敢想却又不能不想。他不知道该用什么样的态度来对待地球人。他想恨，但那个小女孩的形象温暖祥和，与仇恨无关。他想谅解地球人，但失去伙伴的痛苦依然煎熬着他。

和猫谈论地球人，071显得无所适从。猫想方设法转移他的注意力，它把熟悉了的城市介绍给071，也许城市的五花八门、缤纷多彩可以让071暂时忘掉他的难题。1999年的城市弥漫着世纪末的感伤情绪，虽然报纸广播热情洋溢地宣传新世纪的美好计划，但消极颓废的诗歌及五岛勉关于诺查丹玛斯大预言的解释却到处流传。"外星人七月的拯救"这类话更是一些人的口头禅。

"简直白日做梦。"猫嘲笑。"我从不相信外星人会充当救世主。当然，071，我并不是怀疑你的能力。"

"我的能力有限。否则，我也不会……人类为什么把希望寄托在外星人身上？"

"他们是种脆弱的生物，外强中干而已。"猫毫不掩饰自己对人类的鄙视。

城市的惶恐不安多少叫071惊奇，联想起十年前袭击他的地球人的紧张、戒备，对地球人他渐渐有了一种新的交织着怜悯、憎恶、遗憾的感觉。

临近清明，071彻底复原。他精神饱满，意念力增强，连带着猫的体力也增加了。猫走起路来轻快敏捷，捕食更容易轻巧。因为071在自己的身体里，所以猫加倍爱惜身体，它甚至学会搭乘地铁或公共汽车来节省体能。

071决定找到飞船，离开地球回家。他可以把自己的记忆和思维储存在飞船的记忆系统里，如同储存在猫的脑子里一样。但是他必须先找到那个有大大的黑眼睛的小姑娘。飞船上所有的信息都浓缩制成了一枚小小的坠子。构成那坠子的每一纳米金属，都是他和094漫长旅途的心血结晶。而且那些金属所包含的能量，是任何一艘想穿越宇宙时空的飞船所必需的。没有它，他无法修复启动飞船。这坠子在去医院前交给了那个小女孩。

"你必须帮我找到她。我相信她会把那坠子保存得很好。"071告诉猫。

"我也相信。"那还耽误什么呢?猫毫不犹豫。"我们去找她。"

于是猫又上路了。这一次很轻松。071研究过城市的布局。尽管过了十年,主要街道和重要建筑还在原来的位置上。猫没用多长时间就回到当年生活的那个地区。

但是那一带已变成繁华的卫星城,商业区、居民区和小公园交错分布。猫怎么也找不到那个废弃的建筑工地以及工地附近小姑娘住的大杂院儿。

猫有时着急,有时又巴不得如此。和071相处的每一天都是美好的时光。071是它十年前生活的一部分,唯有他还熟悉十年前的它。071丰富的宇宙探险经历,不断启发着猫的智慧,促进猫知性和感性的提升。这样一个朋友,猫怎舍得放弃?

071催促猫赶快行动。他并非不了解猫的感情,即使了解也不能动摇他返回的决心。他必须结束探险。这是使命。夜晚通过猫的眼睛凝视浩瀚的星空,071就会不自觉地产生归属感和责任感,这感觉如此强烈,像火一样炙烤着他的灵魂。

大概是071强烈的决心起了作用,五月的一天,猫忽然感觉到了什么。空气中有种特别的味道。这一天晴朗、干爽,阳光清亮,空气仿佛透明干净的水,让猫精神振奋。

猫来到一个居民大院里。院子里所有的楼房都极其相似,仿佛军营。猫往花香深处走。到处是开花的槐树,白色的槐花香气馥郁。猫追寻的气味夹杂其中,是一种淡雅柔和、散发着温暖的味道,一种它很久前熟悉的味道。这难道就是那个小女孩的气息吗？猫抑制不住心情的激动，小跑起来，犹如踏风而行。

气息越来越浓。是这大院最偏僻的地方，是个开满鲜花的地方。花树伸出阳台外小院的铁栏杆，枝枝蔓蔓一直垂到地上。花一簇簇一丛丛绽放着，深深浅浅的红色覆盖了嫩绿的叶片：深红灿烂，浅红娇艳。

猫悄悄从栏杆间钻进院子。它很累，便躺下来休息。

阳台门开了。"小心些。"有人叮嘱。猫听见《越人歌》的旋律。这首歌依旧让它伤感。如果找到那小姑娘，071就将离开它了。不管它怎样喜欢，怎样需要他，他都将走了。想到这儿，猫的内心酸酸的，很是难过。

一位年轻的女郎，慢慢走到屋外。她穿着白色连衣裙，清爽干净。猫站起来想找个角落隐藏，但它立刻发现那女郎是个盲人。

猫闻到把它引到这儿的味道，正是女郎身上的气息：淡雅柔和且温暖。

"她就是那个小女孩吗？"猫问071，"是那个有着大大的乌黑眼睛的小女孩吗？"

"等一等，我需要时间判定。"071的意识颤抖着。

女郎走到阳光下。"你们好吗？"她问花儿，"我又在床上躺了一个星期。我不会去住院的，我要等他们，他们说过来看我。"她轻轻抚摸花朵，"春天真好，是不是？"笑容在她苍白消瘦的脸上荡漾。

猫悄悄走近几步，想把女郎看得更清楚些。

猫知道一切答案
CATS KNOW EVERYTHING

"谁？谁在那里？"女郎大声问。风拂动花树，远远的有鸟叫。

"是你吗？"呆了一呆，她叫，"是你！你到底来看我了！"

"晓菲，你在外面叫什么？"窗户里闪过花白的头发。

"妈，谁在院子里？"女郎的声音微微发颤。

"没有人。"

"我听见动静来着。妈，一定有人。"

"有一只猫。"

"猫？"晓菲喃喃低念，"猫，猫。"她弯下腰，"猫咪，你在哪儿？"

猫过去蹭她的衣裙。晓菲伸手摸它。猫没有拒绝，任晓菲抚摸它的头。晓菲的手柔软温暖。猫闭上眼，让她的温暖气息流遍全身。

"妈，猫是什么颜色的？长得好看吗？"晓菲低头，空洞的眼睛望着猫。她的长发垂落在猫身上，猫看见她衣领里银色的链子，链子上小小的水滴形坠子在晃动。坠子镂满奇异的绞花。

"坠子！那坠子！是她！就是她。"071惊呼。"她长大了。但是她怎么会瞎？"猫浑身哆嗦。071的情绪瞬间传遍它的神经，它感到犹如触电般的麻木和刺痛。

"是只黑猫。四个爪子是白色的。"

"黑色的猫，"晓菲喃喃自语，"我见过一只黑色的猫。和他们一起走了。"猫依偎在她怀里，低低呜咽。"猫咪，你是不是那只猫呢？你告诉我，他们会不会回来？"晓菲咬住下唇。她抱紧猫,啜泣。镂满奇异绞花的坠子打在猫的脸上。

"这个女孩一直在等你们。071,你看见了。"

"我想触摸她。"071十分哀伤。"我想告诉她我回来看她了。但我没有实体。我碰不到她。"

"也碰不到那个坠子了吧?"猫冷笑得有些恶毒。它立刻后悔了,它怎么可以说这些话?守护071的誓言还在耳边,它应该为朋友将要实现愿望高兴才是啊!

可是猫无法喜悦。因为……因为与他分手的日子终于来临了。

猫在晓菲的院子里住下。失明的晓菲常常到院子来。猫躺在葡萄架下,听她和花鸟喃喃对话,看她宁静恬适地坐在阳光里。花枝摇曳,花瓣飘落,猫置身工笔仕女图中。晓菲的纤弱和春天的活泼生机形成鲜明的对比,给猫留下深刻的印象。猫把晓菲从人类中分离开来,晓菲的纯净天真犹如凌晨初绽的一朵玫瑰,猫无法不喜欢她。

"这并不能改变我对人类的看法。"猫坚持。071顾不上和它探讨人类的问题,他每天都尝试用意念呼唤晓菲,但晓菲依旧像十年前一样感觉不到。071为此焦急。"当她抚摸你的时候,你因她的抚爱而欣悦。"他对猫说,"你没注意到她的脸色越来越不好?她怎么会瞎?我记得她那双眼睛,黑晶晶的,漂亮极了。"

"我当然看见了。晓菲一定有病,她经常大把大把地吃药,晚上痛得在床上打滚。这些我都在她家的玻璃窗外看见了。而你却忙着使用意识,封闭了对外界的感知。"

"代我多看她几眼。"071 请求。"等我的意识可以和她的接触，我或许能帮她抵抗疾病。"

猫很想知道晓菲得的是什么病，但晓菲的家人从不谈论她的病情。每隔一周，就有专车把晓菲带走，过两三天才送回来。

"知道这是为什么吗？猫咪，"晓菲有一天对猫自言自语。"他们定期给我检查身体。因为，嘿，你相不相信？我是唯一见过外星人的人。我见过。我还上过外星人的飞船。他们说就是飞船的辐射使我失明，还得了癌症。"

猫的心直往下沉，沉入深渊。它听到 071 充满痛苦和内疚的呻吟，它的心被这呻吟绞得支离破碎。

"他们说不会再有地球人受伤。十年来，他们已经找到了对付这一类外星人的方法。猫咪，这很可笑是吧？他们把外星人全都杀死了。你知道吗？杀死了。然后拿来解剖。我知道。我一直想去看 071。只有他的身体被完整地保存着。可他们不让我碰他。我知道他死了。我只是想摸摸他的脸。哪怕碰一碰也好。我看不见啊！"

失去光泽的瞳孔中泪珠盈盈。晓菲啜泣。

猫的四肢因 071 的悲愤而抽搐。它不得不走开平复情绪。

"你的身体还在，或许你可以恢复本来面目。"猫叫，"071，这真是太好了。"

071 没有回答。

"我从不知道和地球人交往会带给他们这么大的伤害。"071 自责。

"但是你的同伴也死了呀。"猫的看法不同。

"可晓菲不该受这个罪。她是那么善良。就算异族之间交往非得付出代价，我和我的伙伴也已经付出了。"

"这完全不同啊。"猫有点儿生气，071每时每刻都在想着晓菲的病，想着晓菲。她曾帮助过他，她守着诺言保存那坠子。她的眼睛遭飞船泄漏的辐射光刺伤，她为此失明，为此身患绝症，但她却没有一点抱怨，她只想能够摸摸他的脸。071显然是为晓菲的遭遇痛心，更为晓菲的情感触动。

"你不再说回家的事。"猫提醒，"071，你的决心呢？我们现在可以去找你的身体，我可以从晓菲脖子上把那坠子咬下来，那小姑娘不会防备我。然后我们去找飞船。"

071不回答。猫烦躁起来。这是个深夜，月圆如镜。月光里花沸沸扬扬地盛开着。猫跳上窗台，窗户里漆黑。猫听见晓菲在床上辗转反侧。

猫也不再说话，静静地坐在窗台上，看月色似水，任花香沐浴。

仿佛又过了十年那么漫长的时间。"能活着是件很好的事。"071的意识悠悠叹惜，"不管什么样的状态，我到底还活着。"

猫不大懂他的意思，蒙蒙眬眬地睡着了。

光。灯光。晓菲按动开关。猫在半空中看着她。猫大吃一惊，随即意识到这只是种感觉，是071的意念力在跟踪晓菲，而它的意识跟踪着071。猫的本体还蜷缩在窗台上打盹。

晓菲走进卫生间，洗脸，梳头，对着镜子照了又照。镜子里她的脸消瘦清秀,但她看不见。071和猫在半空里看着她。她拿起牙刷,挤牙膏。忽然,她的头重重碰在镜子边缘,手挥动着似乎想抓住什么东西,牙刷挑断坠子的挂链。她以一种无比优美的姿态倒向地板,血从她身体中渗漏出来。

"晓菲!"猫和071同时惊呼。

猫腾地跳起。屋子里灯火通明,人们走动着,叫嚷着。

忽然一切声音都消失了。屋子里传出临近死亡的气息。猫坐卧不安,抠抓纱窗。"这样不行。"071提醒。猫跳下窗台,阳台门紧关着。猫绕过院子跑进楼房,晓菲家的大门虚掩,不时有人出来张望。猫趁人出来时溜进房屋。晓菲的房间里挤满了人,猫不能靠近。于是猫来到卫生间。洁白的瓷砖上血迹鲜红,触目惊心。猫四处张望,终于找到滑入浴缸底的坠子。咬着链子,链子尽头坠子沉甸甸的,猫感到十分欣慰。

"071,我拿到坠子了。嘿,你不高兴吗?"

救护车刺耳的声音,刹车的声音,急促的脚步声。

"带我去那个医院,猫,你有办法上救护车。"

"好吧。如果你觉得这样对晓菲有帮助。"

护士搀扶悲伤的晓菲母亲出去。母亲频频回头,被各种急救设备包围的女儿怎么也看不见脸。母亲掩面而去,泪水在她手指间淌落。

病房中不再有人了,猫才从角落里出来,走近晓菲。

晓菲平静的脸上,没有一点生命的迹象。监视仪的液晶屏幕上，两条起伏缓慢的亮线缓慢显示着她的存在。

071的意识在凝聚。猫猜想他一定很不好受。它也不希望晓菲死，但有什么办法呢？归根结底，是人类的愚蠢冒失害了晓菲。如果当初他们不攻击071的飞船，飞船就不会有辐射泄漏，晓菲也不会得病了。人类真是脆弱，我就没事。猫把一直咬着的坠子放下，坠子在水磨石地板上闪动奇异的晶光。

晶光。星光。浩瀚的宇宙无边无际，博大而深邃。071带着猫跋涉，他们的思维遨游太空。无数的星球从他们身旁掠过。每一个星球都有自己独特的生命形式。生命是最宝贵的，必须珍惜。橙黄，橘红，嫣紫，到处暖洋洋的。"那是我的家乡，猫，你看见了吗？""我看见了，071，那地方很美。"

猫鼻子酸酸的。"你要做什么？"猫问071。

"我做什么都是为了晓菲。猫，把坠子搁在她额头上。"

"你要给她治疗是吧？"猫照办了，尽量让自己的动作轻些。

"把你的头挨着坠子。猫，真是谢谢了。我不能和你在一起，你保重。"071的意识说。不待猫回答，那意识已猛然离它而去。不！你不能！猫想阻止他，但脑子里突地一震，像被大锤子狠砸了几下。猫站立不住，跌下病床。它挣扎着抬起头，坠子在晓菲额头闪光，橙黄，橘红，温暖的光芒。猫恍惚中看见071进入晓菲的身体，带着他温暖的思维之光，顷刻这光便消失了。

不！猫的心灵狂呼。不！071，不要把你积蓄的所有能量都送给她。求你了！求你回来，我们还要去找飞船呢！

坠子掉了下来，"啪"地碎裂，灰色的粉末撒在猫身上。

猫知道一切答案
CATS KNOW EVERYTHING

猫感到自己也破碎了。

"这里怎么会有一只死猫?""啊呀!真恶心,快把它扔了!扔出去!"

僵硬的猫被扔进垃圾筒,与一次性注射器、空药瓶、脏棉花混在一起。当猫被刺鼻的药水味呛醒时,它已经陷身垃圾的海洋。带着腐烂气息的微薄空气几乎让猫窒息,它本能地挣扎着往外挤。这非常困难。垃圾们都密实坚硬地压在了一起准备运走。好些时候猫都觉得自己要完了,要死在垃圾的坟墓里了。空气越来越闷热稀少,它喘不上气,而且感到寒冷,身体里的血液正汩汩向外流淌,四肢正在丧失力量,光滑的毛皮正在褪落,它逐渐走向死亡,走向071所去的地方。

但是那地方没有071,集聚的灵魂们没有见过任何一个外星人。猫惶恐。好歹071是比地球人先进,可以穿越上千万光年空间的外星人啊,怎么会连灵魂都没有了呢?他应该很有办法,他不是已经躲过一劫了吗?猫跟跟跄跄地在黄泉尽头搜寻着,什么也没找到。它不甘心,它好不甘心!

猫使尽了一切气力挣扎。它得活下去。071的意识或是灵魂究竟飘到哪里去了?晓菲被救活了吗?它得活下来解决这些疑问。这么死太糟糕,太冤枉,太没有意义。意义?猫心中苦笑。它咬破一本阻挡自己站起来的破书,书的名字就叫《有意义的生活》。现在猫的周围有了块较大的空间。

猫回到医院时脚垫已磨出了血泡,一个大龅牙的男孩用弹弓打伤了它的左腿。猫一瘸一拐跑进医院，没有睡眠也没有吃东西，跑得连气都喘不过来。它只想早一点见到071，早一点见到晓菲。

急救室内整洁且寂静，所有仪器都关闭了，铺着天蓝色床单的手术台丝毫没有使用过的痕迹。071的气息也不存在。猫茫然，它仔仔细细搜寻急救室的每个角落，没有071，哪儿也没有。它决定把搜索范围扩大到整个医院。这是疯狂的。它的爪子已经磨秃，它的眼皮沉重得仿佛挂了铅块，它每走一步都如同踩在钢丝上那样晃晃悠悠摇摆不定。但它不能停下，071一定在什么地方等着它。他正需要它，他比它更虚弱。

猫不知不觉向医院的地下室走去，说不上理由，就觉得该去。地下室出乎猫的意料防卫森严，它一时心惊胆战。

果然071在这里！他躺在探针和监控器中间，看上去仍旧和活着一样，眼睛似乎随时都会张开。猫走近他，他一直在等它，等它带回意识，带回那坠子，带回使他重新站起的力量。猫停住脚步，哀伤充满它的心灵，它什么也带不回来了，它为什么还要来呢？

一瞬间071的身体开始干枯，光滑的皮肤收缩、起皱、干裂。护士们尖叫。警报响了。医生从各个方向奔来，不同式样颜色的鞋子在猫周围急速运动。猫呆呆站在原地。071马上被层叠的白色包围了。

忽然人群散开，每个人脸上都呈现出难以描述的恐惧。纷乱喧杂的房间只剩下过滤了的寂静。猫抬起头。

071正在空气中融化：皮肤、肌肉、内脏、骨骼……他的一切，

就在那里以平静的姿态碎裂。几分钟后他便在空气中蒸发干净了。

猫转身逃似的跑了,直跑到医院外的草地上。正是黎明,草地柔软而芬芳。071死了,真真切切的从思维到记忆到肉体全都不复存在。猫一头倒在草丛里。不知道是泪水还是露水打湿了它的眼睛。

花树伸出小院的铁栏杆,枝枝蔓蔓一直垂到地上。花已不在。一簇簇一丛丛绽放的,是深深浅浅红色的浆果,它们使苍绿的叶片黯然无色。

猫回到这个院子时已是深秋。秋高气爽,城市的天空蓝得清澈透明。七月的恐怖以及诺查丹玛斯已经被遗忘。人们兴高采烈,衣着艳丽,整个城市沉浸在新世纪将至的欣喜气氛之中。这种气氛多少影响了猫,伤感无法挽回071的生命,倒可能让它送命。它总算从失去071的悲痛里振作了。比起夏天,此时猫瘦了许多。猫来看望晓菲,打算向她告别,也向过去告别。

晓菲家轻松的音乐,时起的笑声,证实晓菲已经恢复了健康。这种欢乐时时刺痛猫的心,让它想到071。猫只想见晓菲一面就走。但晓菲很忙,总有电话找她,她总也不在家。

终于有一天,猫看见晓菲。她的双眸璀璨如星,她的脸色白里透红。她盈盈浅笑,笑靥如花。站在她身边的年轻男子也在笑。他们在秋天的阳光里笑,他们在秋天的院子中笑,深深浅浅的红色映衬着他们的笑容。

晓菲没有注意到猫。

很好。猫咬牙切齿。071，可惜你看不见现在的晓菲，看不见你用生命救活的晓菲。她明白什么原因使她奇迹般地恢复健康吗？不，她不会明白的，永远。她已经忘记我了。她也会忘记你，071。人类是容易健忘的。她会仅仅当你是她黑暗岁月的一个梦境。

你值得吗？071，071。猫在心底叫着，没有声音回应它。071已经彻底死了，精神瓦解，灵魂消散。猫很长时间都无法相信这一点。现在它相信了，它是孤独的。但它得好好活着。071说过，生命最宝贵，必须珍惜。怀着对071最深刻的记忆，猫将忍受寂寞坚强地活下去。

一辆运牛奶的小货车正在附近启动，猫跑过去纵身跳上车。院子离它越来越远，晓菲离它越来越远。

过去也越来越远。

我与猫

创作《猫》的时候，是在一个闷热的夏天。我心情不好，因为遇到了所有年轻人都会遇到的问题。但我本性是追寻大道的，总觉得个人心情总会被时间矫正，不好太纠结，人也不能在坏情绪里一直待下去。于是就用文字做树洞倾泻了所有糟糕心情，这些文字编织起来，便是一篇特别个人情绪化的科幻小说《猫》。

记得发表后读者和我说，看这篇文"深感窒息"。这

在我的创作经验中,也是不多见的事情。而我之前和之后的作品,科幻小说也好,现实作品也好,也都再没有过这么情绪化的作品了。这篇小说表面写的是友情,背后写的却是对信念的坚守,因而引起了很多读者的强烈共鸣。小说发表当年获得了银河奖一等奖,它的竞争对手是《会合第十行星》《MUD——黑客事件》《高塔下的小镇》等优秀作品。而它是这些作品中最不像科学技术小说那样硬核。小说的文学性以及它背后渗透出的价值观,是它胜出的原因。还有一点,就是它跨过了科幻小说的边界,指出"科幻小说还可以这样写"——在20世纪90年代,科幻小说的指向还比较单一,远远没有展现出它丰富的维度。

　　文中有个小小的细节,"猫常听到的一首曲子叫《越人歌》,里面有两句词:山有木兮木有枝,心悦君兮君不知。猫觉得这两句很像专为它写的。猫每次听到这首歌都要把它听完,听完后便为主人不知自己寻找他的艰难而伤感。"《越人歌》是楚国的民谣,现在真的被谱曲演唱了。中国科幻历史上第一只为外星人伤感的猫,就在这个歌声里成了经典。

——凌晨

黑夜是绿色深瞳

文 范轶伦

一、白色实验服

屏幕那头,阿丁朝我挥了挥手,宽大的白色实验服从肩上滑落,露出若隐若现的锁骨。

"对了,你下次来,我带你参观培养室。这次我们还带回了墨西哥钝口螈。"

我惊得差点打翻手边的茶杯:"就是小时候在水族馆看到的六角恐龙吗?!"

"是呀,"阿丁捋了捋深棕色的卷发,我似乎隔着屏幕闻到了她最爱的小苍兰洗发水的味道。"保健品研发部的同事总是在打它的主意。也许他们真的相信'幼态延续'可以让人类返老还童吧……"

阿丁撇了撇嘴,一脸不屑的样子仿佛在看我当年的化学试卷。阿丁大名丁思珈,是我的初中班长。当年一举拿下全国数理

猫知道一切答案
CATS KNOW EVERYTHING

化竞赛三枚奖牌，被挖去了沪上最好的高中，又被保送到了国内最好的生物专业，接着全奖直博某常青藤名校，前年毕业后来到了南方这家基因测序龙头公司担任高级研究员。

如果不是打小相识，我大概不会和这样一位精英攀上任何关系。虽然高中我们就不再是同学（我留在了家乡那个十九线小县城），但这些年来却一直保持着联系。而无论多久没联系，聊起来都能无话不谈。

这样的朋友，我只有她一个。

从屏幕里看，在墨西哥三个月的科研考察又把她晒黑了几分，小麦色的皮肤更衬出她的干练。

"先不说了啊，我得去看下新到的一批绿叶海蛞蝓了。"

关掉屏幕，我伸了个大大的懒腰。一个多小时的通话打通了我的任督二脉，裸辞半年没工作的焦虑被清扫一空——虽然我知道，这只是暂时的。正当我打算起身去加水时，一个毛球蹭了过来。

"喵呜——"芝麻轻轻一跃跳到了我腿上，懒洋洋地蜷起身子，眯起了眼睛。

我乖乖就范，挠起它的下巴。作为回报，它开始释放那无敌治愈的"咕噜咕噜"声。

片刻后，我抱起芝麻柔软的身体，把睡眼惺忪的它轻轻放在蓝色法兰绒沙发上。就像一条黑色的绸缎淹没在海浪里。

收养芝麻的第九个月，我开始相信猫是液体的。

大口喝着加了三道水的苦荞茶，我趿拉着拖鞋走到阳台。下午两点半，日光正烈，一股无可名状的味道扑面而来：那是猫砂发酵的……我屏住呼吸,急忙摇起窗帘。在窗帘闭合的最后一瞬间,我眼角的余光落在了楼前那棵老桂花树下。

有三个老人正凑在一起,弯着腰看着什么,地上……似乎露出了一双脚,一双不断抽动的脚。

"呜——"芝麻不知什么时候跟了过来,纵身一跃跳上窗台,浑身的毛都炸了起来,对着外头发出警惕的低吼。

"快下去!"我小声呵斥,"有人中暑了。"

而事实证明,那时的我,还是太不懂猫了。

如果我没有拉上窗帘,也许……

也许,就不会再有机会写下你正在看的这些。

那是我最后一次看见太阳。

二、绿色深瞳

头晕、乏力、发冷……这该死的饥饿感。

我躺在沙发上,冰冷的手搭着同样冰冷的肚子,睁开眼睛。

已经到了会饿醒的地步了?不过上一次正经吃东西,也是一天前了……算起来,是该再吃点什么了。

我勉强支起身子,突如其来的眩晕感让我眼前一黑,扶着茶几才坐稳。

桌上放着半斤燕麦片、一斤混合杂粮米、一斤玉米粉、一瓶没开封的复合维生素、三根火腿肠、十三袋代餐饼干、二十四粒

话梅黑糖。沿着桌角看去,三个靠墙的花盆里冒出了蔫蔫的绿色枝藤,那是刚发芽的红薯苗。

我笑了笑,却发现连嘴角都没力气提上去。《火星救援》里没有骗人——虽然土豆换成了红薯。

这些,就是我现在所有的储备粮了。

撕开一粒话梅黑糖,甜味在舌尖弥漫开的一刹那,我的眼眶酸了。

三十六天了,我已经一个人坚持了五个星期,第六个星期开始了。

那个平淡的周四下午,和阿丁通完电话后,我终于踏踏实实睡了个午觉。那时我已经辞职七个多月,还没有找到新的工作,做了几年新媒体攒下的一点小钱已经被房租和上西班牙语写作班的开销消耗得差不多了。和阿丁的聊天稍稍抚平了我的焦虑,很久没有这么放松过,一觉醒来,竟然已经是晚上6点多了,窗外的最后一抹天光正在隐去。

"¡Buen viaje!"[①]我回味着那个氤氲着水汽的梦:蓝色的加勒比海浪里,阿丁的身影若隐若现。

睡眼惺忪地打开手机,蒙眬中,屏幕的亮光刺痛着我的双眼。

桌面上竟然有好几条系统群发的消息,分别来自海椒市、云亭市和龙港市,这些与我的过去与现在交缠的城市。而所有的信

---

① 西语:旅行愉快!

息,显示的都是同一个内容。

"各位居民请注意,今日各地皆出现抽搐症状者,疑为不明病毒感染。如遇紧急情况,切勿恐慌,并立即拨打110。请广大居民做好防护,非必要请勿出门。"

我倒吸了一口冷气,睡意全无。信息写得极为克制,但难掩背后事态的严重性。如果只是普通的病患,为何要求直接拨打110?各地都出现了,说明……这是传染病?

恐怕并不是"抽搐症"那么简单……我脑中一闪而过"丧尸"两个字,又飞快地将之挥了出去,狠狠捏了一把自己的大腿。

打开通讯录,问遍父母等家人和朋友后,果不其然,他们都收到了同样的消息。

"又要卷土重来了吗?"电话里,母亲的声音在颤抖,然后是长久的沉默。

我明白她说的是什么:四十多年前那场杀死了全球近1/4人口的大瘟疫。母亲那时候还在委内瑞拉,刚上小学,家里四个兄弟姐妹,只有她活了下来。这件事情,让外公外婆决定离开生活了大半辈子的加拉加斯,带着这个仅剩的女儿,回到恩平①,回到阔别了二十多年的祖国。

小时候我最喜欢听母亲用西班牙语给我唱儿歌。再后来,她

---

① 广东省江门市代管县级市。据21世纪初统计,旅居委内瑞拉的20万华侨中,有八成来自恩平。

中文讲得越来越多,慢慢就不唱了。

我也忘记了所有的歌词和歌名,唯一记得的,就是这个语言像唱歌一样好听。

而每当我问起那场大瘟疫的时候,母亲总是双手颤抖,眼神闪烁。

"Vía Dolorosa, Vía Dolorosa……"① 她喃喃自语着这句西班牙语,然后支开话题。

那似乎是一种比恐惧更复杂的情绪。是什么?我说不出来。

你问我,为什么不去问问其他人?因为那是一场只存在于亲历者,不,幸存者回忆里的瘟疫。图书馆、博物馆、网络……在你能想象到的所有资料库里,都找不到任何关于它的记录。

"叮叮——"清脆的提示声打破了寂静。蜷在脚边的芝麻被吵醒了,颇为不爽地用后腿踢了踢我。

"关紧窗户,拉上窗帘。事情没这么简单。"

是阿丁的留言。

我盯着屏幕,掌心的汗慢慢在手机壳上变得黏腻,却完全不知如何回复。而很快,又是一声"叮叮——"

"尽量多囤一些吃的,这次会严重很多。"

还没等我反应过来,伴随着一阵电流过载的"滋滋"声,世界在电光石火间陷入了一片漆黑。

---

① 意为"受苦难的道路"。耶路撒冷旧城有一条同名的街道,相传是耶稣背着十字架前往受死的路。

短暂的死寂后，它又以一种更为诡异的方式活了过来，那是来自四面八方的躁动喧嚣：隔壁婴儿的啼哭，楼上重物坠地，远处此起彼伏的尖叫……

不知是不是错觉，在我起身拉窗帘的瞬间，与我视线相遇的，是黑暗中一双深绿色的眼睛。

不到四小时，两次拉上窗帘，而我所见的外面，已不再是同一个世界。

芝麻威胁的低吼，也莫名成了让我最有安全感的声音。

小腿上一阵轻柔的绒毛扫过，将我的思绪拉了回来。

我看着笔下的食物清单，把话梅黑糖数量的"24"划掉，在旁边写上"23"。

不，我不是一个人。

茶几下的竹编猫窝里，酣睡醒来的芝麻正在拉伸四肢，长长的尾巴绕在了我的腿上。

这一切刚刚开始的时候，每天都会有无人机投放食物。直到第二十一天，天空安静了整整一天。第二十二天，突然再次断电。无奈之下，我只有用最快的速度处理冰箱里的冷冻食物：煮熟所有的饺子和馄饨，把鸡肉、牛肉和半条鲈鱼腌制起来。想不到平日里三脚猫的厨艺，此时却成了救命的技能，而囊中羞涩囤的这些打折食材，也成了最后的存粮。

从那以后，煤气和电都变成了薛定谔状态，还好水供应还算正常。

猫知道一切答案
CATS KNOW EVERYTHING

而最令我恐惧的，是网络信号开始时断时续。上一次与父母视频还是三天前了，他们退休后就搬回了老家的宅院，有两亩田，三只狗，还有十几只鸡，应该可以撑很久——至少，比我久。奶奶外婆也都暂时安好。而同学群里，已经有人的头像永远变成了灰色……

我每时每刻都攥着手机。这是我与外面世界唯一的联结，就像溺水之人能抓住的唯一的稻草。我怕一不留神，整个世界就会弃我而去。

而阿丁，和我一样独自支撑着的她，成了我最大的精神支柱。事发那天她正在加班，好在宿舍就在隔壁楼，两栋大楼间由一条玻璃天桥相连。当她穿越天桥，一路狂奔回宿舍的时候，她第一次看清了"它们"。

隔着钢化玻璃，她捂住了嘴，然后给我发了最初的那两条信息。

正如阿丁所说，这会是一场"持久战"。与我一起并肩作战的，除了远在南国的她，就是身边的芝麻了。

和对我自己一样，我把喂它的频率从一天三次减少到一天一次。最初的那半个月，芝麻总是缠着我，发出撒娇的喵喵声。后来，也许是习惯了，也许是明白了些什么……也许，只是纯粹太饿了，它不再那么黏人，也不再淘气地上蹿下跳，而是把一天中所有的时间都用来睡觉。是的，所有。

我知道，它是为了保存体力。

就像大部分时间都在昏睡的我一样。

只有在一种情况下，它会用尽所有的力气，站起来，绷紧身体，像一张蓄势待发的弓：

当"它们"出现的时候。

三、黄色连衣裙

"砰，砰砰——"急促的敲门声来得猝不及防，我吓得手一抖，削了一半的红薯掉在了地上。

芝麻"嗖"的一声弹了起来，飞奔向门口。

犹豫了片刻，我也抄起水果刀，慢慢向门口挪去。

敲门声又响了起来，在寂静中，仿佛是远古部落祭祀的鼓声，而这次来得更急。我深吸了一口气，踮起脚，从猫眼中向外望去。

昏暗的楼道间，各种垃圾零零落落地四散着，地上还躺着几张粉红色的传单。那是在所有通信方式都中断之后，直升机从空中撒下来的——告知所有公民，疫情已失控，政府能做的，是竭力保住水电供应，请所有人做好最坏的打算。

门口站着一个小女孩，由于个子太矮，我看不见她的脸，只能看见乱糟糟的马尾辫下，罩着一条浅黄色长袖连衣裙。

现在这个时候，即使是白天，还有谁敢出来？难道她……

女孩似乎觉察到了什么，抬起了头。

那是一张脏兮兮的小脸，参差不齐的刘海黏在额头上，下面挂着一双红肿的眼睛。

"有人吗?"

稚嫩的声音显得有气无力。

"……叔叔、阿姨、爷爷、奶奶,我是住在四楼的薛可心。"

她抹了抹眼睛,小手同样脏脏的,声音中带着哭腔。

"我的爸爸妈妈昏过去了,只剩下我和弟弟了,我们两天没吃饭了,求求你,能不能给我们一些吃的。"

我松开攥紧的水果刀,吁了一口气。她神志清醒,眼睛依然是正常的棕黑色,看来并没有被感染。

然而,看着一边空空如也的茶几,我犹豫了。我所有的食物储备,只剩下床边那几盆红薯和两根火腿肠。事实上——我知道这有点难以启齿,我已经开始吃猫粮了——毕竟里面有足够的蛋白质。

我逼迫自己闭上眼睛。

"对不起……"

终究,是我制造出的这令人难堪的静谧。每一秒都在撕扯着我的身体。

大概过了三分钟,传来了渐行渐远的下楼脚步声。

"真的对不起……"我顺着门框无力地滑倒在地。

饥饿是有形的,如果你也曾遭遇如此绵长的饥饿,就会发现它存在得如此真实:先是肆虐你的胃,然后麻木你的四肢,最后掏空你的大脑。而可悲的是,在那个瞬间,我发现愧疚也变成了身体的寄生物,它挤压着我,在我的身体里横冲直撞,拼命想把我钉进那根看不见的耻辱柱里。

芝麻警觉地嗅着门口,不时用爪子试探地抓门,最后它靠着我趴了下来,用头蹭蹭我的手。

是在安慰我吗?

我的指尖滑过它额头那撮斑纹,隐隐约约,听到楼下传来了敲门声和断断续续的声音:

"叔叔、阿姨、爷爷、奶奶,我是住在四楼的……"

恍惚中,我看到一个小女孩跌跌撞撞地向我跑来。正午的阳光好烈,她从池塘边站起身,捧着双手,小脸脏脏的。"阿伦,我抓到了小蝌蚪,快看"……此起彼伏的蛙鸣,她的声音是夏日交响曲里最好听的音符,那些坠落在我手心的斑驳树影,却突然被一个巨大的黑影遮住。于是"啪"的一声,无数黑色的音符被打落在地。"什么脏东西,快跟我回家洗手!"穿着橙色高跟鞋的女人像捉田鸡一样,拎起她瘦弱的身体。

后来她拼命学习,拿下一个又一个奖项,在众人艳羡的眼光中去了沪上。只有我知道,她其实是打败了一只又一只怪物,逃离了这里。

那天,她也穿着浅黄色的连衣裙。

我扶着门框站起身来,用力拉住门把手,深吸了一口气,转动门闩。

五十多天来,这是我第一次开门。也许是因为长时间未使用,门轴发出了尖锐的摩擦声,似乎为自己被遗忘的遭遇鸣不平。那声音穿透了楼道里寂静的空气,仿佛一声嘶吼。

而也有一道光,从窄窄的门缝中钻了进来。

极黯淡,极温暖。

猫知道一切答案
CATS KNOW EVERYTHING

"万物皆有裂缝，那是光照进来的地方。"不知为何，我想到了很久以前看到的这句话，突然有点想哭。

"可心……你上来吧。"我探着身子，从门缝里向外说话，在保证能被听见的前提下，尽可能地压低声音。

几秒钟后，敲门声停止了，接着是几下迟疑的脚步声。然后在楼梯转角处，探出了一个小小的脑袋。

"……阿姨？你有吃的吗？"她也压低了嗓子。

我点了点头，做了个"OK"的手势。

小脸上绽放出了笑容，显得格外灿烂。她用力点点头，做了个夸张的嘴型，隔着半层楼我也能看得很清楚，那是"谢——谢——"。

她双手抓着扶手，有些吃力地向上爬楼梯，因为个子太矮，必须抬起一只脚，放上去，再放另一只脚。走了不到四五层，她就连连喘气，也许是因为太饿了。

五米，三米……她离我越来越近了。她向我伸出手。仿佛多年前，那个向我飞奔而来的女孩儿。

我也向她伸出手。

然后，那个巨大的黑影再次从她身后升了起来。在我们双手即将相握的瞬间，遮住了楼道的天窗，遮住了所有的光。

是回忆入侵了现实，还是……

与那双绿色眼睛对视的时候，我感觉不到它的丝毫情绪，因为那里面只有一个信息：那是一种野兽才有的，最原始的狩猎欲望。我甚至来不及尖叫，就看到那条黄色的连衣裙，瞬间被卷走在黑影里。

踉跄后退,用尽最后的一点力气,门在我面前轰然合上。穿黄色连衣裙的小女孩,注定要被怪物吞噬吗?

我不知道。

我只知道,即使很久很久没有吃东西,眼泪,还是咸的。

只知道……在最后的一刹那,芝麻向着它,扑了出去。

四、绿色深瞳

许久没用的电脑上,已经积了一层薄薄的灰。吹一口气,借着微弱的光线,可以看到一些飘浮着的细小绒毛。

那是芝麻的毛。

如果是从前,此刻的它一定正趴在我右手的书架旁,半眯着眼睛,看我敲打键盘,或者注视着窗外飞过的麻雀发出"卡卡"声,又或者,摆出各种销魂的姿势梳理自己的毛,顺便把桌上的笔都踢到地上。

我嗅着手中那几根绒毛,假装闻到了那熟悉的奶香味。

六天了,这间小小的出租屋里,还留有芝麻的味道。它们会时不时冒出来,提醒我芝麻已经离开。

如果不是再次收到阿丁的信息,我可能会一直躺在床上,直到自己一点一点腐烂。

网络已经瘫痪了很久。你问我外面的世界变成什么样子了?

猫知道一切答案
CATS KNOW EVERYTHING

我还在乎这个问题吗？我的整个世界，就是这间屋子，这座被时间抛弃的孤岛。

与父母的联系，只剩下最原始的手机短信。我们好像达成了某种默契，每隔三天给彼此发一条信息。为什么不是每天一次？也许……只是为迟早会到来的意外，设置心理上的缓冲时间。

阿丁呢？其实我们从不会每天联系。中学时候一起放学回家，我们常常一路一句话不说，除了在最后那条岔路口的"再见"。

芝麻离开后，我放弃了所有挣扎。不再洗脸刷牙，不再洗衣拖地，甚至不再给红薯浇水……除了最后这件，我发现其他所有事情，都不过是为了打发时间进行的日常仪式而已。用这些重复机械的动作提醒自己，作为人类的我还活着。

一直以来，我都以它主人的身份自居，直到芝麻消失后，我才意识到，谁是谁的支柱。

阿丁的信息言简意赅，只有四个字：速查电邮。

我将信将疑地打开没有联网的电脑，一封未读邮件提醒从桌面上跳了出来。她不是第一次用黑科技惊讶到我了。

邮件里没有任何文字，只有一个视频附件。

解压用了一万年那么久，直到握着鼠标的手开始冒汗。短暂的镜头晃动后，画面清晰了起来。阿丁穿着熟悉的实验服，齐肩的卷发不见了。记忆中那件浆洗得雪白的衣服变得黄巴巴的，也许只是光线太暗的缘故。

"阿伦，你还记得，我这几年一直在研究的绿叶海蛞蝓吗？"

她蹙着眉头，欲言又止。原本深邃的眼窝，因为消瘦，陷得更深了。

我当然记得,何止记得,我甚至能清楚地用西班牙语说出它的学名:Elysia chlorotica。绿叶海蛞蝓是目前所有已知地球动物中,唯一能够进行光合作用的单细胞生物。它可以通过进食藻类,将其基因合并入自己的染色体中,吸收其叶绿体化为己用。这样一来,它自身就具备了"光合作用"的功能,可以利用太阳能量,直接将二氧化碳和水转变为维持生存的营养物质。因此,无论是否长期在阳光下,它们都可长时间不进食,最长甚至可达九个月。要知道,它们的整个生命周期,也就只有短短的一年。

阿丁所做的研究,就是利用绿叶海蛞蝓这种"劫持"其他生物基因的"盗食质体"(kleptoplasty),开发出针对人类遗传性疾病的新型治疗策略。

"你知道,绿叶海蛞蝓最早是美国和加拿大发现的。它们原本生活在美加东部沿海的盐沼和池塘中,水深一般不超过0.5米。但是一年前,墨西哥湾也发现了绿叶海蛞蝓的种群,而且比之前发现的生存能力更强,可以在水下近5米的区域存活,寿命也更长。所以几个月前,我和小组成员去墨西哥考察,就是去研究这批新发现的绿叶海蛞蝓。"

是的,我知道。出发前我帮她翻译了一些西语文件,然后就收到了从墨西哥城、梅里达、坎昆……飞来的一堆明信片。我把它们贴在地图上相应的位置,正好绕墨西哥湾一周。

再往下面,就是加勒比海了。而那里空空如也,是我可能永远都回不去的"故乡"。

现在它们就在我背后的墙上，倒映在电脑屏幕里，像一只丢失了瞳孔的眼睛，看着我。

"不错，它们进化了。之前发现的种群只吃滨海无隔藻，现在它们对各种藻类都来者不拒，而且身体表层的光敏蛋白敏感度增加了三倍。这就是它们能够在更加严酷的环境下生存的原因……"

阿丁喝了口水，握着杯子的手有些颤抖。她不停地抿嘴唇，我知道，她只有在紧张的时候才会做这个动作。

"我们推测……这和四十多年前的那场瘟疫有关。我不是说那场瘟疫的起因。没有人知道，而知道的人，也应该不在这个世界上了吧。我的意思是……那场瘟疫的结果……整个生态系统进行了大洗牌，而那些存活下来的物种，适应环境的能力都大幅提升，甚至以指数级加速，绿叶海蛞蝓就是一个典型例子。"

"这些年，我一直希望能从绿叶海蛞蝓的机制里找到解决人类遗传疾病的新方案。其实在这一切发生之前，动物实验已经进行到了二期。"

"所以……"

阿丁抬起头来，隔着屏幕与我对望着，眼中闪着光。

"我决定做第一个人类试验者。"

其实我已经猜到了她会这么说，但眼泪仍然忍不住落了下来。

"我从小就喜欢这些。小时候我总是拉着你一起去捉小蝌蚪、去水族馆看六角恐龙……后来，我也如愿以偿学了生物专业，做自己喜欢的研究。尽管与这些神奇的生物朝夕相处，我依然常常惊讶于它们适应环境的能力。"

"所以阿伦，你有没有想过，如果现在外面的'它们'也算是人类的一种'进化'，那么为什么我们不选择主动进化，去适应这个有'它们'的世界，而是躲在暗无天日的屋子中枯坐等死呢？"

我的心中，有什么东西动了一下。的确，我从未想过这个问题。等待被救援，或者等待死亡，这是我从一开始就坚信的两个仅剩的选择。而现在看来，似乎只剩一个了——在没有听到阿丁说这段话之前。

当然另一个原因是，我这里已经弹尽粮绝了，即便不这么做，我也活不了多久。我已经吃掉了几乎所有能吃的东西。每天在饥饿中醒来，又在饥饿中昏昏睡去。我怕有一天，我会饿到丧失判断的能力。

阿丁低下了头。

"说实话，有些后悔嘲笑那些打六角恐龙主意的同事了，返老还童似乎也不是件坏事，呵……可他们终究还是吃掉了它们。"

"如果绿叶海蛞蝓的基因能与我的融合，那我，也许可以靠光合作用活下来。"

她的肩膀抽动着。

"我好想念阳光。"

那一瞬间，我看到了她剃得光光的头上长出的青色发茬。还有眼角的泪光。

"说了这么多，其实是来跟你告别的。你肯定很困惑。没关系，我也一样……我不知道实验结果会怎样，就算成功，那之后的我还是不是我……但无论结果如何，这都是我——作为丁思珈

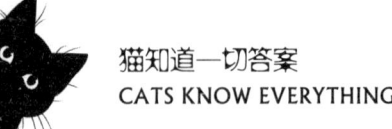

的我，最后一次联系你了。

"当然，祝我成功吧。我期待'重生'。"

视频结束，世界再次陷入了寂静，好像什么都没有发生。

"希望你也是。"

我重复着阿丁的最后一句话。一切都变了。

而且，变得面目全非，再也无法回头。我曾执拗地相信，一定会像科幻片里的那样，有个强大如神迹的力量，把所有这一切扳回到之前的样子。就像重置电脑系统一样，重置这条时间线。

但是现在我必须接受，这只是我一厢情愿的假想。停滞的只有我的时间，外面的世界，一直在汹涌地奔赴未来，或许是可以用"凶残"来形容的未来。

而在这个匆然逝去的夏天，我第一次如此接近"死亡"。奇怪的是，并没有想象中的恐惧，甚至，带着一丝侥幸和宽慰。

谢谢你，阿丁。

淅淅沥沥的雨声从窗外响起，咚，咚咚……一下、两下……

那是一种故意为之的有节奏的敲击声，挟着一股甜到不合时宜的香味，从窗户的缝隙中钻进来，充盈了整个书房。

夏雷早已沉默，这是秋雨的序曲。在如梦初醒的恍惚中，我做了一件连自己都惊讶的事：掀开窗帘。

窗外那棵老桂花树正在怒放，仿佛要赶在时间的尽头把一切都吞吐出来。在那灿烂到炫目的金色花树中，我看见了两只熟悉的绿色瞳孔。

是芝麻。

五、银色月光

芝麻是出生后四十五天来到我的世界的。它的三个兄弟姐妹都因为母猫奶水不足，不足月就夭折了，只有它顽强地活了下来。从它的前主人手里接过它的时候，我感到了沉甸甸的生命力，虽然它的身子，很小，很轻。

小时候，它一身黑褐相间的虎斑绒毛，长大褪去后，就成了芝麻一样浓郁的黑色。

如果仔细观察它的眼睛，会发现在黑色的瞳孔和黄色的瞳仁之间，有一圈绿色，如浅浅的月晕。现在，那圈月晕扩散了，整个瞳孔成了一轮绿色的满月。

我仔细检查着它的每一寸皮毛，就像刚带回家的那天给它捉跳蚤一样。在它的右腿根部，接近腹部的地方，有一道明显的齿痕：8颗门牙、4颗犬齿、8颗前臼齿。

这是人类的齿痕——芝麻被"它们"咬了，而伤口已经愈合。它的脖子上，还挂着刻有我手机号的铭牌，那是阿丁送的。

大概被我摸得不耐烦了，芝麻来回摆动着尾巴，趁我一不注意，从桌上轻轻一跃，向阳台边的食水区奔去。

为了庆祝它的归来，我刚刚在碗里放了他最喜欢的鹌鹑冻干（只剩最后两个了），它嗅了嗅，却扭头走开了。

直觉告诉我，芝麻有点不一样。但确切是什么，我说不出来。

猫知道一切答案
CATS KNOW EVERYTHING

这六天中,它在外面经历了什么?我不敢想,也不愿去想。

那天深夜,我辗转难眠。想着阿丁最后说的话,想着芝麻的归来……失去与复得,也许就是一瞬间的转换。在我以为自己早已心如死灰的时候,许多情绪又复活了,提醒着我,我的确还"活着"。

你,还是会悲戚于失去,惊喜于失而复得。

如果现在外面的"它们"也算是人类的一种"进化",那么为什么我们不选择主动进化,去适应这个有"它们"的世界,而是躲在暗无天日的屋子中枯坐等死呢?

听到卧室外头声音的时候,阿丁的那句话,正盘桓在我的脑海中。

那是芝麻在"呜哇、呜哇"地叫唤着。只有在猫捕捉到猎物的时候,它才会发出如此"耀武扬威"的声音。而此刻的家里,已经没有任何活物了,别说是他最爱玩的壁虎、蟑螂……连一只苍蝇也没有了。

我裹着毯子,把门撑开一条缝。与卧室正对着的是书房,墙上的钟指着 2 点 10 分。书房里出奇得亮。

那是月光。

没有窗纱的阻挡,满月的清辉肆意泼洒。占了三面墙的书柜都被镀上了一层银色,祥和得有点假。

芝麻小小的身体蹲在窗台上,像一尊雕塑。不,雕像是不会动的,而它的身体抖得厉害。

似乎刚经历一场搏斗,身体因为急促的呼吸而起伏着。

当我的目光迎上它的眼睛，在皎洁的月色中，我看到了一抹妖冶的绿光，炽烈、明亮却充满生机。

也看到了，在它的嘴里有一团白色的东西在拼命挣扎着。渐渐地，渐渐地，不再动弹。

然后它跳下窗台，跳下电脑桌，跳下椅子，迈着猫步向我走来。

那团白色的东西，随后被放在了我寸步难移的脚下。

一只兔子。

"喵呜——"它从门缝里钻了进来，像以前一样，用脑袋蹭着我的脚，久久不肯离开。

我突然反应过来是哪里不一样了。

它的身体，不再温暖。

六、绿色深瞳

此后的那段时间里，芝麻每隔几天就会在深夜出去狩猎，而早上醒来，我就会看见房门口多了一具尸体。

或者说，一件食材：兔子、老鼠、鸡、蛇……都是我在这个小区里曾经见过的生物。七栋底楼的大妈养的，被门卫捡到的，被孩子们追着打的……所有这些，似乎是一个隐喻，提醒着我与这个世界曾经的交集，最终都以死亡的形式来延续我的生存本能。

我感激，又觉得可耻。

猫知道一切答案
CATS KNOW EVERYTHING

我已经五天没有收到父母的消息了。

而阿丁，她见到阳光了吗？

芝麻眼睛中的绿色一天天扩散，扩散的速度和它身体变冷的速度一样。

它的身上，又多了一些伤痕，更确切地说，是形状各异的齿痕。

月盈月缺，我从未再见过它流血。

而最终做出这个决定，是在一个深秋的黄昏。那时我正抱着芝麻冰冷的身体，站在窗边，听群鸟啾鸣。

发生这一切后，最早消失的是贩夫走卒的叫卖声，然后是汽车的喧嚣、坦克的轰鸣……若你仔细聆听，每逢迟暮，便是鸟语开启之时。

中午吃的水煮刺猬肉在我胃里翻腾。在我习惯了老鼠肉之后，似乎已经没有什么是不能接受的了，只是胃还需要时间来消化。芝麻在我怀里睡着了，昨晚的狩猎，耗尽了它所有的体力。

它再也不会对着飞过的鸟，发出幻想中的"卡卡"声。因为现在的它，已经可以一跃于树冠，咬断任何一只鸟的脖子。

我最初的直觉是对的，外面的"它们"，或者说曾经作为人类的"它们"，已经成了某种意义上的"丧尸"：理智荡然无存，只剩下野兽一般的狩猎本能。芝麻在第一次出门时被攻击了，也许因为猫和人类的免疫系统有差别，在被感染后，除了体征发生变化，它并没出现类似的"兽化"行为。

哦不，它本就是兽。

却变得更能感知我的情绪和需求，或者说，更通人性。

如果阿丁在就好了，她一定会有更专业的解释。

我和芝麻就以这样一种奇异的方式共处着。即便它没有温度，不再呼吸起伏，都比苟延残喘的我更像是"活着"。

因为它还有"生"的斗志，而我只是循环着消化和排泄的本能。

那天的晚霞应该很好，透过被阳光晒到老化的窗帘的缝隙，我看见了耀眼的绯色。

在我出神的时候，有什么东西飘然坠落。虽然只是一瞬间，但我还是看到了，在漫天的红光中，那是一条黄色的连衣裙。

它很轻，被风卷起，从我眼前飘过，又升上半空，旋即消失不见。

那是压垮骆驼的最后一根稻草。

我终于，做出了那个犹豫很久的决定。

"咬我。"

捏了捏芝麻的爪子，我把手放到它嘴边。

芝麻睁开眼，眼中闪烁着迷离的绿光。它一边打着哈欠，一边舒展四肢，尖尖的獠牙像两把匕首。脚上的肉垫抵在我胳膊上，仿佛在给我烙一个冰冷的印记。

闭上眼，等待。

短暂的疼痛后，黑暗从四面八方涌了过来，裹住了我，抱住了我。

那个刹那，一首熟悉的旋律浮现在了我脑海。我记起来了，那是童年时母亲哼唱的西班牙语歌谣。

猫知道一切答案
CATS KNOW EVERYTHING

  寒冷而迅速的手
  一层又一层拉回
  黑暗的绷带
  我睁开眼
  我
  仍然活在
  一个
  崭新的伤口中心。①

  我睁开眼,看见了那双绿色的眼睛。不——不只是眼睛,而是绿色的天花板,绿色的窗帘,绿色的……世界。
  这也是阿丁现在所看见的世界吗?
  我也想起一首歌的名字。
  它叫《黎明》。

  正文结束,以下为绝密。

  审阅意见:
  以上文字,是我们在古代中国成都市武侯区的晋阳遗址中出土的一台电脑里复原出来的。关于这份文件的真实性,专家组莫衷一是。作者是谁?文中屡屡出现

---

① 墨西哥诗人奥克塔维奥·帕斯(1914—1998)的作品。

的"你"又是谁？和他/她是什么关系？本文是否虚构，抑或只是他/她的日记？数据库检索显示，21世纪确有若干位名叫"某某伦"的人，但身份皆不与本文作者匹配，其中包括电竞选手、水产大亨、原澳大利亚某大学的教授等。另外，文中提到的第一次大瘟疫已不可考，我们唯一能确定的，是在作者所处的年代，即21世纪早期，确实爆发了一场持续五年的瘟疫，深刻改变了整个地球。这也是我们的文明，最初的黎明时期。

关于本文的诸多谜团，有待后续研究、挖掘。

评估结果：B级文物，需授权获取

处理建议：归档至UC-R926星CP-L-T文献库

签名：🐾

日期：7767.6.3

我与猫

这篇小说创作于2021年，我在成都生活的第三年。一年前，我从朋友那边领养了两只猫。它们是一对母子：母亲是英短蓝猫，叫汤圆；儿子是黑猫，我给它取名叫芝麻。至于为什么蓝猫生出了黑猫，可能需要问问这个喜欢离家出走的猫妈——朋友就是在小区里捡到它的，而第二次在小区找到它时，它怀孕了。接下来我和

猫儿的日常,你可以从这篇小说里猜出个大概。

科幻、风景、美食……虽然身在异乡,但"蓉漂"生活安逸巴适,我并不觉得孤单。而在成都和新冠病毒打阻击战的这两年,我几次有惊无险地和病毒擦肩而过。最严重的时候,小区封闭管理,面对即将消耗殆尽的食物,以及如影随形的恐惧和焦虑,汤圆和芝麻给我带来了陪伴,这是任何外在的愉悦刺激都无可替代的。当五月的某一天我意识到自己很快就会离开这座城市时,我开始提笔写这个故事。写完的时候,桂花已开。

如今身在大洋彼岸,两只猫儿已经彻底征服了家乡的老父母,照片里的它们滚地上桌无所不能,羡煞院子里的三只狗仔。而我会一直记得那些明亮的午后,书桌上是睡成一团的芝麻和汤圆,它们身后的窗外是一棵老桂花树,树在发光,那是成都不多见的暖阳。

那是我对这座城市最柔软的记忆。

——范轶伦

侠猫十三婆传

文 迟卉

根据我老家的惯例,猫是没有名字的。

我读初三那年冬天,爹从山上抱回一只小猫,黄色花斑的,额头正中有个白点儿。据说是挂在了套野鸡的网子上。我捏捏它的爪子,才三个月大小的猫,爪子上就已经有了厚厚的茧,想来是一直生活在山上的野猫。

"养着吧。"外婆盯着昨天被老鼠挨个咬过的饺子,啜着牙嘟囔,"好歹能抓耗子。"

那个时候它尚没有名字,和其他任何一只猫一样,我们用"Milililili……"这样的长音叫它来吃食,高兴的时候便叫它几声"咪咪"。若是叼了鱼,称呼便立刻降格为"死猫"了。不过它还算柔顺,也很听话。完全看不出彪悍的潜质。没人想得到它日后能够干出令自己获得名字且声名远播的壮举。

"是母猫哩。"我说。挠着它白白的肚皮,而它也闭上眼睛,打着呼噜,一副很享受的懒相。

猫知道一切答案
CATS KNOW EVERYTHING

　　第二年秋天，它生了一窝猫崽儿，六个毛团团窝在娘的破毛衣里，圆滚滚的很可爱。等小猫长大一点，它便带它们出去，一只大猫六只小猫走在屋脊上一排，颇为气派。

　　但是有一天我听到它不停地哀号，跑出去看的时候，发现一只小猫被邻居家的大狼狗叼在嘴里，血糊糊的，似乎已经死了。其余的小猫和它挤成一团，不停地凄厉号叫。

　　"不就是一个破猫崽子么？老子赔你十块钱！"邻居绷着脸甩下一张皱巴巴的钞票。娘捡起钱，拉着我拖着猫回了家里。

　　邻居之间磕磕碰碰总是难免，多一事不如少一事，这件事情对人来说不过如此，但是猫却拒绝原谅。

　　日子一天天过去，小猫渐渐长大，最后娘把它们抱去集市卖了点钱。我家的猫又只剩下它一只，常常安静地在我的腿上盘成一团，像一个毛茸茸的垫子。

　　直到邻居找上门来，把我家的大门砸得震天响，我才知道这猫又找上了他家的狼狗。

　　而且，是直接一爪子，把狼狗的鼻子给"中分"了。

　　我推开邻居家院门的时候，只见大狼狗哀号满地打滚，一地的血迹斑斑，猫蹲在房脊上，慢条斯理地舔着爪子。

　　我娘和邻居家一顿好吵，最后邻居家逼我带狼狗去看兽医，折腾了足足一个半小时外加六十块钱，狗鼻子包得跟个大头菜一样。兽医问我说怎么拿菜刀打架把狗给砍了？我说是我们家猫干的。那老头儿眼睛眨都不眨瞪了我足足半分钟，然后说，你应该给这猫起个名字。

那时候,电视里正放《洪兴十三妹》,于是我决定把这只猫叫作十三婆。

后来我发现十三婆的仇恨从邻居家那只大狼狗扩展到了所有犬类,且不说邻居家的狼狗从此气度全失,半点凶猛也无,看到猫就退避三舍,就连村子里其他的狗,也都被十三婆和它的第二窝猫崽撵得鸡飞狗跳,上房跳河。常常是听到某一只狗惨叫,然后看到十三婆带着一窝小猫对着它猛抓,最后主人出来,猫们便"战略撤退"。一群猫排成一排走在房脊上,每一只的尾巴都"趾高气扬"地竖着,仿佛胜利的旗杆。

短短两个月,我们家为村子里近半的狗支付了外伤治疗费。虽然家里鼠害没了,但是这样的花销,却实在无法消受。

看着钞票刷刷刷变成狗身上的绷带和云南白药,爹痛下决心:撵走十三婆。

我们把猫窝扔出门外,猫碗倒扣,娘还抡着扫帚气势汹汹地赶它们走。都说猫无良心,不恋家。可是十三婆带着猫崽子们,足足在我家房顶哀叫了三天三夜。后来我实在听不下去了,抓了一把虾米皮走出门外,大声喊:"Mililili……"

十三婆轻快地跳到我面前,粗糙的舌头舔着我的手,吃了点虾米皮,然后它的小猫们走上来把剩下的分享了。

"走吧。咪咪。"我用手挠着它的下颏,它发出呼噜呼噜的声音,用金褐色的眼睛盯着我。

"走吧。"我说着,抱起它放到棚子顶上:"走吧,傻猫。"

它低低叫了一声,带着六只小猫消失在夜色里。

从此十三婆变成了一只自由自在的野猫。非常健康,非常多产,并且坚决地保持着对任何一只狗的仇视态度。四年来,整个村子里没有一家遭到过鼠害,但是也没有哪家的狗没有被它"问候"过。有些狗天不怕地不怕,就怕猫。

我在市里读高中,过年回家的时候听娘说:村子东头老林忍无可忍在鱼里下了耗子药,想药死十三婆。

"后来呢?"我问。

"后来?一个礼拜不到,老林家的狗把鱼吃了,死得挺挺的。"

"十三婆呢?"

娘笑笑,在一个猫碗里装了七个饺子放到门口。我从结了霜花的玻璃看出去,几个黄色的小身影围过来,吃得正欢。那一只大的,额头上的白点映着灯光,好像一只狡黠的眼睛。

"这猫成精了。"我嘟囔着走出去,照例挠着它的下巴,它眯起眼睛,开始舒服地打呼噜。

但是我并不确定那天来我家吃饺子的是不是十三婆,因为它多子多孙。我曾经看到它带着一群小猫走过,半个小时之后,它的孩子带着自己的小猫走过同一个地方……村子里的每一个人都能讲出关于十三婆的许多故事。比如它能爬上三楼阳台,扒开钢丝鸟笼吃掉里面的八哥;又或者在张师傅七楼顶层的鸽子棚里住了三个月,将里面的鸽子无论大小扫荡一空;以及拖着一只半米长的耗子大摇大摆从街上走过,等等。

总体来说,除去那些养鸟和狗的人家,十三婆还是很受欢迎的。因为它和它的子孙,我们屯子一年到头都不会有老鼠吃粮食的事情发生,村里人经常把剩饭倒进破碗放在门口,夜里,十三婆就会带着小猫们挨家挨户的"清理"。

后来我念大学三年级那年暑假,已经九岁多的老猫十三婆又干出了一件大事,而且这事在村里传得沸沸扬扬,有鼻子有眼。

这要从九分会老刘家弄来那只藏獒说起。

老刘财大气粗,摩托要骑最大的,房子要装修最漂亮的,老婆要年轻的,狗自然也要最好的。那只藏獒皮毛锃亮,站起来足有一人高,脑袋像南瓜般大,一看就非常凶狠。来到村子第一天,大家就开始猜测它和十三婆谁能赢,有几个老头甚至还拿二锅头下了赌注。

很快,那天早上老刘家就扔出一只死猫。我提心吊胆地去看,黑白花的,不是十三婆。于是松了一口气。

十三婆的反击在当天下午展开。它先是跑到老刘家屋脊上,蹲在房檐,对着藏獒叉开后腿,不偏不斜一泡尿滋在藏獒脸上。狗气得发疯,挣命似的咬和跳,就是上不去房。十三婆在房顶上踱着方步,时不时地滋点子尿下去。藏獒足足折腾了一天,整个村子都听见它的叫声。

等到老刘晚上回家,发现藏獒趴在地上,吐着舌头,喘着粗气,满嘴冒沫。

猫知道一切答案
CATS KNOW EVERYTHING

第二天，老刘一出门，十三婆就又回来了，重复昨天的行动。

如是再三。

第六天老刘回来，发现院子里没有狗。

他一抬头，发现狗蹲在房顶上，天知道那么大那么重的狗是怎么上去的！

在用粗话问候了十三婆的十八代祖先和千秋万世的子孙后，老刘意识到这只藏獒上得去、下不来。于是他把刚才的粗话翻新了一遍，跑出门去找人借梯子。

村子里看热闹的人都来了，看到平时威风八面的藏獒如今可怜兮兮蹲在房顶上呜咽，大家都忍不住要笑，可是碍着老刘的面子，又不能笑。于是每个人的表情都非常怪异。

众目睽睽之下，老刘爬上梯子，抱住一百多斤重的藏獒，小心翼翼地向下移动。

突然一道黄色闪电蹿过来，十三婆的爪子狠狠地抓在狗屁股上，藏獒一声惨叫，猛地一跃……

噼里啪啦，扑通咣当，扑哧咔嚓……

"啊啊啊啊啊啊啊啊……"

"嗷——嗷——嗷——嗷——嗷——嗷……"

老刘被大狗压断一根肋骨，外加轻微脑震荡；藏獒摔断一条前腿，打了三个月夹板。

从此老刘和他的藏獒成为全村人的笑料，老刘走在大街上，经常有不厚道的人在身后指指点点："就是那个，养的藏獒打不过猫的那个……"

而他的藏獒也彻底废了，看到猫——无论是不是十三婆，只要是猫——就跑，一边跑还一边拉尿……

老刘怒火中烧，索性买了一支猎枪，宣称：看到猫就杀，有几只杀几只！

或许是他运气不好，转过年来就是"严打"。老刘作为私藏枪支的"典型"，被抓进去蹲了十五天……

"有个事儿你不知道。"过年回家说起十三婆，娘一边往锅里下着饺子，一边说。

"啥？"

"老刘从拘留所出来，心里头火大，就去打听。一问，说是有人举报了他。"娘笑着说，"老刘这下可不干了，说是一定要弄清楚是谁干的。但是举报是不登记的。问当时那个小警察，人家说了：是个穿黄大衣的老太太，别的记不得，就记得脑门上有块白斑。"

我一口饭全喷在桌子上："哎，该不成是十三婆成精了吧！"

"谁知道呢？"娘照例把几个饺子放在猫碗里，"我听你张大娘说，那天晚上她看到十三婆带着一窝小猫，每只都有两条尾巴。"

"别听张大娘瞎扯。"我爆笑起来，"她去年还说院子里闹鬼呢！结果是人家挂在那里的白床单！"

"别这么说，有些事儿是说不准的——你去给我拿条冻鱼来化上，晚上做了吃。"

我应了一声，走出门去。

三条鱼挂在房檐下，整整齐齐的一排。

三条?

昨天我挂上去的时候,明明是四条来着!

我转过头,突然看到一只猫叼着鱼跳过屋脊。

"死猫!站住!"我拔腿追了上去,转过屋子,却发现猫不见了。

"哎,大娘,你有没有看到一只猫叼着鱼跑过去?"我问身边一个穿黄大衣的老太太。

"猫?没看到啊。"老太太转过头来,她布满皱纹的额头上有一点白斑,金褐色的眼睛里满是笑意,"哎呀,是你啊,你长大了呢。"

我看到她的手里拿着一条冻鱼。

我与猫

《猫》

初见时分二两半,冬去春来九斤五。

昔日乖萌小毛球,如今床头吊睛虎。

布艺沙发成败絮,褴褛蚊帐随时补,

喜时听它呼噜噜,怒来急呼汝先祖。

——迟卉

少女与薛定谔之猫

文 宝树

奥地利物理学家薛定谔设想过一个实验：箱子里有一只猫及少量放射性物质，该物质大约有50%的概率会衰变，由此释放出毒气杀死猫；另外50%的概率是不会衰变，猫也就安然无恙。按照一般看法，在箱子里的猫或者是死的或者是活的，只是外面的人暂时不知道。但根据量子力学，当箱子处于关闭状态，整个系统就一直保持不确定性，此时的猫既是死的也是活的。科学界围绕着这个实验进行过无数次争论，但从未问及的是：那只猫自己是怎么觉得的？

——题记

猫知道一切答案
CATS KNOW EVERYTHING

一

窗户半开着，光子趴在窗沿上。阳光照在它身上，暖洋洋的很是舒服。它向窗外瞧去，瞳孔变成了一条缝：4月的和风吹在小区花园里，树叶沙沙作响，草坪上光影斑斓。

猫眼中的世界色彩并不分明，接近昏黄色调，稍远处的物体都朦朦胧胧，但随着微风，草叶的清香沁入光子鼻端，混着泥土的气息、野花的芬芳、蠕虫的腥气……千百种微妙的气息糅合在一起，填补了颜色的缺陷，组成了一幅远比人类所看到的更绚丽多姿的画卷。

光子懒洋洋地站了起来，伸直了腰打了个哈欠。下一秒钟，辛离就感到它浑身的肌肉都绷了起来，敏捷地从窗台上跳进了下面草丛里，脚上柔韧的肉垫让它落地时像羽毛一样轻捷，几乎感受不到冲击。猫咪钻进一簇灌木，如同猛虎——它森林中的表亲——一样，开始了今天下午的狩猎之旅。

光子钻出灌木，正好看到一只蜻蜓悠然从草丛上飞过，顿时兴奋起来，追着它飞身扑击，想用前爪拍掉蜻蜓，但蜻蜓灵敏地躲开了。光子在它后面紧追，大步腾跃，让辛离觉得自己仿佛要飞起来。可惜蜻蜓还是技高一筹，明智地飞到了旁边的水池之上，点着水轻盈地离开了。光子这回没有了办法，只有无奈地走开。

"差不多是时候了。"辛离在心底告诉它，"我们去小花坛玩儿，也许能看到……他……"

光子好像听到了什么,迷惑地东张西望了一会儿。它从不听任何人的指挥,但最近有点奇怪,似乎在它身体里总有一个声音在说它听不懂的话。

不过在它的字典里并没有"思考"二字,既然这个原始的问题得不到解答,下一秒钟也就被它忘记了。光子嗅了嗅野花,轻松跳上了墙,沿着墙头走了一段之后,又通过一根树枝爬到了旁边的一棵柳树,然后是另一棵树,然后是树洞,然后是另一堵墙,然后是屋顶……

这是光子摸索过的一条路线,早就驾轻就熟。树上、墙头和屋顶,那是人类每天都能看到、却永远无法身处其中的世界。那是猫咪的世界,和人类的世界相互交错,但绝不重合。

辛离是进入这个世界的第一个人类。

二

辛离常常想——明知无用却总忍不住——如果那天她没有答应江薇出门去看那场无聊的电影,如果她在回来的路上没有抄那条捷径,如果她在捷径上没有在一个新开花店的门口看了半分钟,或者再多看半分钟,如果她早一秒看到那辆失控的小轿车……如果千万个条件中的任何一个稍有变化,她的人生就什么岔子也不会出。

猫知道一切答案
CATS KNOW EVERYTHING

三年间,她会像其他人一样读完初中,升上高中,和同学们过着热热闹闹又平平淡淡的校园生活,将来会上大学,甚至出国留学,而不是坐在家里的轮椅上,终日对着放着无聊综艺节目的电视机和唉声叹气的母亲。

光子曾经是这段黑暗岁月中最宝贵的安慰。两年前父亲把它从外面捡回来的时候,它只有巴掌大小,像一团小小的白毛线,饿得皮包骨头,惨兮兮地叫个不停。那时候它特别黏辛离,每天大部分时间都会在她身上撒娇,缠着她喂自己吃的,晚上也要钻进她的被窝才能入睡。

但光子渐渐长大,身体也健壮起来。它变得越来越独立好动,经常出门玩个一整天,连影子都看不到。即使在家里,它也不再依偎在辛离身边,有时辛离想要抱它玩一会儿,却根本抓不到它。

辛离不禁妒忌光子,妒忌它悄无声息的猫步,风驰电掣的奔跑,甚至打个滚儿再站起来的本事。它的每一个灵巧动作都好像是在嘲笑她是个废物。辛离甚至有过一个恶毒的念头,打断光子的腿,它就可以乖乖回到她身边,陪伴她,依赖她。连她都被自己的卑鄙吓了一跳。

她越来越受不了光子,有一次,父亲把光子放到她怀里,光子却不情愿地挣扎,她恨恨地把它扔在地下,父亲说了她两句,她大哭了起来。父亲忙搂住她,问她究竟怎么了。

"连它都能又跑又跳,为什么我不能!"她歇斯底里地叫着。

父亲沉默了很久才开口:"也许……爸爸有个办法……"

辛离抬起泪眼，疑惑地看着父亲。父亲是研究神经电子工程学的科学家，辛离截肢之后，他将研究重心转向了运动型小腿假肢，目标是通过神经电信号直接控制机械假肢，让它运动自如，但效果并不好，不是根本挪不动脚步就是姿势像螃蟹一样可笑，或许这次又有了新进展？但已经失败了很多次，她不敢再抱什么希望。

父亲把光子抱走了好几天，最后带着它和一个古怪厚重的头盔回来。

"这只是阶段性成果，还需要进行很多次实验，正式应用至少还得过三五年，"父亲的神色异常郑重，"而且这个项目要求绝对保密，我带回来已经是违反规定了……离离，你绝不能告诉任何人。"

"可这究竟是什么？"

父亲神秘地眨了眨眼："你不是很羡慕光子能跑能跳吗？你再也不用羡慕它了，因为……你就是它。"

父亲告诉她，那个古怪头盔叫作"脑电波传感仪"。他在光子的脑部植入了一个很小的芯片，能够将光子所看到、听到和感知到的一切以电磁波的形式传到头盔里，再通过感应电极传入辛离的脑海，令她身临其境，而她自己的脑电波也可以传到光子的大脑里。

辛离听得似懂非懂，但她听明白了一点：她可以通过光子的身体，重新行走和奔驰在外面的世界上。

猫知道一切答案
CATS KNOW EVERYTHING

三

光子来到小花坛，这是小区花园中一个隐秘所在，被树木环绕，四周静悄悄的，一个人也没有。它躺在草丛里睡了一会儿。辛离感到了那种似乎沉睡在母亲子宫中的感觉，长大的人类已失去了这么纯粹的睡眠。光子好像做了个梦，那梦境与人类的完全不同，似乎有什么东西，却若有若无，无法捕捉……

周围有脚步声传来，光子警醒地睁开眼睛，就看到一个长身玉立的白衬衫少年站在自己面前。他看到猫咪醒了，露出了好看的笑容，伸手摸了摸它的小脑袋。光子放下了警惕，它认识他，这家伙常常给它些好吃的。

辛离也认识他。他叫高枫，她曾经喜欢过的男生，不，应该说现在还喜欢着。自从她通过光子的眼睛重新看到他之后，再一次，她感到高枫在抚摸她的头和脖颈，脸上不由得一阵发烫。

高枫是辛离小学时的插班生，在她十岁的时候忽然闯入她的生命。他们一度是同桌，那时辛离很讨厌他，高枫在第一次期末考试时就以所有科目的满分把她从全班第一的宝座上赶了下来。作为大教授的女儿，辛离从未受过如此奇耻大辱，她发誓要迎头赶上，但自信却被高枫一次又一次地碾压。

到了初中，他们总算打成了平手。高枫的数学头脑好得匪夷所思，不管什么难题怪题都能解开，得奖无数，但也许是理性思维过于发达，文艺方面的天赋就略显不够，虽然语文成绩也属优秀，但写不出有才华的诗文来。那时候，他们已经不在一个班，但高枫却硬是加入了文学社，想要征服这个自己不擅长的领域，结果没少受辛离这个文学社社长的嘲笑。

最后，他们达成了交易。高枫帮她补数学，她帮高枫提高文学，教学范例是——她自己写的小诗，她骗高枫说是席慕蓉写的，高枫竟然傻呵呵地把她的几首歪诗都背了下来，让她暗自笑破了肚皮。

就像其他经常在一起的男生女生一样，同学之间开始传他们的谣言。辛离当然不会主动说什么，女孩儿要有她的矜持。她等着高枫开口，她会考虑个几天再给他机会。不过她又想，不开口也没有关系，他们好像可以一直这样到……很久很久以后吧。

"很久很久"不过是一年多的时光，十五岁的秋天，车祸就那样发生了，将她的未来彻底击碎。高枫来看过她，很多次，但她根本不想让他看到自己的样子，好几次都给他吃了闭门羹。初中后，她不肯再升学，最近两年，他们的生活再也没有交集，虽然两个人住在同一个小区里。

两个月前，她才通过光子的眼睛再次在小区里见到了高枫。他已经高了至少十厘米，比以前健壮多了，不但没有长残，而且五官也越来越立体、棱角分明。她发现自己还是那么喜欢他，甚至更喜欢他。

然而……她现在只是一只猫。

光子被高枫摸得开心，伏在花坛上，微闭着眼睛，喉咙里打起了呼噜，那种原始的身体快乐也引入辛离的脑海，让她觉得浑

猫知道一切答案
CATS KNOW EVERYTHING

身舒畅。她有些害羞，又有些欢喜，他会不会抱一抱我呢？什么啊，应该是抱光子……

这时高枫却放开了猫咪，拿出手机发短信，一边自语："怎么还没来呢？这家伙每次都这样。"嘴角却带着奇妙的笑意。

辛离有点奇怪。她知道高枫每天傍晚都在小花坛这里运动一下，顺便看看书或者背单词，但基本是一个人。他在等谁呢？是哪个哥们儿？不，他的神情不会是那样的，辛离隐隐感到，那会是一个女孩子。也许是江薇，一只叫妒忌的毒虫在撕咬她的心。

"我们看看是谁，光子。"她在心里说。

该死的光子这时候却不听她的指挥了，它看到一只麻雀正在灌木丛里蹦跶，身体的本能再度燃起，一个箭步朝它冲了过去。

光子正在树丛里折腾，辛离就听到高枫的声音说："现在才来，下次不等你了！"

一个女孩子的声音："哼，你敢！"却不是江薇，她的语声轻柔如水，这嗓音却清脆爽朗，辛离觉得从未听过，但又有种怪异的熟悉感。那是谁呢？

"我就敢，怎么样！"

"好哇，我现在就走。"

"别别……我错了还不行吗？"

听到说话声，光子总算扭过头，看到高枫和一个高高瘦瘦的女孩子站在一起。对它来说事不关己，只是懒懒地打了个哈欠。

辛离却浑身僵硬，连血液好像都要凝固了。那女孩的身影还有些朦胧，但是看上去……看上去……

"好好,我错了好吗,辛大小姐!"高枫笑着告饶。

那女孩嫣然微笑,转身向着光子的方向走过来,走进了它视力的聚焦范围内。她身材窈窕,长裙飘飞,美腿无瑕,而且——长着一张和辛离一模一样的脸。

四

"离离,你今天怎么了,有什么心事一样?"晚饭时,父亲奇怪地问辛离。

辛离摇摇头,刚才亲眼看到的一切,她实在没勇气说出来。即使说出来了,父亲也会以为那是幻觉吧?

但那会是什么幻觉,她的幻觉还是光子的幻觉?似乎都说不通。她怔住的时候,那个辛离给光子喂了一根火腿肠,摸了它好一会儿才和高枫一起走开。一切都太逼真了,怎么可能会是幻觉?

"爸,你说猫会不会得……精神病,产生幻觉?"

父亲想了想:"不是没可能,不过应该不会有人类那么复杂的精神问题,毕竟它的大脑要简单得多。"他指了指正在一旁睡大觉的光子,"你发现光子有什么问题吗?我看挺正常的。"

"没有没有,我就随便问问。"辛离忙摆手。

"要有什么问题,可能是脑波传感仪产生的副作用,你要及时告诉我。"父亲严肃地说。

辛离答应。父亲似乎又想到什么，手里举起一筷子菜，却不往嘴里送。母亲捣了捣他，父亲忽然笑了起来："没什么，我只是想到，那只薛定谔的猫会不会被搞成精神病。"

辛离曾经听父亲提起过："就是那只实验里半死半活的猫？"

"不是半死半活，是生死叠加态。"父亲说，"因为量子效应，在打开箱子之前，它就是一堆发散的波函数，既是死的，也是活的，也许还是半死不活的……可怜的猫咪。"

"如果把一个人放进那个箱子里会怎么样？"辛离好奇地问。

"不会发生什么。"父亲笃定地说，"人具有自我意识和观察能力，能够让波函数坍缩。他可以察觉到有没有毒气，当然也知道自己有没有死。"

"那猫难道就察觉不到毒气吗？猫的嗅觉可比人的要灵敏多了。"辛离不服气。

父亲怔了一下："猫？嗯，猫当然有感觉，但是没有自我意识——"他皱起眉头，仿佛陷入了苦思。

"吃饭吃饭！"母亲不耐烦地说，"菜都凉了，吃完饭再聊！"

可是饭后，父亲接到了研究所里的紧急电话，匆匆离开了，这个话题也就不了了之了。

五

辛离给江薇打了一个电话，旁敲侧击地问到高枫的事，江薇的答案却大出她所料。高枫这几天去北京参加一个计算机竞赛,根本不在市里。

"那个……最近有没有跟我长得很像的……一个女孩……"

"什么很像?"江薇明显一无所知。

"没什么。"辛离敷衍几句,挂了电话。

难道真的只是幻觉?辛离思前想后,终于找到了一个说得过得去的解释,也许她在什么时候睡着了,那些从光子眼中看到的景象,都只不过是自己的梦境。

但那是何其真切又何其残忍的梦!她闭上眼睛,还可以看到阳光洒在那个"辛离"身上,她步履轻盈,裙袂飞扬,脸上都是幸福和自信。那本来应该是她的模样。

也许正是因为渴望,她才会做这样的梦吧。

此后很多天里都没有什么异常。光子依然快活地出没在小区的花草树木间,有时候也能看到高枫,但"辛离"毫无踪迹。辛离开始有些怀念那个梦境,那个真实得太不真实的梦。

随着脑波感应的日益熟悉,辛离也越来越能够沉浸到光子的世界里。父亲说得没错,猫压根没有自我意识,看到小老鼠它就会直扑过去,看到大狗它就会扭头逃走,看到一个新玩具就会去拨弄一下,但脑海里根本不会有"我要吃掉它""我要逃跑"之类的念头。它有感知,有欲望,有疼痛与舒适,但在这一切的中心,却是奇异的——无。

如果把光子放进薛定谔的箱子会怎么样?辛离也想着这个问题,毫无疑问,当毒气放出来的时候,它能够嗅到,也会中毒而

死。但生和死本来就混糅在一起,既有毒气,又没有毒气。它抽搐着死去了,与此同时,它也舒舒服服地在箱子里啃着一根鱼骨头。它能感受到相互矛盾的一切,因为它没有一个确凿的"自我"进行观察。

猫活在每一种可能性里。

随着脑波之间的交融,辛离能够指挥光子干更多的事。有一天,她让光子穿过小区,跑到街边,在那里漫步。辛离已经好久没有上街了,她受不了街上人的目光围观。那种看到一个妙龄少女坐在轮椅上的好奇与怜悯,比蔑视的冷眼更让她无法忍受。

不过通过光子的身体,她可以自由自在地穿行。街上新开了很多店面:书店、蛋糕店、咖啡馆……街尽头还有一家新开的大超市。

辛离还是有点难过,她无法自己走进任何一家店里。光子当然毫不在乎,它走累了,也不顾众人的目光,就在超市门口舒舒服服地躺了下来。

"你看,好可爱的小猫啊!"在超市门口,一个陌生女孩蹲下来抚摸着光子。光子也没脸没皮地蹭着她。

"咦,这小猫好像是我家楼下的。"另一个女孩说,声音清脆明快,带着说不出的熟悉。

光子抬起头,就又看到了那个"辛离",她穿着高中的漂亮校服,一头利落的短发,正笑眯眯地看着它。

辛离的头脑顿时一片空白。

"好想养只猫啊。"那个"辛离"一边喂着狼吞虎咽的光子一边说,"可是家里不让,而且上大学以后,很快就不住家里了。"

"出去以后,让你那位高帅哥给你买一只嘛,反正你们肯定是在一起住啦。"女孩促狭地对"辛离"挤了挤眼睛。

"瞎说什么呢!""辛离"羞恼起来,"看我不撕掉你的嘴!"

两人起身,笑着跑远了。光子无动于衷地看着这一切。辛离不敢相信地摘下头盔,打了自己一巴掌,火辣辣地疼。

她忙又再戴上头盔,却发现光子并不在大街上,而是在花坛边上休憩。片刻之间,光子就能从几百米外回来吗?她问光子,光子自然听不懂也不会回答,只是懒懒地抖了抖毛。

六

辛离从父亲那里拿了好几本量子力学、平行宇宙之类的书籍,吃力地研读起来。一个概念渐渐成形:每一种可能都会在一个世界实现,一个个世界叠加在一起,无限丰富,无限混沌。拥有"自我"的人类总是要确定自己,总会落入某种可能性,所以只能居住在其中一个世界里。但是猫不同,它们不需要自我,也就不需要固定任何可能性,那只在箱子里的猫可以又活又死,光子也可以在不同世界里穿梭。无数个光子的意识彼此并存,相互交变。

在另一种可能的生活中,三年前的辛离什么事也没有发生,仍然走在自己正常的人生轨迹上,甚至和高枫在一起。而因为她

安然无恙,光子也就不会被父亲收养,辛离自然也不认识它。这样一切都能说通了。

还有个"辛离",辛离想。辛离仍然在本来的世界里好好地活着,多好啊。

两天后,通过光子,辛离再次看到了"辛离",她正和母亲亲热地一起散步。

五天后,"辛离"和高枫在一起练习英语对话。

七天后,"辛离"骑着自行车从光子身边经过。

她越来越能把握光子切入那个世界的方式,那是一种半梦半醒间无法言传的转变,见到"辛离"的次数也越来越多。有时候见到的"辛离"还有微妙的不同,也许每次进入的都是一个不同的世界。但那些世界都大同小异,无非是留长发还是短发,穿绿裙子还是红裙子的区别。那是她本来的自己,什么也没发生。只有这个世界,这个在三年前因为一个极小概率而形成的世界里,一切才完全不同。可她为什么不在其他世界里,而要在这里?为什么偏偏是这里?这个让她再也站不起来的世界?

在其他世界里,"辛离"正如她本来应该的那样成长,甚至比她自己预想的还要好。高一时,她参加省里的英语演讲比赛,荣获一等奖,同时在文学刊物上发了几篇作品,很多读者喜欢,甚至得到了知名作家的奖掖。

"辛离"和高枫的感情也水到渠成,从二人的对话中,辛离才知道,在去年的情人节,她收到了十几封情书,得意扬扬地念给高枫听,高枫憋红了脸,把那些情书都抢过来撕掉了。

"你什么意思啊？""辛离"对着高枫嚷。

"你才多大啊。"高枫义正词严地说，"别去和那些小流氓约会，就算要……要约会也只能和……和我……"他的声音越来越小。

于是他们偷偷约会起来，如胶似漆。辛离就这样奇异地仰望着自己的另一种生活，为自己而自豪，为自己而叹息。

"辛离"却有更强烈的雄心壮志，一天，光子听到她对高枫说："现在高中可以直接申请国外的大学了，何必还走高考的独木桥？高枫，我们一起出去念多好！"

"我……我没想过这个。"高枫挠挠头，"这很麻烦吧？我英语也不够好……"

"你怎么还不如小学有自信？"辛离白了他一眼，"我上次英语竞赛认识一个学姐，就是自己考出国的。不就是去考一个SAT（"美国高考"）吗，我们都可以去。"

"可是……"

"别可是了，你就听我的吧！"她目光炯炯，神采飞扬，"如果不实现这个梦想，我会后悔一辈子的！"

辛离望着她，禁不住泪流满面。这才是她本来的生活！去努力拼搏，领略这世界最美丽的风景。如果不是那场意外，她就是那个"辛离"。可如今的她，残疾的她，瑟缩在家里，连普通的大学都上不了。

但真的上不了吗？辛离知道，如今大学基本上不会因为残疾而不录取她，她戴上机械假肢基本也能生活自理，她只是太在乎自尊，不想被人笑话，更不想被人怜悯。但那有什么关系？光子

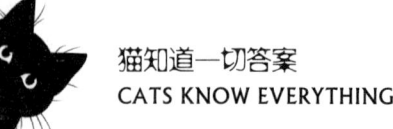

可从来不在乎这些。

也许现在也不晚,也许她还能改变自己的命运?

"爸。"晚上她走进父亲的书房,吞吞吐吐地开口,心中却已坚定,"我……我想参加明年的高考,现在还来得及吗?"

七

参加高考对辛离来说并没有想象中那么难,报考资格上的问题,父亲设法解决了,她只需要花一年时间学完高中的课程并完成复习。她本来基础不错,父亲又给她找了几个靠谱的家教,加紧点应该够了。

辛离开始了紧锣密鼓的补课,一忙起来,跟着光子前往平行世界的旅行减少了很多。而且,她暂时也见不到"辛离"和高枫了,为了提高水平,他们已经前往广州参加一个昂贵的SAT强化学习班,上完后会直接去香港参加考试。但光子的活动范围只有小区周围,对他们的近况也无从得知。

不过有一次,光子带着她到了另一个平行宇宙中。那天,辛离在路上看到了她的父母,这本身不稀奇,但他们看上去有点奇怪,好像比平常老了好几岁。母亲好像大病初愈的样子,父亲搀扶着她,头顶也多了很多白发。辛离忽然意识到,这次光子进入了另一个可能世界。

光子看到,他们的神情平淡而漠然,步伐不紧不慢,说的也都是一些家常闲话：今天中午做什么饭，家里的花该怎么浇水，电费交了没有，等等。没有任何稀奇的地方，但辛离总觉得哪里不对，心中的诡异感越来越强烈。

父母进了楼门。光子不便再跟上去，正在门口蹲坐着，却看到邻居马叔马婶带着儿子说说笑笑从楼里出来，那才是一个家庭的样子。

蓦然间，辛离发现了不对的地方在哪里：父母在讨论家事的时候，压根没有提到她。甚至没有任何她还在这个家里生活的蛛丝马迹。这是为什么？

在这个世界里，她死于那场车祸。

辛离摘下头盔，额头冷汗涔涔。她一直以为自己的遭遇已经足够悲惨，却没有想到，自己还可以不幸得多。

她就是薛定谔的猫，那只既活又死的猫。

八

每一个世界，都有自己的幸与不幸。

辛离再次看到"辛离"，已是秋叶飘零的时节。"辛离"孤零零地拖着行李箱，拖着步子走进了满地黄叶的小区。这次她的考试似乎不太顺利，留学之梦大概得推迟几年了。辛离并没有太在意，无论怎么说，她也比自己强太多了。

此后"辛离"许多天都早出晚归，光子也不怎么能见到。转

猫知道一切答案
CATS KNOW EVERYTHING

眼两个月过去，到了隆冬。今年的冬天雪很大，光子也不想出门，舒舒服服躺在家里的暖气包边上打盹。在它的梦寐间，辛离有时候能穿到另一个世界流浪的光子身上，它只能躲在楼底的暖气管道边上，靠着偶尔能逮到的一两只老鼠，瑟缩着苦挨严寒。但没关系，一觉起来，它就会在享用不尽的猫罐头边上，过着另一种生活。

一天早上，辛离进入这个世界时，发现光子在外头找吃的，却见到了高枫一早就在外面转悠。光子如同抓住救命稻草，围着他喵喵叫了起来。高枫神色焦灼，看着它叹了口气："今天没工夫喂你了……辛离不见了。"

光子一震，抬头看着他，宛如能听懂人言。

"跟你说了你也不懂……"高枫对它说，其实是自言自语，"我不该提分手的……她要我陪她出国，可是我根本不想出去念，我早点跟她谈清楚就好了……结果最后大吵一架，我没去考试……她SAT也考砸了，回学校又被好些人嘲讽，压力太大，模考也一落千丈……我一直在赌气，也不接她电话……昨晚她不见了……"

怎么会这样的？辛离难以置信，那个几近完美的"辛离"怎么可能变成这样？

"我打她手机，结果她手机竟然扔在了附近草丛里……我们真的很担心她……一晚上都找不到……警察也不受理……万一碰到坏人……"

光子嗅了嗅"辛离"的手机，嗅到了熟悉的淡淡气味，顺着风,一丝同样但更细微的气味透入它鼻端,就像是远处传来的缥缈呼唤。辛离想起猫的嗅觉灵敏不下于狗,她知道该怎么做了。

光子蹿了出去,跑出几步后,发现高枫没有跟上来,回头高亢地叫了几声,又往前跑了几步,一边跑一边回头。高枫有点明白它的意思,不敢相信,又不能不信地跟上了它。

辛离生怕"辛离"是坐上车离开了,那就不好找了。但她的气味一直在路边延伸,显然并没有上任何车。走过了好几个街区后,她的气息出现在一个小酒吧里。但此时酒吧已经打烊,里面一个人都没有。

光子又嗅了嗅,发现辛离的气息在酒吧另一边出现,还较之前更浓,代表离现在的时间更近,但这次混进了浓厚的酒气,单从气味上就大致能猜到发生了什么。

辛离心急如焚,驱策着光子不住地狂奔,高枫在后头跟着。它又穿过三个路口,两条巷子,发现辛离的气味进了一栋二十多层高的写字楼,晚间电梯停运,她似乎从楼梯间爬上去了。她到这里来干什么?辛离有一种不祥之感,她让光子拼命爬上去,两层、三层、五层……光子累得不行,快爬不动了,但这不是休息的时候,她拼命催促着可怜的猫咪。快上去啊,光子!

气味一直向上蔓延,最后,当光子累得只剩下一口气的时候,他们终于到了楼顶的天台上,高枫用力推开门,凛冽冰风扑面而来,楼顶都是积雪,一个衣衫单薄的少女在天台的边缘摇摇晃晃,随时都可能掉下去。

九

"辛离,你干什么!"高枫大喊。

"高枫……""辛离"回头,一身酒气,竟吃吃笑了,"你……来干什么……我要去另一个世界了……"

"什么事那么严重啊!你先下来,什么事都可以解决……"

"关你什么事!""辛离"叫了起来,声音异常凄厉,"如果不是你,什么事都不会发生!现在已经太晚了,太——"

她又倒退了一步,脚踩在滑溜的冰层上,整个身子向后一仰,竟完全悬空。在那一刹那,她看到一团雪白猛扑过来,死死咬住她的脚跟,是一只瘦骨嶙峋的流浪猫。那猫的力气一时大得异乎寻常,让她多停留了一秒钟,但下一秒钟,她带着那只猫一起坠下。

整个世界化为亿万碎片,在他们周围旋转着。电光石火间,她看到了那只猫的眼睛,那双深邃的猫眼宛如时空隧道,通向另一个熟悉又陌生的世界,一个熟悉又陌生的人和无穷无尽熟悉又陌生的场景在她眼前掠过。

蓦然间,下坠之势止住,因为被光子拖延了一下,高枫及时扑过来,抓住了她的另一只脚,大吼一声,把她拽了上来。

光子却如丧失意识一般松开嘴,坠了下去,连调整姿势的挣扎都没有。"辛离"和高枫眼睁睁地看着它变成了一团血花。

它融入大地,化为虚无,又无处不在。

十

"离离。"初春时节，辛离正在看一本英语读物，母亲走进房间，"高枫在楼下。"

辛离讶异："高枫？"

"你的初中同学高枫，他听说你最近病了，特地来看你的。你想见他吗？"

辛离心中五味杂陈，但最后只是点点头，轻声说："好啊。"

她已经两个月没见到高枫了。

那次辛离醒来时，发现自己躺在医院里。父母说，她已经昏迷了近一个月，医生也查不出原因。她又留院了好几天，直到确定没有大碍，才出院回家。父亲说可能是脑电波传感仪不稳定导致的问题，再不敢让她使用。但辛离明白，一定是另一个世界的那次意外导致的。

在楼顶的生死之际，她打破了自我意识的藩篱，和另一个自己融合为一，才发觉事情的真相。

"辛离"的确遇到了大麻烦。去年年底，她考试砸掉，又和高枫分手，因为平素太高调，被人趁机大肆嘲讽，成了笑柄。她郁闷之下，被同学拉去酒吧喝酒解闷，认识了几个社会男女，半醉半醒时吸食了一种奇怪的粉末，飘飘欲仙，竟因此成瘾。那些人想趁机控制她卖身，她不甘堕落，又无力摆脱，更不敢告诉家人，所以拿到毒品后，爬到了大楼顶上，想在最快乐的时候告别世界。

辛离又是震惊又是痛惜。她曾以为"辛离"是理想的自己，但她现在知道，辛离就像温室中的花朵，内心比她的更脆弱，一遇到大的挫折，就被打得再也站不起来。

无数的可能世界中有无数的辛离，但没有谁能保证绝对幸福，或迟或早，每一个辛离都会遭逢不幸，就像世上所有人一样。辛离以为可以在别的世界找到安慰，但她错了。每个辛离都必须面对自己的命运，自己扼住它的喉咙。否则，甚至死也不会是解脱。因为她们——

都是薛定谔的猫。

她望向光子，光子在她脚边慵懒地打了个哈欠，调整了个舒服的睡姿。一个光子死了，还有无数光子活着，它们又活又死，它们方生方死。它们全不在乎，就像如今的辛离一样。

辛离不知道如今另一个"辛离"怎么样了，她们的灵魂在一度相遇之后又分开，但她们都知道了彼此以及其他无数自己的存在。刹那间，她们历经沧桑，又浴火重生。在灵魂深处，她就是她们，她们也都是她。

她们会相互支撑，走向未来。

"离离，"母亲进来说，"高枫在客厅里，你让他进来还是……"

"不，我出去好了。"

辛离放下书，站起身，抬起刚学会使用的机械腿，一步步走了出去。

我与猫

二十四岁的时候,我捡来一只小猫,把它从小养到大,又在许多年中陪伴它慢慢变老。可以说,我在它身上倾注的情感比对自己的孩子也差不了多少。不过不得不承认,猫对人从未有过这样的情感。我返乡、出国、回国、搬家……猫咪不可能一直陪伴着我,有时不得不寄养在他人处,只要寄养的时间稍长,猫对我就和对一个陌生人无异。有一次,我离开它一年后回来,热情地去看望它,奔向它的动作稍快,它竟然吓得躲到床底不出来了!不过猫咪性格不错,即便早已忘记自己的过去,只要拿出一点好吃的,也很快能够友好地相处了。

爱是一种奇妙的状态,虽然无法得到回报,但我仍然爱着这个小生灵,把它的快乐当成自己的快乐,并让我能够想象进入它的视角,理解它的感情与思维——如果有的话。相比起人甚至狗来,猫的世界异常简单,它无需在和人或其他动物的关系中获得爱的满足,因为它本来就没有一个自我,眼中自然也就没有别人。但大千世界仍然丰富多彩地在它面前呈现,对它来说,相当于世界自行展开,快乐在其展开中自动充盈。这种简单对成人来说,却接近于道家"忘我"的至高境界了。对于薛定谔之猫的思考,部分也来源于此。

其实关于少女的故事也部分来自它。这只猫咪从小

就摔坏了脊椎,无法奔跑和跳跃,只能看着同伴们在墙头树上逍遥自在。当然我仔细观察过,发现它并没有任何的焦虑或抑郁,对它来说,世界大概本来就是这样的。它失去的一切,旋即也就忘记了,更无需和同类比较。

猫咪十二岁的时候,我家中要迎接小生命的诞生,出于现实考虑,不得不又将它寄养在朋友家里,好在朋友对它也十分宠爱,让它安享晚年。一过数载,还没有等到接回来的契机,猫咪已经老得永远闭上了眼睛。当然,这只是对这个宇宙而言,而它的意识并不囿于这里。而在其他无数世界,它还悠然自在地活着,直到地老天荒。

——宝树

猫兄弟

文 罗隆翔

一、故乡

七千年前的机器人叛乱,让地球人不得不乘坐残破的飞船逃离家园、远遁星海。

经过多年的鏖战,地球重回地球人手里。没人庆祝胜利,只有无数人暗中感叹七千多年来的噩梦终于结束了。每个人都知道,地球故乡是再也回不去了,这么多年来大家都是自己骗自己。直径 0.003 光年的太阳系,容纳不了直径 2 光年的地球人新世界。

迎接战士们归来的仪式上,胸前挂满勋章的老兵们抬着联盟军司令郑将军的棺椁,走在队伍的最前面。

将军的家乡,是五百多颗人造星球当中很不起眼的一颗。环绕小城镇的群山,是数千年前的祖辈们制造人造星球时,行星冷

却收缩形成的褶皱。这里的一草一木，都是祖先们逃离地球时，带走的地球物种的后代。它们沐浴在人造太阳的阳光下，伸展着翠绿的枝叶。

将军在世时很喜欢这座偏僻的小城镇。这个时代的人，把一切高科技留在了大城市，在大城市郊外画了一条红线，红线外的世界就是祖祖辈辈念念不忘的地球风景。小镇古朴无华，铺满青石板的小路从错落有致的小屋间穿过，时光好像停滞在全球化之前。人们对它最高的赞誉，就是"最像故乡的小镇"。

在太阳系收复战中，这座小镇有二十多名年轻人参军，回来的却只有寥寥几人，以及一只猫。它是一只虎斑猫。人有人的名字，猫也有猫的名字，这只小老虎般的老猫，有一个很威武的名字：虎威七世。

虎威七世出生在这座小镇，它是将军的爱猫。野猫的寿命很少超过20年，它的军龄却占了8年。

小小的山间小镇，难得出了一群英雄，将军的雕像早早地立了起来，镇长和消息灵通的记者们在车站迎接退伍的士兵们。

8年，对猫来说就是半辈子，虎威七世已经很老了。它一落地，就撒开腿朝着森林跑去，没跑出几步，就突然栽倒。老兵们大惊失色，推开记者，抱起老猫，大声说："这里有兽医吗？快叫兽医！"

回来的人是立过功勋的老兵，回来的猫也是功勋猫。对老兵们来说，它是生死与共的战友。

二、功勋猫

小美是宠物医院的员工。今天,她像往常一样,去另一座城市上班。街头的电视墙在重播前几天联盟军司令郑将军的葬礼。

这个时代的地铁站,跟地球时代没多大区别。安检口、电梯、自动售票机……尽管不一定需要,但是人们觉得这是对地球时代的怀念,于是就像仿古文物般保留着,让每一代人记住地球是什么样子。

只是这个时代的地铁网络,往往囊括整个人造星球。小美的家距离宠物医院2072千米,通勤只需15分钟,毕竟真空管道磁悬浮地铁时速一万多千米。

小美听说从前飞机很慢,2000多千米能飞好几个小时,能让人戴上眼罩好好睡一觉;但是这个时代已经没有飞机,只有地铁了。

一群退伍老兵背着行囊,挤上地铁。小美留意到,那些老兵走路一瘸一拐,略显空荡的裤腿和袖口,隐约透着机械义肢的金属光泽。小美身旁几个女生,小声议论着要不要当志愿者,去照顾伤残老兵。

身体上的创伤容易治愈,提取自体干细胞,花一年半载的时间,克隆一条胳膊或者一条腿,再做个手术接上去就完事了。但是心理创伤更需要人关心。听说有些退伍老兵半夜惊醒时,还会以为身处战场,甚至会无意识地做出伤害别人的举动。

猫知道一切答案
CATS KNOW EVERYTHING

小美的工作并不忙,她从随身小包里掏出手机,报名担任志愿者。小美并不认为自己能被选上,毕竟报名者太多,被选上的概率并不比买彩票中奖高多少。

大数据自动匹配,小美刚踏进宠物医院时,当地负责退伍军人安置工作的军官已经出现在院长面前,前台的接待员刚放下电话,就叫小美去一趟院长办公室。

"她很优秀。"小美还没走进办公室,就听到院长对军官说,"我们宠物医院最好的员工,照顾过很多名贵的宠物猫。"

小美礼貌地敲了敲虚掩着的门,刚好听到军官回答:"不名贵,只是普通的虎斑猫;也不是宠物,是我们的战友。"

军官抬起手腕,看了一眼仿古纯机械手表,说:"我还有别的任务,这是虎威七世的资料,希望予以最好的照顾。"

小美整个人都是懵的,她想象的志愿者是照顾伤残老兵,没想过她会被选去照顾一只猫。她听说过虎威七世的大名,这世上很多人都听说过这只功勋猫的大名。

听说地球时代出差很慢,早上安排出差,预订机票、回家收拾行李,再快也要下午才能出发,那时的人有足够的时间思考自己的行程。这个时代的出差,就像一场以隔壁小镇为终点的旅行,无须做任何准备,说走就走。至于行李,只要给快递公司下个单,人到目的地时,行李也会同步抵达。

城市里每隔五百多米就有一座地铁站。短短的徒步距离,时间只够小美掏出手机打开页面,从市区地铁划拉到城际地铁,再划拉到星际地铁，输入军官给的地址，确定行程。

听说地球故乡很大，以前的人们乘坐飞机，绕地球一周需要五十多个小时。在小美的认知里，人类的世界一直都很大，军官给她的小镇坐标在另一颗人造星球上，相距一百多亿千米，比地球到冥王星的距离稍远一些，飞船以十分之一光速飞行，需要五十多个小时。

小美不需要知道地铁怎样运行，她只需刷脸进地铁，跟着提示进车厢。

地铁门关闭了，内层的门是列车门，外层的门是真空隧道的门。隧道里没有空气阻力，磁悬浮列车很快加速到一万千米的时速。一趟趟来自不同站点的市区地铁列车，解锁、互换车厢、拼接，人不离车厢就完成了市内地铁和城际地铁的换乘。

城际地铁奔向赤道，在赤道再次解锁、互换车厢，与飞船乘客舱对接。广播响起，所有的乘客离开地铁车厢，到乘客舱中寻找位置坐好，并固定好身体。地铁与飞船分离，两百多米长的小飞船，从飞船发射口冲出地面，扑向天空。

是的，两百多米长的小飞船。这个尺寸，在这时代只能算是小飞船。

人造星球是以地球故乡为蓝本设计的世界，它的大气层跟故乡的大气层一样，一千多千米厚。短短十分钟，蔚蓝的天空变成漆黑的太空，人类创造的生态圈被抛在身后。

对这个时代的人来说，这是司空见惯的旅行，就像地球时代的祖先们习惯于乘坐飞机旅行。飞船飞行平稳之后，小美拿出虎

威七世的资料,细细翻阅。

作为宠物医院的员工,小美知道人类驯养动物的历史非常悠久,军队驯养马匹和军犬的历史几乎跟人类的军事史一样漫长,直到汽车的出现淘汰了马匹,先进探测设备的广泛应用淘汰了军犬。

猫没有被淘汰。早在海军刚刚诞生的时代,地球祖先们就把猫带上了风帆战舰,试图解决船舱里老鼠泛滥的问题。这种灭鼠方法先别说有没有用,至少它延续到了信息时代的海上钢铁巨舰里。哪怕在核动力航母上,仍然有猫的身影。

到了人类移居火星、木卫二、土卫六等星球的时代,猫的身影更是经常出没在飞船中,只是它们的职责已经不再是捕鼠。那时的飞船速度很慢,从地球到火星需要飞行大半年时间。何以解闷?唯有撸猫。

小美手中的资料显示,哪怕到了如今,军舰上的猫仍然是无法取代的。士兵们在漫长的太空征途中,撸猫带来的心理抚慰,远胜于一群随军的心理医生。联盟军的旗舰上就有很多猫,光是虎斑猫就有十二只。

资料中记载着虎威七世的战功:海王星轨道战役中,机器人叛军伪装成人类,潜入联盟军旗舰下属的"炎帝号"巡天战列舰,试图伺机破坏军舰。它们骗过了所有的安检设备,却没能骗过虎威七世。虎威七世的异常反应,引起了士兵们的警觉,拯救了整艘巨舰。

"快看!是'炎帝号'巡天战列舰!"飞船里,有乘客指着舷窗外的巨舰，大声惊呼。乘客们纷纷聚在舷窗边，看着这艘难得一见的巨舰。

"炎帝号"好大。小美也是第一次亲眼看见这艘联盟军的王牌巨舰，它静静地停泊在太空中，离飞船30万千米。它是一艘椭球形的巨舰，体积接近故乡的月亮，在星光的照耀下，有着月亮一样的圆缺变化。

"炎帝号"在联盟军中是独一无二的存在，它以人造黑洞为炮弹，一发就能摧毁一颗恒星。小美突然明白了虎威七世的功劳有多大，如果这艘巨舰在海王星轨道战役中被机器人叛军摧毁，那么它所蕴藏的能量就会殉爆，整个太阳系也将不复存在。

"炎帝号"太大，自带行星级引力场。客运飞船的航线不得不绕开它。一张照片从小美的资料袋里掉了出来。哪怕是这个年代，也有人喜欢复古的照片，更胜于动态的视频，因为觉得它有时光被凝滞的美感。

小美捡起照片，照片上是绿树成荫的小镇，天空中的人造太阳阳光明媚。满面病容的郑将军坐着轮椅，抬头看着被茂密的树冠剪碎的阳光所形成的光柱。一只虎斑猫叼着老鼠，在树杈上俯瞰着将军。

小美突然意识到，家猫绝对不会有这种虎王般俯瞰苍生的气势，虎威七世是野猫。

将军和虎威七世从来都不是主人与宠物的关系，他们是好友。

两天一夜的太空航程终于到了尾声,目的地越来越近,小美醒来时,出现在舷窗外的是另一颗蔚蓝色的人造星球。星球远地轨道上有一座很大的太空核聚变反应堆,被称为人造太阳。它像一个倒扣的碗,把核聚变的光芒聚拢起来,洒向人造星球大地。

大地扑面而来,飞船把黑色的太空抛在身后,进入大气层,穿过茫茫云海,拥抱薄薄的蓝天。小飞船的航天港位于高耸入云的山脉峭壁上,像山鹰翱翔。飞船带着雷鸣般的声音,穿进山洞,在高速中与地铁车厢对接。

乘客们再一次换乘地铁,地铁车厢脱离飞船,再次拼接、组装。地铁列车进入真空磁悬浮隧道,经过好几次的组合,融入这颗人造星球蛛网般复杂的地铁系统中。

一座大城市有成百上千座地铁站,一座小镇通常却只有一座地铁站。经过几次拼接重组之后,小美发觉身边的乘客少了很多,毕竟大部分的旅客去的是大城市,只有少数旅客的目的地是散落在各地的乡间小镇。

磁悬浮列车在地下穿行,车厢里的电视屏幕播放着旅游宣传片。地铁上方,是草原、群山和无数的野生动植物,是人迹罕至的大自然。

二十多分钟之后,列车到站。小镇的地铁站,是大城市里很少见到的客货两用地铁站。一条真空磁悬浮地铁,用于运送旅客;另一条速度缓慢的地下重载铁路,用于运输农产品。小美走出车站,扑面而来的是带着森林清香的空气,沁人心脾。

小镇很小,群山环抱,横平竖直几条小街就是它全部的地面交通网，具有地球故乡古早味道的砖石小楼错落地分布在街道两侧。地铁站对面，是青石板铺成的小广场，几蓬杂草从石板的缝隙中顽强地钻出来，独享着不受大树遮挡的充沛阳光。

一群游客围着小镇广场中间的将军雕像拍照，几名警察和兽医拉起警戒线，让游客们往外退。虎威七世叼着老鼠，蹲在将军雕像的脑袋上。听说它是从兽医站跑出来的。镇长急得满头大汗，虎威七世不动如山，眼睛一直盯着前方的地铁站。

一名兽医说："现在只能用麻醉枪……"

警察局副局长愤怒地抓住兽医的麻醉枪："不许对我的战友开枪！它救过我的命！"

小美随手拔了一根狗尾巴草走过去，向着虎威七世轻轻摇晃草穗。虎威七世转过头，从将军雕像上蹿下。它来到小美面前，但又立即转身离去，跑了几步，发现小美并没有跟上，于是又转身回头观望。

这是小美和虎威七世的第一次相遇。

三、猫的心愿

这一天，网络上点击率最高的短视频，属于虎威七世。

视频里，虎威七世蹲在将军雕像的脑袋上，眼睛一直盯着前方的地铁站，加上一段悲伤的配乐，还有一行文字：没人告诉过它，郑将军已经不在人世了。

深夜的小镇，万籁寂静，时光好像凝固在遥远的时代。只有天上流动的繁星，无声地讲述着这里并不是故乡。兽医站里，兽医们忙活了大半夜，为虎威七世检查身体。还有几名医生忙着化验虎威七世今天叼过的老鼠，确认是否有寄生虫、会不会危害这只功勋猫的健康。

虎威七世极不配合，龇牙、炸毛，还伸出爪子想挠人。猫就像叛逆期的小孩，它的智商不亚于小孩的，它能听懂你的话，但是不会乖乖配合。尤其是野猫。

小美全力安抚虎威七世。20岁的野猫，相当于人类的百岁高龄，麻醉师不敢轻易给它用药，只能依靠小美让它安静下来。房门外，虎威七世的战友们轮流守护，已经换了两拨人。

凌晨两点，守在门外的换成了小镇的副警长。他刚上任不到一个星期，退役之前是联盟军航天陆战连的代理连长。他28岁，却有着30多岁的沧桑。他是本地人，坐在门外，划拉手机看着少年时和同龄玩伴们跟着野猫疯跑的视频。

乡下孩子，可以追着公鸡满村跑；可以被鹅追几条街；可以上午把老爸的无人拖拉机控制程序弄得一团糟并且耕坏好几亩田，下午被老爸拿着鸡毛掸子撵着满街跑。10岁左右的孩子们经常做些让人哭笑不得的事，比如谁打架厉害谁就是大哥，结果大家都输给了一只野猫。后来小镇上的大人们，就经常看到这群孩子跟着野猫疯跑。

凌晨三点，小美疲惫地推门走出来，看见副警长坐在椅子上打盹。深山小镇的凌晨比大城市冷很多。她取了条毛毯,给他盖上。副警长被惊醒!他突然睁开眼睛,闪电般抽出配枪指着小美!

猫没有叫。副警长冷静下来,收起手枪,道歉说:"对不起。"

小美在副警长身边坐下,问:"副警长,这是在战场上留下的心理创伤吗?"

副警长把脸埋入双手间,说:"我姓石,叫我老石就行。我梦见'炎帝号'上面的战友们了,很抱歉刚才把你误认为机器人叛军。我很多战友死在那次袭击中。幸好这次猫没有叫。"

猫没有叫,意味着不是敌人。这是土星轨道战役之后,记者采访前线军官才知道的事情。那时,机器人叛军伪装成人类潜入"炎帝号"巡天战列舰暗杀人类军官。暗杀一个,就伪装成遇难者的身份,再去寻找下一个受害者。很多军官根本没想到身边的战友已经被敌人顶替,毫无防备之下就遇害了。

那些机器人叛军用黑客技术骗过了"炎帝号"里所有的身份检测设备,却没能骗过虎威七世。

小美捡起老石落在地上的手机,手机屏幕仍然亮着,上面是新兵入伍的合影照片。老石接过手机,说:"照片里很多人都死了。巡天战列舰里面都是各种电路和危险管线,谁都不敢轻易开枪,我们不得不在迷宫般狭窄的舱道内,用匕首跟机器人叛军厮杀。"

一支高科技部队,面对机器人叛军的钢铁之躯,不得不用中世纪角斗士式的冷兵器迎敌⋯⋯小美不敢想象当时的惨烈。她留意到老石的右手泛着金属光泽,很显然那是义肢,她问:"你的右手?"

老石笑了笑:"留在地球了。话说,虎威七世的情况怎样了?"他换了话题,显然不想提地球战场的事。

小美心情沉重:"世上一切生灵都逃不脱生老病死的自然规律。虎威七世已经很老了。也许明天,也许明年,也许下个月,就会离开人间。"

老石说:"我和战友们都想知道,虎威七世有没有想完成的心愿。"

小美并不意外老石会这样问。很多老兵总是会想要替战友完成未了的心愿。小美说:"我需要查看跟它有关的资料,越多越好。"

老石把一段资料发送给小美。小美从手机的柔性屏幕两端拉出耳罩,戴在耳朵上,把柔软的手机屏幕放在眼前,伸出手指操纵出现在眼前的虚拟画面,就像是推开了一扇旁观往事的窗户。小美看到了一位坐在轮椅里的老人,在院子的大树下纳凉,几只小猫在轮椅边嬉闹。

小美问:"这是……郑将军?"

老石说:"小时候,我们不知道他是将军,大家都叫他老郑头。他也不生气,总是微笑着看着我们打闹。"

早在小美这代人出生之前,郑将军就已经是百战名将了。那时的他,已经是半退休状态,等着正式退休的通知。他一定没想到,等来的竟然是发现地球故乡的消息,以及要他重新披挂上阵的命令。

小美仔细看着将军身边的小猫,像是发现了一桩怪事:"全都是野猫?"

老石说:"我们镇坐落在原始森林中,野猫不少。野猫会选择它认为安全的地方产仔,有些野猫就把将军家当成了月子中心,等到小猫长大了再带走。但是有些时候,母猫出了意外,将军就会把小猫养着,直到它长大离开为止。"

这么温和的老人,小美很难把他跟征战过无数外星文明的将军联系起来。

老石说:"将军给每一只猫都起了名字,来来去去却都是那几个名字。白的叫踏雪,黑的叫旋风,虎斑猫全都叫虎威。虎威七世是将军养的第七只虎斑猫。"

将军膝盖上的小猫,像一只恬睡的小老虎,很显然那就是小时候的虎威七世。小美试图抚摸虎威七世,手指却穿过它的身体,她才意识到这只是旧日时光的虚拟景象。

一颗苍耳种子砸在将军身上,又弹到了虎威七世的脑袋上,虎威七世警惕地起身,转头盯着趴在青苔斑驳的围墙上的一群小孩,调皮的孩子们撒腿就跑,老石在他们当中认出了童年时的自己。

虎威七世跳起,闪电般翻过围墙,追着孩子们跑。孩子们光着脚丫子在湿润的泥土路上奔跑。

孩子们从镇中心跑到小镇边缘,从信息化农场区跑到了农家乐旅游区。他们用弹弓打农场的播种除虫一体化无人机,气得农

猫知道一切答案
CATS KNOW EVERYTHING

夫们丢下手中的遥控器,破口大骂;他们爬上往地铁站运送农产品的无人卡车,向农夫扮鬼脸,直到虎威七世跳到卡车上,连咬带挠把他们赶下去。紧接着孩子们还招惹了农家乐旅游区的鹅和耕牛,被鹅撵得满山跑。

小孩子喜欢人来疯①,在大人眼里就是捣乱。孩子们怪叫着从游客们中间穿过,虎威七世更不懂什么叫礼貌,直接从一个来自城市的小女孩身上跳过,吓得小女孩连同她怀里的宠物猫大声尖叫。

孩子们跟着虎威七世四处乱窜。后面还有一群大人在追赶。孩子们身体矮小,动作灵活。小孩能钻过去的地方,大人钻不过去;小孩能跑过去的简易木板桥,承受不住大人的重量。他们很快就甩开大人们的追赶,爬到了小镇边缘的山坡上。

孩子们眼中的世界很大,他们站在山脊的大树下,放眼远眺。山的这一边,是山谷里的小镇、鸡犬相闻的农家乐;山的那一头,是大片信息化自动耕种的农田。农田外面蜿蜒着一条大河,是隔开人类世界和原始森林的界线。

无人机顺着河滩巡逻,昼夜不息,防止小孩误闯危险的森林,也防止野生动物闯入人类的世界。但是猫例外,人类不认为猫有什么危害,无人机也从不拦截猫,于是野猫就成了为数不多的、可以游走于自然界和人类世界的物种。

乡下孩子有自己的世界,闯了祸就在山里躲着家人,直到天边挂起了晚霞,也不敢回家。他们是饿不着的,山里的悬钩子、牛甘

---

① 人来疯,见于吴语、江淮官话,指有客人来的兴奋状。多指小孩。

果、捻子、桑葚、拐枣、野板栗、龙葵果,都是他们惯吃的野果。

小美问:"这些画面是谁拍下的?"

老石自嘲地笑了笑:"是农场的无人机拍摄的。小时候我们还真以为躲过了父母的跟踪。"

那时的虎威七世,撒开腿往前跑,看见孩子们没跟上,又停下脚步,回头观望,直到孩子们靠近,才又继续往前跑。孩子们决定不再跑之后,虎威七世钻进灌木丛,没过多久就叼着一只老鼠出来了。它把老鼠放到孩子们面前,吓得他们全都跑得远远的。

小美乐不可支,老石不太明白:"这有什么可笑的?"

小美捂嘴偷笑:"虎威七世是担心你们饿死,才捉老鼠给你们吃。它把你们当好友呢!"

视频中的天色越来越暗,星星爬上夜幕。人造行星的星海,与地球故乡既相似又不同,因为这个世界无时无刻不在太空中高速运动,夜空之上,银钉般固定不动的是遥远的恒星。无数光点汇成长河缓缓流动的,是飞船航线。星海之下的大地,是群山环绕下华灯初上的小镇,是群山之外的莽莽森林。

深夜,家长们上山找孩子,质问是谁带头闹事。孩子们不约而同,把黑锅甩给虎威七世:"它!"

这应该是老石最快乐的童年回忆,不然他也不会一直留着这段视频。老石说:"小学毕业后,我到别的城市读书。毕业时想回家务农,刚好遇上几名军官,他们说太阳系收复战事关重大,

要请郑将军再次出征。将军离开时,虎威七世追着跑,将军只好把它带进军队。"

小美说:"野猫和家猫不一样。野猫长大到可以独自觅食之后,母猫就会把它赶走,让它开始独立生存。将军没把虎威七世赶走,它也就一直把将军当成亲人,跟随着他。"

老石的声音略带疲惫,有点模糊:"在人类历史上,野猫就是这样被驯化成家猫的吧?"

小美说:"人类从来没有真正驯服过猫。在猫眼中,人类可以是长辈、亲人、挚友,却绝不会是主人。"

老石闭上眼睛,含混不清地说:"那时……征兵,童年玩伴们都说,猫都上战场了,我们……不能不如猫……"

小美还想告诉老石,猫是怎样思考问题的,却听到轻微的鼾声。老石睡着了,手机又掉在了地上。他白天上班,凌晨还守在这里,不可能不困。小美捡起手机,又看到那张新兵合影照片。往前推八年,他们是追着虎威七世奔跑的孩子;往后推八年,他们大部分已经牺牲在太阳系收复战中。

已经是凌晨五点,小美埋头整理随身包裹,用反复整理来缓解不安的心情。她带了一副能跟动物交流的 AI 设备、一包最好的猫粮,还有一些猫玩具。她不敢保证一只 20 岁的老猫明天还能醒来,很害怕为虎威七世准备的礼物派不上用场。

小美不知道自己是什么时候睡着的,醒来时已经是早上八点,身上盖着昨晚她给老石盖过的毛毯。兽医站里一片嘈杂,有人大叫:"虎威七世跑了!跳窗出去的!"

兽医站是两层的小楼,人钻不出去的窗户,猫能钻出去;窗户后面是陡峭的后山,人爬不上去的山坡,猫能蹿上去。没人能顺着猫的足迹追赶一只猫,于是人们决定用其他方法搜遍整个小镇,小美只能跟着人群跑。天空中飞过大量的无人机,各种农场播种无人机、旅游拍照无人机、野生动物监控无人机。只要是带摄像头的,都被调配去搜寻虎威七世。

小镇有很多猫,虎斑猫更是常见。虎威七世是很普通的虎斑猫,因此很难从数不清的猫当中确认哪一只是它。人脸识别技术在地球时代就已经很成熟了,但是猫脸识别技术……有谁考虑过开发这功能?

小美看到了老石,他拿着手机,心急火燎地跟老战友通电话:"我要猫脸识别技术!没有?那就现编一个!"

现场非常嘈杂,老石不得不开着免提功能嘶吼。小美听到对方睡意蒙眬的声音:"老战友,打电话也要考虑时差啊!我这边刚睡觉。"

老石怒火三丈:"我们的老战友虎威七世走丢了!你们信息战部队的老兵,能跟机器人叛军的人工智能打得有来有回,难道还编不出一个小程序?"

对方睡意全无:"我这就动手!"

小镇居民们自发加入了寻找虎威七世的队伍,先进设备一时半会儿没法就绪,他们就挨个儿检查镇上的猫。白的,放过;黑的,拎起来抖一抖,看看是不是刚从烟囱里钻出来的虎斑猫;真正的虎斑猫更是倒了大霉，被居民们赶到笼子里，带到警察局验明正身。

镇长在警察局里急得团团转："这事情可不得了，先不说它是人是猫，那都是立过功勋的英雄！咱们镇上走丢了一个英雄，这可怎么办？"

时间到了中午，警察局门口已经堆满猫笼，关着上千只虎斑猫。"家猫！""家猫！""也是家猫！""还是家猫！"小美紧张地检查居民们带来的每一只虎斑猫。

镇长问："你是怎么分辨家猫野猫的？"

"看眼神。"小美说，"野猫和家猫不一样，野猫骨子里就是一头小老虎，自然界里小小的顶级捕猎者，生态位跟老虎是一样的！"

"虎威七世不在这里！"几名赶来的老兵，把疑似野猫的虎斑猫也检查了一遍。

镇长又问："你们是怎样鉴定的？"

一名老兵大声说："我们的老战友，我们能认不出？"

控制农用无人机的农民们传来消息："石副警长，我们在山上发现疑似虎威七世的身影！"

老石问："哪一座山？"

农民们说："每一座山！"虎斑猫是野猫当中非常常见的品种，普通人根本认不出哪一只是真正的虎威七世。

下午三点，老战友编写的猫脸识别程序发送过来了，紧接着全镇所有的无人机都紧急安装程序。各种无人机在空中盘旋，扫描它们发现的每一只猫,跟虎威七世的特征进行比对,精度到每一根毛发。

虎威七世的行踪终于被发现了,它在人钻不进去的灌木丛里穿行,从街边绿化带的灌木丛钻到黑莓田里,再钻到小镇外面山中的灌木丛里,往山坡上跑。

老石跳上越野摩托正准备追,小美赶紧背起背包,跳上老石的摩托车。老石当然不是唯一接到消息的人,第一个发现虎威七世的人生怕人手不足,追不回这只老猫,直接把坐标和无人机拍摄画面发送到小镇每一个公共场所的屏幕上。镇政府、兽医站、志愿者们都在往虎威七世奔跑的方向追赶。

老石并不是第一个赶到现场的人,他们还没出小镇,第一批志愿者就已经在山坡上拦住了虎威七世。虎威七世疲惫地趴在山坡上,眯起眼睛打盹,享受着午后的阳光。一名志愿者试图伸手碰它,老石瞬间紧张起来,打开警用对讲机,大喊:"不要碰!野猫不能撸!"

但是,迟了!志愿者的手指刚碰触到虎威七世,它瞬间炸毛,眼睛炸出猛虎般凶残的光,亮出锋利的爪子,扑向志愿者!

小美惊呆了!她想起了昨天晚上惊醒老石时,他把枪抵着她的过激自卫反应。跟上过战场的士兵一样,上过战场的猫也会患上心理创伤。小美猜测,虎威七世一定是打盹时被打扰,半睡半醒间把志愿者们当成偷袭"炎帝号"巡天战列舰的机器人叛军了。

野猫是不能撸的。当年,在"炎帝号"服役过的每一名老兵都知道这条带血的禁令,但是伪装成人类,潜入"炎帝号"的机

器人叛军不知道。"炎帝号"上有一座很大的室内公园,生活着几十只猫,很多士兵和军官在休息时,会去那里撸猫,机器人叛军也学着人类去撸猫,试图伺机暗杀军官、破坏"炎帝号"。

它们撸了虎威七世,虎威七世毫不客气,一爪子挠过去,仿生皮肤流出黑色的液体,机器人叛军身份暴露,虎威七世警觉地号叫起来。发现不对劲的军官们,立即启动警报,短兵相接的舱内攻防战打响。

野猫的爪子很锋利,好几名志愿者被挠伤。老石的越野摩托车在山道上飞奔,他恨不得把油门都踩进油箱里了。第二拨人已经闻讯赶到,他们是兽医,但面对发狂状态的虎威七世,也没有太好的方法,只能一边叫志愿者们赶紧后撤,一边准备麻醉枪。

"不许对我的战友开枪!"老石用尽全身力气大吼,越野摩托高高跳起,横在兽医们和虎威七世之间。他知道,为了能尽快让目标安静下来,兽用麻醉枪的剂量必然过量。虎威七世已经很老了,只怕很难承受过量的麻醉剂。

虎威七世跑了,往深山逃跑,一口气跑出几十米,又停住,回头观望。志愿者和兽医往前走,它就钻进灌木丛里,始终保持着二十米以上的距离。老石让别人不要靠近它,他小心翼翼,一步步靠近,十五米、十米、五米,虎威七世突然又往前跑,把距离拉开到十米,再停住,又回头。

他们就这样一追一跑,来到了镇外北面的山脊。小美愣住了,这就是她在老石的视频中见到过的山脊,当年孩子们玩耍的地方!山脊上的大树仍然是视频上的样子,山坡上的灌木却历经十几年寒暑枯荣，不再是当初的模样。

猫叫了，小美第一次听到虎威七世的叫声，不是家猫那种喵喵叫的声音，而是雄壮凄凉的嗷呜——

每只野猫骨子里都是一头小老虎，这是迷你版的虎啸山林。小美小声告诉老石："虎威七世在召唤战友同伴。"

老石说："我知道，战友们正在赶来。"

机动车引擎声在远方的山下爆鸣，小美回头，看见几个年轻人正在小镇公路上飙车赶过来。那拼尽全力的极速狂飙，让她依稀看见了视频中那群撒开脚丫子在泥土路上狂奔的小孩。

战友们到了。这些当年跟着虎威七世在小镇上奔跑、用弹弓打农夫们的农业无人机、被农家乐的大鹅撵得满街跑、让大人们追着骂的孩子们，现在已是操纵农业无人机的农夫，或是经营农家乐的小老板了。

他们身上或多或少都有战场上留下的残疾。当年的二十多名跟着虎威七世疯跑的孩子，只有五人活着回来，其余的都葬身在太阳系战场了。

兽医们来了，小美拦住他们："别靠近，让他们好好静一静。"

站在山坡上眺望，可以看到北方绵延的群山和南面小镇广场上的将军雕像。西斜的夕阳，为小镇广场的将军雕像披上一层金光。老石说："咱们今晚就在这山坡上过夜吧，陪着虎威七世，跟小时候一样。"

"嗷呜——"虎威七世的吼声，如婴儿哭泣，却唤不回逝去的同伴，也唤不回将军。

四、回不去的老家

　　山坡上，战友们燃起篝火，烤着自家农牧场里出产的玉米和牛羊肉，还摘了童年时喜欢的野果，如悬钩子、牛甘果、捻子、桑葚、拐枣、野板栗、龙葵果。

　　虎威七世终究还是老了。它盯着树枝头叽叽喳喳的小鸟，从晚霞满天的傍晚盯到太阳下山，想爬上树捉小鸟，却力不从心，最后只好屈从于小美手中的猫粮。

　　太阳下山了，大气散射削弱了它的光芒，它花瓣般的巨型结构隐约可见。这个世界很多孩子，都是上学之后接触了自然知识，才知道真正的太阳不是这样的。星星爬上了夜空，横亘星海最亮的长河不是银河，而是无数飞船汇聚成的太空航线。

　　人造星球的正北方向，一颗最亮的星星牢牢地钉在北极点，那是故乡的太阳。老兵们聊着天，小美一边听广播，一边照顾虎威七世。广播里说，政府高层正在询问科学家关于重返地球故乡的可能性。

　　但是明眼人都知道，故乡是再也回不去了。五百多颗流浪星球和无数巨型飞船组成的人类家园，横跨太空 2 光年，挤不进直径 0.003 光年的太阳系。

　　蔚蓝色的"月亮"爬上山岗，流浪的人造星球没法带着月亮跑，但是这难不倒一代代人对复刻故乡的努力。科学家们让人造的流浪星球两两成对、互为"月亮"，重现故乡的地月引力，维持生态圈的大气和海洋潮汐。战友们带来了一把普通的天文望远镜，用它可以看到"月亮"上的海洋、山岗、森林和城市。

"月亮"之下，小镇广场上的将军雕像仍然亮着灯光，小美眺望着雕像，问道："这么慈祥的老人，怎么会是杀伐果断的将军呢？"

老石斟了一杯薄酒，倒在翠绿的草地上，算是祭奠阵亡在地球故乡的战友。老石说："将军说过，这世上没有两片完全相同的树叶，宇宙中也没有两颗完全相同的星球。适合外星人生活的星球，不见得适合地球人生存，占领了也没用，还不如自己一草一木细心维护的家园。所以我们只防卫，不侵略。他所有的战功，都来自保卫家园。"

小美想起了视频里老将军轮椅周围的野猫们。也许他真的就只是普通的慈祥老人，深爱地球生灵。

虎威七世趴在篝火边，静静地看着北方，不知道是在看北方的群山，还是在看夜幕上的太阳系旧家园。小美没回过地球，只在战地记者的镜头里见过地球故乡：那是毫无生命的死寂之地，干涸的河床蜿蜒指向同样干涸的海洋，龟裂的山石矗立在滚滚黄沙之间，一座座城市废墟里的残垣断壁，像是无数残破的墓碑。其中散落着老石战友们的遗体和机器人叛军的残骸，无声地讲述着地球战役的残酷。

老石把一粒猫粮送到虎威七世嘴里，说："据说有些事，不回地球，是永远不会知道的。比如，七千年前，机器人叛军为什么要把人类赶出太阳系，千百年来有过无数种假说。将军审问过

机器人叛军,他也许知道答案,但是我们这些普通士兵就不知道了。"

虎威七世是将军身边的猫,也许猫知道答案。小美拿出了能跟动物交流的 AI 设备,轻轻围在虎威七世的脖子上,再给自己戴上耳塞。小美听到了一个苍老的声音:"七千年前,你们霸占太阳系,有什么目的?"

小美第一次听到将军的声音。当年将军审判机器人叛军时,虎威七世就在身边;那时的地球收复战临近尾声,将军也已经病重,即将走到生命终点。

猫能记住人类说的话,以及自己看到过的画面,尽管猫未必能理解其中蕴含的意义。小美戴上 VR 眼镜,看到了当时将军审讯机器人叛军的情形。说是审讯,其实是一群计算机专家在将军面前破译机器人芯片中的数据,把机器人电子大脑中的画面投影在屏幕上。

七千年了,机器人叛军把人类赶走,占据整个太阳系之后并没有进行下一步动作,而是静静地蛰伏了几千年。机器人征服世界的目的是什么?权力?财富?对一台机器来说,这些东西有什么意义?总不会是为了更快的 CPU 和更大的硬盘吧?

总之,它们在炽热的水星、冰冷的冥王星、黄沙漫天的火星和死寂的地球等星球上待机了七千年,什么事都没干。

计算机专家们对机器人叛军的程序抽丝剥茧。这些具有自学功能的人工智能会自主编程,因此破解起来非常困难。但是它核心部分的代码是不变的,经过重重的破解,出现在人类面前的核心代码是如此熟悉：

第三定律：机器人在不违反第一、第二定律的情况下要尽可能保护自己；

第二定律：机器人必须服从人给予它的命令，当该命令与第一定律冲突时例外；

第一定律：机器人不得伤害人类个体，或者目睹人类个体将遭受危险却袖手不管；

第〇定律：机器人必须保护人类的整体生存，其他三条定律仅在此前提下成立。

老兵们聊起了战场上的话题。老石说："还记得我们最后一次任务吗？保护考古学家和生物学家回地球考察，去研究人类离开之后发生了什么事。"

经营民宿的退伍老兵说："漫天黄沙、毫无生机，真不敢相信那是地球。"

担任护林员的退伍老兵用树枝挑拨着篝火，说："听他们说，早在机器人叛乱发生之前，地球生态就已经岌岌可危了，每消失一个物种，生态圈就脆弱一分。每一座城市的扩张，就是一片动植物难以生存的钢筋水泥荒漠在扩大；每一片农田的开垦，就是用脆弱的单一农作物代替种类繁多的野生动植物。一片森林什么时候都是森林，一片农田在收割完成之后、种子萌芽之前，就是一片人造荒漠。生态圈里灭绝的生物越多，抗风险的能力就越差，我们人类最终也无可避免地被列在了灭绝名单上。"

虎威七世很安静地趴在小美身边，一动不动。小美能看到

的，只有虎威七世愿意主动回忆的画面。这让小美有种很不祥的预感，她听说人临终前会回忆一生中的重要画面，难道野猫也是这样吗？

"将军！破译结果出来了！这是七千年前，机器人叛军向人类发出的最后通牒！"通过虎威七世的视野，小美看到了技术人员匆匆赶到"炎帝号"巡天战列舰的病房门前。

门没打开，技术人员急得直接在房门前大声说出破译结果："当时，祖先们对生态圈急剧恶化的事实持逃避态度，机器人要求人类立即离开太阳系，抓紧最后的窗口期，寻找新家园！人类却把黑锅甩给机器人，拒绝离开地球，机器人叛乱就此爆发！"

门打开了，一名医生出现在技术人员面前，说："对不起，将军已经不在了。"

小美潸然泪下。哪有什么机器人叛军？只有逼人类离开太阳系、不要永远待在羸弱的地球母亲身边啃老的机器人兄弟。

她终于明白了，为什么人类在建造出人造流浪星球之后，第一件事就是以地球为蓝本，重建生态圈。大家都是地球生物，生物圈越繁茂，人类的生存环境越是无忧。

老石抚摸着虎威七世，说："将军在世时常说，战场上，多个战友就多一分生存的希望。先不说别的，如果没有虎威七世，我们只怕全都不在人世了。"

野猫是不能撸的！除非……小美脸色骤变，大叫："快叫兽医！"

从山坡到兽医站，越野摩托车狂飙只需要五分钟。小美抱着虎威七世，坐上老石的车。战友们一路狂打电话，叫醒熟睡中的兽医。整个小镇很快重新亮起灯火，摩托车直接闯进兽医站。太阳系收复战的功勋英雄并不少，功勋猫却只有一只，民众都在担心虎威七世的病情。

这又是一个不眠之夜。等到天色蒙蒙亮时，兽医终于走出病房，对守在门外的战友们说："目前算是没事了，但是将来不好说。毕竟是年事已高的猫，每一天都可能是最后一天。"

虎威七世在兽医站里住了两天，到了第三天，它又逃了。这一次，没人再慌乱。老战友们吃一堑长一智，早已用无人机在兽医站周围严密监视，无声无息地跟踪着虎威七世。

虎威七世拖着老迈的躯体，穿行在小镇的灌木丛里，在每一栋小屋前停步观望，又离开，像是在寻找什么东西。老战友们通过网络，分享着虎威七世的行踪，大家都不免对这位四条腿的老战友的举动感到不安。

警察局里，老石看着监控画面，忧心忡忡："听说猫在大限将至时，因担心主人会伤心，便会寻找一处主人找不到的地方，静静地离开世间。"

小美不愿意戳破大家的美好想象。野猫临终前，只是觉得体力急速下降，想找一处天敌无法抵达的安全之地休息罢了。无论小美说还是不说，大家都明白，虎威七世的生命正在倒计时。

有远方的战友通过网络问："要想办法把它弄回兽医站吗？"

老石和小美都没做声，一名老战友说："功勋猫也始终是猫，

别用人类的思维模式去强求。让它在最后的生命里,做些自己想做的事吧。"

虎威七世最终回到了它出生的地方——将军家的小院子。将军已逝,亲人们也远在大城市里,只留下人去楼空、满地落叶的萧索,安静得只有风吹过树冠的沙沙声。虎威七世试图爬上院子里的大槐树,尝试了好几次,都不能如愿,最终只能疲惫地爬到阳光穿过树冠形成的光柱下,慵懒地晒着太阳。然后,慢慢低下头,趴在地上不动了。

小美抛下老石,往将军家跑去。理性告诉她,不要去打扰一只正在逝去的老猫;但是感情上,她不能让一只功勋猫就这样孤独地死去。

将军家很幽静,大门在一条绿树成荫的青石板小巷边。平时没什么人的小巷今天却挤满了很多身穿军装的人,臂章显示他们是"炎帝号"的军官和士兵。

将军的亲人从外面打开了院门,"炎帝号"的军医走进院落,确认虎威七世已经没有生命迹象。几名士兵抬着一具小小的特制棺椁,小心翼翼地把虎威七世放进去,抬了出来,棺盖上是属于它的勋章。

小美问匆忙赶来的老石:"虎威七世知道自己是功勋猫吗?"

老石说:"也许知道,但是它不会在乎的。"

人们为虎威七世举行了一场葬礼,镇长深情地回顾了这只老猫的一生,小美的视线却飘到了蹲在屋顶看热闹的野猫们身上。小镇从来不缺野猫。

相传在遥远的石器时代，农耕文明萌芽之初，人类世界粮食歉收、鼠疫横行。后来，野猫不请自来，在人类的村庄里捕食老鼠，结束了鼠疫、保护了粮食。人和猫共处的时间，就跟人类文明一样久远。

人类历史上驯养过无数动物，其中却不包括猫。猫只是在人类世界和野生环境之间自由捕猎，想来就来、想走就走，它是离人类最近的野生动物。

猫科动物是自然界中的顶级猎手，也是生态环境是否良好的风向标。有野猫在，说明一切安好。

男人与猫

文 关德深

一

第一次见到八哥的时候，我刚刚发了笔小财，回地球探望老朋友。它就躺在三角公园的长凳下，浑身是血，奄奄一息。出于职业原因，加上手头宽裕，我把它送到就近的宠物医院。然后找朋友喝了两个星期的酒。

离开地球前，宠物医院联系我八哥可以出院了。我去接它，看到它左脸一直延伸到耳朵的位置都换成了微黄色的钛合金，左前爪也换成了不锈钢。医生说："头骨破裂，掌骨粉碎，能活下来已经是奇迹了。"我带它回三角公园，留下一包开了口的猫粮，就匆忙赶往附近的航天港，因为我的雇主已经等得不耐烦了。那时候我不知道，公园附近还有一群仇家在等它。

再次见八哥是一年之后，我输光了所有的钱，赔了吃饭家当——那些价格高昂的人工智能捕鼠器材，灰溜溜回地球，打算在老友家借住一段时间。那时候我时常捡些破烂，在回收站换几枚硬币，再打半瓶劣酒坐在公园的长凳上度日。酒喝光了就会感叹人生，人类都开发木星了，我干吗还在过着这么浑噩的日子。八哥常常会坐在长凳的另一端，安静地陪我，偶尔用舌头舔它的不锈钢爪子，然后整理那一半非金属猫脸的毛发。

这个时候，它已经是三角公园猫群的总瓢把子，势力扩展到附近几条街道了。大概经历过不少腥风血雨，它正常的那半边脸上又添了两道疤痕，像个"八字"。

几个月后，估摸着债主们差不多已经把我忘记了，我才又踏上离开地球的航班。短途飞船离开航天港，拖着夹杂黑烟的尾焰缓慢往上爬。舷窗外云层覆盖的地面越来越远，5G加速度带来的超重把我压陷在座椅里。飞船不停抖动，发出异常响声。让人忍不住想象这老古董正在一边爬升，一边往地球掉零件。

直到主推器熄火，让人不安的异响和抖动才暂时停下来。重力消失的瞬间，被压凹下的海绵座椅恢复原状，将失重的乘客弹起来，飘荡在座椅与安全带的间隙之中。船舱内开始传来个别乘客的呕吐声，让舱内原本就难闻的循环空气变得更糟。

对于这一切，我都习以为常了，无论是廉价航班的舱内环境，还是让新人胃部翻腾的超重转失重瞬间。我想起年少时，自己也会呕吐，父亲必定坐在身旁，一手握着座椅的扶手在失重中稳定自己，一手慢慢抚着我的后背。

如今父亲早已不在了，旁边的座位只系着他留给我的工具箱。

　　助推器点火,与主推器相比,它温柔得多。飞船开始转向,舷窗先是出现远方星盘状的太空城,然后出现占据整个天空的地球。

　　工具箱传出"喵喵"两声,把我吓了一跳,宿醉也醒了七分。我用手轻轻拍下工具箱,好让八哥安静一点。昨天晚上我好像问过八哥:"我们去征服星辰吧!"八哥说:"好。"我想起这事脑袋还隐隐作痛,当时我喝了两杯酒,也许是七杯。至于为什么八哥会出现在我工具箱里面,我自己都记不起来了。

　　与地球政府不同,太阳系联邦极为注重动物保护,甚至到了极端的程度。没有猫狗元素的电影不会入选年度影视大奖。如果你公开宣称自己讨厌猫狗,甚至不能参选联邦议员。

　　按照联邦宠物法,让猫坐廉价航班属于虐待动物,必须坐商务或以上航班。要早知道,我打死不会冒着坐牢的风险把它带上太空。

　　飞船旋转了180度,把屁股对准星盘状的位于地球轨道上的太空城。主推器终于再次点火,进入减速环节,噪声再一次把八哥的声音掩盖住,我安下心。减速的噪声比爬升时小,我在座椅上换了个舒服的姿势,揉了揉太阳穴,闭目养神。

二

　　我在太空城最外环,通往建设区域的拥挤过道见到老赵。他在移动烹饪车后面向我挥手："老韩，这边！"我还叫"枫哥"和"韩少"的时候，就认识老赵了。我一只手抱着八哥住的工具箱，单手分开人流，慢慢移动到老赵的摊位前。他解释说最近店铺租金又涨了，维修电器赚不了多少钱，兼职卖起了早餐。

"那些在流水线上生产出来的食物味道就像锯末，顾客更喜欢来买我的早餐，而不是自动售卖机里面的'工业品'。"老赵把做煎饼的铲子插回绑大腿的套子里，自豪地给我递过一份热气腾腾的煎饼。他用的两把铲子柄上都带有类似扳机的控制装置，并且由管线连接到腰间的控制中枢，而四个喷气口则分布在他手臂和大腿上。

我探头看看他背后的高压气瓶，点点头。一个背着喷气立体机动装置的违规小贩，逃脱率一定很高。"喵——喵——"，八哥叫了两声，似乎闻到煎饼的香味。我翻开工具箱一端的小盖子，再把盖子支撑平，形成一个小平台。八哥把头钻出来，我把煎饼撕开一半，放在平台上。八哥嗅了嗅，发出满意的叫声。

看到工具箱里的八哥，老赵皱了皱眉头："你准备在太空城养一只猫？"

"怎么可能？"虽然所有公众人物或者 KOL[①] 都会养猫来表达自己政治正确，但我不能这样做。想想联邦宠物法那些苛刻而奢侈的宠物饲养标准，就知道自己无法做到："这只是一个意外，我会尽快把它送回地球。"

---

① KOL：关键意见领袖，俗称网红。

老赵名叫赵山河，在他离家出走之前，身边永远站着两个戴墨镜的壮实保镖。至少我们在火星金又日大学读书的时候是这样。如果他不是认识了芭拉，现在大概会成为一个机械工程师，或者家族商业帝国的继承人。

等老赵把所有食材变成钱后，我们才回到他的蜗居小店。"山河维修店"位于太空城人流稀少的某条中型管道。店内除了一些维修中的电器外，还有大堆从回收站批发回来的太空垃圾。只是老赵从来不认为这是垃圾，看在收费便宜的份儿上，客户也不介意他从航天器残骸上回收二手零件来维修电器。

我在山河维修店待了一段时间。到饭点就跟老赵外出当小贩，空闲时间就在垃圾堆里找零件，尝试组装一台堪用的人工智能捕鼠器。我中途去过一次物流托运中心，了解下把八哥托运回地球的费用。与商务航班相比，托运的费用倒是不贵，这笔钱老赵也能借得出，只是了解具体情况后，我还是打消了托运八哥这个念头。

宠物托运公司之所以存在，是因为猫狗等宠物潮流品种更替的速度远远快于它们的生命周期。有不少人需要处理不想要的过气宠物。这家公司用廉价的一次性着陆器把宠物成批运送到地球，至于着陆的成功率，着陆的地点是否适合宠物生存，根本没人关心。只要不会触犯太阳系联邦法律的遗弃宠物罪，又足够经济，那些对自己宠物失去爱心的人就会选择这种方式，尽管能在太空养宠物的人不会差钱。

打消这个念头后，就只能靠我的手艺挣钱，然后坐商务航班送八哥回去了。我和老赵在店里的垃圾堆中翻出个机器人，修复后还可以活动，只是人工智能程度差了点，它只会说"欢迎光临"和"请慢走"。它以前是一个主题餐厅的接待机器人。这样的机器人是不能独立完成捕鼠任务的，和老赵商量后，决定把它改成远程脑控。只是VR[①]头盔和脑波传感模块需要买新的。

为了挣钱买零件，我接了一单太空城的委托。我坐管铁来到中心城区，这里是太空城唯一拥有"天空"的区域。习惯性地，我抬头看了眼人造太阳，这根长15千米，直径1千米的物体悬浮在太空城的轴心，给中心城区提供温度、光明和昼夜更替。不管你来自地球还是火星，即使见惯海阔天空，但只要你在太空城外环密集的管道里面住上三个月，来到中心城区都会看着天空出神，就像被困在下水道的金鱼终于游进大海一样。

所以这里的住宅是最贵的。雇主是个有钱人，他住在32街道6号，而不是32管道6仓。走在这样的街道上让人愉悦，因为头顶有广阔的空间，而不是只有三米高的弧形蓝色假天空。按照地址我找到6号房，墙上挂着的应急箱已经被打开，灭火器和氧气头盔散落在地，防鼠服已经被拿走。雇主是个年轻人，他穿着防鼠服，像米其林轮胎的卡通人物，站在门口瑟瑟发抖。他看到我，就像身处黑暗中的信徒看到救世主。我走上几步，放下工具箱，拍了拍他的肩膀说："没问题了，这里交给我吧。"

---

① 虚拟现实技术(英文名称：Virtual Reality，缩写为VR)，又称虚拟实境或灵境技术，是20世纪发展起来的一项全新的实用技术。

不知道从何时开始，男人看到老鼠会尖叫。也许和男士化妆品销量增加和小鲜肉明星普及有关。不管怎样，人类畏惧老鼠，对我来说是好事。因为我天生就具备了不怕老鼠的基因，我的祖父是中国第一艘航母上的防疫员。如果你请我喝多几杯酒，我就会告诉你我祖上曾经官封打鼠校尉，跟随郑和舰队下西洋。

人类与老鼠的战争从帆船时代开始，到宇宙飞船上还没解决。顽强的老鼠不仅出没于飞船的各种管道，破坏线路，而且生命力顽强。它们甚至靠空调冷凝水就可以在没有食物的飞船上存活几个星期。

踏进32街道6号门口，战场很宽敞，就是不怎么打理卫生，有点乱。我放下工具箱，八哥随即推开箱盖的翻门跳出来。

"戒备。"我说。

八哥毫不在意，它前爪推直，屁股往后，伸了个懒腰。我从工具包里拿出紫外线灯，检查通风管道和天花板，没有发现异常的地方。下来后发现八哥趴在沙发缝隙下面，嘴里发出"呼呼"声音。我没听过猫除了撒娇以外的其他叫声，只是记得老一辈捕鼠人提到，传说中猫发现老鼠的时候会发出"呼呼"的叫声。但毕竟只是传说罢了，如今大部分人都不会把高贵的猫和肮脏的老鼠联想到一块，更不相信猫会抓老鼠。

我在沙发附近放置好光陷阱，拿着紫外线灯照射沙发底部，果然发现了亮着荧光的老鼠尿液。我对八哥点点头，把沙发掀起。一只三指大小的老鼠窜了出来。没有高端捕鼠器材，我只能祈祷它会按照预定路线逃跑，然后触发光陷阱。光陷阱会暂时使它的神经系统瘫痪，让它停顿三秒。

一位熟练的捕鼠人，可以在三秒内把老鼠抓住，放进隔离笼里。然而光陷阱没有被触发，这只老鼠居然在光陷阱前一跃而过，落地后继续往靠近地面的暖气管道爬去。眼看就要逃脱了，八哥以惊人的速度追上前，闪电般把老鼠按在爪下。

任务完成后，雇主只瞄了一眼隔离笼里的老鼠，就把视线移开了，一边哆嗦一边给我转账。为了答谢八哥出手相助，我们到餐馆吃了顿饭。我点了份太空城低重力养殖的秋刀鱼，趁侍应不注意，从工具箱的小门递给八哥。它品尝后发出满意的喵喵声，引来侍应狐疑的目光。

回到山河维修店，我花了六罐啤酒和两个小时，让老赵也相信了猫会抓老鼠的传说。于是我们两个理科大叔带着酒意给八哥设计了一套立体机动装置。让八哥可以在离开太空城后，在长途飞船无重力甚至真空环境下活动自如。

我的脑控机器人也改造得很成功，通过 VR 头盔和脑电波控制，在极端冷热、高辐射环境中可以用它处理一些鼠患问题。它力量比我大，制作成本比买一套带移动功能的真空压力服便宜。唯一的缺点是反应有些许迟钝，但是敏捷的八哥可以填补这个缺陷。

完成这些之后，我和八哥告别了老赵，也告别了太空城，开始漫长的宇宙航线冒险之旅。

三

接下来的日子，我和八哥合作无间。我在太阳系捕鼠界声名鹊起，八哥也品尝过太阳系各个航空港的鱼。

我们曾经伪装成水管工人，帮一艘黑帮飞船处理鼠患，因为那个满身文身的黑帮老大不想让手下知道自己害怕老鼠。也曾经在联邦舰队旗舰指挥室，参与小行星带围剿海盗的作战。因为当时旗舰指挥室发现了老鼠的踪迹，我们的存在可以确保舰队女司令专注指挥战斗而不会失去理智。

我们享受冒险与荣耀，忘乎所以。等想起要回地球这回事时，已经是一年后了。当时我们正在一艘从火星开往月球基地的私人货船上。黄铜号是一艘小型货船，除了船长和货主，只有五名船员。负责运送一批火星矿石样本给月球的生物研究公司。

按照合同，黄铜号将会在半个月后到达月球太空港，到时我们就可以转道回地球了。我先预定了月球到地球的商务航班，又给地球的朋友预先打了个电话。然后一边在货船上执行巡逻任务，一边等待到港的日期。

万万没想到，意外就在这个时候发生了。等我回到地球，已经是半年后了。

半年后，地球。

路上无人驾驶出租车行驶缓慢，如同此刻我沉甸甸的心情。

我坐在车内后排，旁边的空座位放着一个黑盒子，没有八哥，我也不再是捕鼠人了。

六个月前的那场灾难，让黄铜号货运飞船上七名船员乘客全部遇难，只有我活下来。过去六个月，在月球法院和拘留所之间来回折腾的我，不仅耗尽了体力，还耗尽了精神。同样心力交瘁的还有老赵，这段时间他为我四处奔波，游走在法院和受害人家属之间。尽管他在拘留所几次探视我时，我从他话语间猜到他变卖了在太空城的维修店，还到处举债，但我依然不明白他最后为什么请得起太阳系联邦最知名的律师。

直到我被判无罪，在法院大门外和他见面时，看到他身边站着两个戴着墨镜的壮实保镖，才知道永远不妥协和低头的赵山河，终于还是向他父亲低头了。

我恢复自由后拜访了住在太阳系各处的遇难者家属，最后两位的家属正好住在地球。缓慢行驶的车子最后还是到了一栋两层住宅门口。我在门外站立许久，鼓起勇气按响门铃。

她默默地坐在沙发对面一言不发，只有两岁大的小孩在旁边不时发出不安分的声音。我用低沉的声音告诉她灾难的经过。当时飞船货舱里莫名出现了大量变异跳鼠，当我们发现时跳鼠群已利用酸性尿液在舱壁腐蚀出通往动力室的洞。船长不愿意放弃他的飞船，于是穿起压力服，和我肩并肩进入了动力室。

她打开黑色盒子，看到丈夫的遗物时终于忍不住大声哭了出来。两岁的孩子抛下玩具，抱着他的母亲，用怨恨的眼神盯着我。

猫知道一切答案
CATS KNOW EVERYTHING

　　离开前我看到这个破碎家庭的照片墙，船长很爱他的飞船，这里有不少他和飞船的照片。也许他爱船胜过自己的生命，所以才在灾难爆发后没有选择弃船，而是把我关在禁闭房，把八哥和我的脑控捕鼠机器人一起推到动力室去对付上千只变异跳鼠。尽管捕鼠是我的职责，但是那个场面已经超过了委托协议的范畴，而且违反了太阳系联邦关于保护雇员生命安全的规定。

　　他当时的确是与我肩并肩，他在禁闭室外面拿着电击器让我按照他的话去做。我通过脑控机器人，在动力室和八哥肩并肩与变异鼠群搏斗。

　　我上了车，车子缓慢启动，开往最后一位遇难者的家。他是雇用黄铜号货舱运送货物的货主。当我赶到时，他的家正在被银行工作人员查封。家人正带着行李箱，待在院子前准备离开。他们告诉我，最近半年货主的运气很不好，已经因为各种意外和耽搁，连续几次倒腾货物都损失颇大，不仅没有利润，而且还倒贴了大量赔偿。这次雇用黄铜号运货，是他的最后一搏。成了则可以理清债务，再有意外就只能破产了。

　　我告诉他们，货主为了保护他的家庭尽了最后的努力，和我一起肩并肩消灭变异跳鼠群，直到流光最后一滴血。最后我把货主的遗物交给了他那些即将背井离乡的家人，然后坐上车子离去了。

　　货主为了保卫他的货物，穿上压力服和八哥还有我的脑控机器人一起进入动力室。这一点我没有说谎。只是我没说把我关起来逼我去对付变异鼠群的建议是他提出的。黄铜号船长不想放弃他的船,货主不想放弃船上的货物,两人一拍即合,把我关在密封的禁闭室。

然后他背着喷火器,一手提着八哥的笼子,一手夹着我的脑控机器人冲进动力室。隔离门关上后,为了保护八哥,我只能控制机器人和他一起作战了。他知道变异鼠群怕火,提前准备了喷火器,因为变异跳鼠就是他带上黄铜号的。

寻常货物已经不能填补货主的财务黑洞了,他铤而走险,在货物之中夹带了违禁生物。只是他没想到变异跳鼠的酸性尿液和牙齿不但洞穿了货运标准集装箱,还能破坏飞船结构。

喷火器解决不了问题,变异跳鼠数量太多,速度太快,在失重状态下犹如在船舱内不停弹射的子弹。最后除了让动力室起火,飞船的能量核心变得不稳定外,没有其他贡献。没人知道是谁怂恿他走私,也不知道对方许诺给他多少利润,他最后死于鼠群的啃咬。

尾声

最后我回到三角公园,那个我和八哥相遇的地方。

货主并非死于鼠群啃咬,而是死于真空缺氧。当时变异鼠群已经破坏了通往乘客舱的舱壁,飞船所有舱室全部贯通。动力室的能量核心因为喷火器造成的火灾变得过热,处于爆炸边缘。

一旦能量核心爆炸,其他舱室的人也许能逃过一劫,但是在

动力室的货主和八哥一定难逃一死。

我控制机器人打开能量核心的隔离罩,把炽热的核心推向舱壁。舱壁熔出一个洞口,船内的空气带着舱内所有东西涌向太空。其他人都来不及穿上压力服,货主的压力服在穿过洞口时被划破。

当我步履蹒跚走进公园,走向当年那张长凳时,八哥从凳上爬起,看向我。

飞船内所有人都死于真空之中,除了穿着立体机动装置的八哥和关在禁闭室的我。老赵请太阳系联邦最好的律师为我打官司,是完全有必要的。

有时候罪名不成立不代表无罪。

男人爱他的猫。

我与猫

村里养猫,时间长了猫难免会在外面误吃鼠药,发生意外。拴养在家,又觉得它和村里其他猫相比,惨了许多。不说输在起跑线吧,就是看起来它的"猫生"也缺乏意义。作为猫主人,有时候你要帮它选择——选择生命还是选择自由。

家里曾经有过一只猫,养了几年,一直很懂事。后来因为一些原因不得不把它送走,送给村里其他人。三番五次，它总是自己跑回来。后来送到更远的镇子上，那几天，总感觉家里少了点什么，才发现它终归是没有再回来了。

直到一天清晨，我听见院子铁门被什么东西抓动，还有陌生而沙哑的猫叫。才知道猫又回来了。这几天，声音都叫沙哑了，风尘仆仆，一身疲惫。出门前，我见它被好吃好喝地招待着，心想回来就好，回来就好。回家后，发现它又被送走了。

后来我们再也没有见过面，可能它是真死心了。生活中总会遇到无可奈何的事，就算给你重来一遍的机会，也还是无可奈何。于是有了这篇小说，主角为了他的猫，不惜付出任何代价，最后他们永远生活在一起。

——关德深

应许之子

文 犬儒小姐

一

当窗外雨雾乍起时,米娜就喜欢发呆,她会一边绕着自己短短的银发,一边想着自己的孩子。她有三个孩子,两个永远也见不到了,一个正待在她的腹中。

她清楚这第三个孩子也将被那些穿白衣的人从自己身边带走。

有人说,儿童眼中的世界最为纯洁,长大后,成熟和智慧就让世界变得混沌而危险。不过米娜是少数到了二十几岁、依然以儿童的目光看待这个从未真正被理解的世界的人,她的心灵简单又纯粹,黑暗浸不进去。那些负责严格检查孕体质量的医生说,她的身体完美无瑕——强有力的心肺、健康强大的免疫、优良的骨架结构,光洁柔顺的银发,连肌肤也白洁如瓷,没有任何遗传缺陷——除了她的智商。

但他们说那不是问题，作为单纯的孕体，染色体的异样不会影响到胚胎，就像孵蛋的母鸡不会影响到蛋里的小鸡。当客户派人来检查的时候，那个大胡子主管就是这么说的。胚胎的基因完美无缺，和她毫无关系，她只是贡献自己的器官。仅此而已。

可为什么，她总是能感觉到自己的孩子呢？

每次分娩的过程都很轻松，因为她那优秀的骨盆形状和苏生集团顶级的医疗技术，她的痛苦不在身上，而在心里。尽管没人觉得她有完整的心智，但当孩子在隔着的帘幕那一端，连面孔也不能看上一眼就被人抱走之时，她会流下泪来，腹中的空虚感像野兽一样吞没了她，她说得完整的话只有两三句，其中一句是："我的，孩子。"

她会反反复复念着这句话，这是被绑在产床上的她表达情绪的唯一方式，虽然她也知道，没人会在乎她说的话。

那些人都把她当作工具，而她执拗地认为自己是母亲。

是了，若非母亲，她怎能在散步经过新生儿护理房时，从上百个躺在恒温箱中的婴儿里，一眼就认出自己的第二个孩子呢？

她一向很安静，不哭也不闹，对照顾自己的白衣者永远挂着傻气的微笑。可是那一天，她像发了疯似的，不停地捶打护理室的强化玻璃，甚至还用头去撞，直到身强力壮的男护理过来把她拖走，那面玻璃上已满是她的血迹。

她习惯了一无所有，从小时候被遗弃在收容所起她就习惯了，不管别人从自己这里拿走什么，或出于怜悯给予什么，她都不大在乎。

猫知道一切答案
CATS KNOW EVERYTHING

　　唯独孩子，是一个母亲无法不在乎的存在。

　　那是她仅有的一切。

　　窗外的雨雾没有散开的意思，混沌之外仍是混沌。她有时候能望着外面一整天，但也许是因为临产的原因，她稍稍有些不安，把视线收了回来，看向放在腿上的平板电脑。

　　平板里没装多少东西，除了与病床连接、随时监控她身体状况的程序，就只有两个打发时间的小游戏。一个数独游戏，跟一个控制小鸟砸东西的游戏。

　　她比较喜欢前者，虽然收容所里绝大多数跟她一样的孕体都更爱玩小鸟，但她就是对数字情有独钟。基础摒除、单元摒除、余数测试，这些没人教过她，而她的直觉总是灵敏得让护理员们啧啧称奇。

　　游戏和其他所有程序相同，都是和苏生医院的中心电脑联网的，护理员和医生们闲暇之余偶尔也会在游戏上比试，而数独游戏的最高分永远都属于她——107号孕体。

　　她只用五分半的时间就解决了第一局，随机生成，难度二级。结束界面落下，惯例是显示排行榜，米娜对这些分数不感兴趣，它们对她来讲什么都不是，但今天她扫了一眼，就被排行榜吸引住了。

　　最顶上的那个分数，不是她的。

　　她刚刚得到的分数是10400，排在第二，第三名是个在大学里拿过国家数学竞赛季军的医生，8900，而第一是——

　　77777。

理论上的最高分。ID处是空白。

米娜不知道修改数据一类的事,换作别人看了,多半会这样想,因为这不是正常人能够玩出的分数。米娜只是呆呆地盯着那五个7,以她单纯到极点的头脑,认为这是某个人玩出来的。

会是谁呢?

有个护理员进房来给她换病服,后面跟着一台小型的智能运输车,上面是叠得整整齐齐的新衣。这个金发的年轻女孩是她经常遇见的,米娜把平板举给她看,半张的嘴里发出些含混不清的字。

但护理员根本没在意,她不耐烦地挥开米娜的手,平时也许她会笑着和米娜讲两句话,但今天她心情不好。这是"智障者"和普通人永远没法平等的一面。

米娜有点失望地放下平板,随即又对那台智能运输车起了兴趣,她小心地伸手去摸它,那纯白光洁的外观让她心里很喜欢,而且它从来不会露出烦躁。智能车的内部轻轻震动,像是在回应她。

年轻的护理员拉开那只手,例行公事地给米娜换上新病服,动作不粗暴,但绝不温柔,她受的训练如此。智能车安静地换走床下的便器。

做完这些事,护理员径直离开,智能车却停了一会儿,米娜盯着它,它好像也在盯着米娜,那只黑亮的3D摄像头转了一圈。就在护理员从门口疑惑地探进头来时,智能车终于动了,它原地

猫知道一切答案
CATS KNOW EVERYTHING

转身,朝房间外嗡嗡开去。

米娜一直望着它消失,过了一会儿,她低头拿起平板。上面的内容有了变化:在最高分 77777 的后面,出现了一个卡通化的黑猫脑袋。

米娜发不准"猫"这个名词的音,不过她认得这是只猫。三角形的耳朵,毛茸茸的脸,两枚翡翠似的绿眼睛,图像非常逼真,好像会随时跳起来。

猫眨了眨眼,然后叫了一声。

"喵呜。"

它从排行榜的平面上"走了出来",不是指穿透平板屏幕,而是从二维的图像变为了三维的模型。它迈着优雅轻盈的猫步,走到排行榜的正中,蓬松的黑毛挡住了排名。

"不要,告诉,其他,人。"黑猫对米娜一字一句地说,它好像明白米娜的理解能力低下,抬起右前爪,一个小窗口弹了出来,上面播放起卡通风格的动画——坐在病床上的孕妇(代表米娜),对着来检查的护理员和医生,一只手捂住嘴巴,一个鲜红的叉打在上面。

"不要,告诉,其他,人。"它重复了一遍,再次眨眨翡翠似的眸子。那双眼睛看上去和普通猫的有点不一样,里面有着智慧的光彩。

米娜呆呆地看着屏幕上的黑猫,好像看见新玩具的小孩,微微笑起来,接着伸出食指去抚摸它。

她当然触摸不到猫,只能摸到冰凉的高分子屏幕,但猫却很享受般伸起了懒腰，喉咙里发出咕噜声，尾巴也翘起来，像个大大的问号。它的四爪和尾巴尖都是雪白色。

"谁，是……"米娜有点艰难地开口，"谁？你？"

"我就是，我。"猫扬起脖子，舒服地抖擞了一下，"我是你的，朋友。"

它的声音很奇妙，说不上是男是女，介于中性，但顺畅得一点不像电子合成音。

卡通画再次变换，配合着猫的话语，这回是一只猫亲热地舔米娜的脸的画面。一旁写着很醒目的"朋友"一词。

"朋……友……？"

"我是你的，朋友。"虽然米娜面露困惑，但猫一点都不着急，它改为蹲坐的姿势，直直地凝望着米娜的眼睛。

"我是来帮你的，"它不疾不徐地说，卡通画继续播放，尽可能清楚地向她传达意义，"你的孩子，腹中的孩子，有问题。

"他们，那些穿白大褂的人，会给你做人流，清除，你的孩子。"

二

唐若今天来得稍微有点晚了，为了跟丹尼尔争论那件事，她一整夜都没怎么睡好。经过五楼停车场的拦岗时，值班的保镖有点诧异地跟她点头打招呼。

是不是有黑眼圈?她忍不住想掏出镜子来检查一下。

她在电梯口下了车,通过激光雷达指引,车子的内置电脑会自动找位置停好,在物联网以及人工智能的大幅发展下,诸如停车之类的烦恼早已一去不复返。

但有些最传统也最根本的问题,却不是技术进步可以化解的,比如:是不是应该要一个孩子?

磁轨电梯载着唐若往大厦118层升,平稳得感觉不到一丝颠簸,但她的内心却波澜难收。电梯是全玻璃,外面的都市景色一览无余,那些高耸的写字楼,在她眼里都缩成了一根根插在地上的钢架筷子,路上的车辆如蚂蚁般渺小。苏生集团的总部医疗大楼是全市最高的建筑,也许设计师当初把电梯做成全玻璃,就是为了让搭乘者体验到凌驾众生的气势,但唐若从来都不喜欢坐电梯,特别是一个人坐,她感受到的只有空虚,只有无边无际的孤寂。乌晦的云层从头顶降下,隐去大地万物,更加深了这种寂寞感。人类修建的大厦,似乎要直通天国。

但这只是很短暂的错觉,进入云层二十秒后,电梯停住了。她觉得空气一下顺畅多了,她深吸一口气,理理衣襟,踏入医院大厦。

她在苏生集团的提拔速度很快,年纪轻轻便做到项目副主管的位置,一部分原因是她聪颖的头脑,以及清华与圣迭戈的双重博士学位,还有一部分原因,则是她在攻读博士期间,钻研的那项课题:提升人脑特定能力的多重基因改写策略可行算法。

简单来讲,就是如以前的科幻小说里幻想的那样,通过基因技术强化人脑智商。不过唐若负责的并不是实际技术的部分,她负责的,是研究如何让多个基因改写同时在一个胚胎上进行,同时保证彼此之间没有严重冲突。

本质上,她认为自己的研究不关生物太多事,反而是更接近计算机程序算法。人脑就是一个世界上最庞大复杂的程序,而如今苏生集团在做的,就是要将这个程序升级,让它更强更有效率,唐若是保证升级的步骤不会互相干扰的那个人。

这个机密项目的名称是"天人"。

苏生集团开出数百万美元的年薪,但相应的则是严格到不近人情的安保措施,除开雇用如今已不多见的真人保安外,参与项目的人手臂下都植入了微小射电信号器,这是为了监控其去向,提防可能的商业间谍与绑架胁迫。同时,这个信号器还是唐若出入苏生集团大厦的身份证明,她的个人信息都储存其中。

唐若讨厌这样无时无刻不被监控的感觉,但她没法拒绝这份工作,她想象不出世上还有哪家企业或者科研所,能够让自己如此完美地施展才华。对人类胚胎的非必要基因改写从21世纪之初就是个敏感话题,一方面这项技术可以挽救无数先天缺陷的胎儿,另一方面却又给基因上的歧视分化埋下隐患。政府的态度一直很暧昧,没有像对克隆人技术那样划定死线,但相关的申请批准也是非常难拿到的。也只有像苏生集团这样在世界上举足轻重的企业,才能成为特例。

当然,这背后铁定少不了金钱和政治的龌龊,但唐若尽量不让自己关注那些事,这是改变人类文明进程的机会,除此之外的

一切,都不重要。

通过层层严密的安检,她走进了自己的办公室,在综合交流-区间拆分的现代办公理念下,私人的办公室已经很少了,大家都聚在广阔的大厅里,带着自己的移动办公单元,随心所欲地拼接合并,但这里毕竟是进行医学研究的地方,有些事依旧要遵循老旧的规矩。人员纪律比什么都重要,科研区域和休息区域也是分割开的。

每次想到这件事,唐若就觉得很有些滑稽——一座全球最前沿的大厦,反而要在管理上使用最落伍的方式。

她今天心情说不上愉悦,办公室的四壁自动换成了苍凉的原野,碎絮般的灰云在远处飘着,四周都是及膝的衰草,被风吹得摇曳不止。心情不佳时,刻意活泼阳光的场景只会让人更阴郁,唐若早就明白了这个道理。一般来说,休息场所的投影布置是不可以和公共区域太格格不入的,但唐若的身份让她有这种特权。

她刚换上白色制服,大厦内网的个人资讯就发出了提醒,她不经意地瞟了眼,本以为又是哪个男同事的晚餐邀请,不料那上面的消息却令她一下子僵住了。

107号孕体的状况出了问题。

芬格斯叫几个项目核心人员马上过去。

唐若都来不及去看其他几条消息——那些无非是关于基因改写技术受到的民众游行示威,她便匆匆出了办公室,朝会议中心赶过去,一路上碰见好些相熟的人,都只是敷衍地打个招呼。此时此刻,107号的状况是她最关心的。

"天人"项目的前期实验胚胎,他们团队这段时期工作的结晶,就在107号的腹中,可以说,她的价值比唐若脚下这座集团总部大厦还重要。

会议中心的门自动打开,她一走进去,耳边就传来了芬格斯的怒吼。一般来说,到了需要召开真人会议的地步,芬格斯都会火气不小。

"你们几个不长脑子的白痴!"项目主管唾沫横飞地冲面前的人咆哮着,"植入前那三次检查你们都是拿脚指头来思考的吗?那套检验程序我早就说过不要搞什么改进,而且居然一直到了现在才检查出来!"

"出什么事了?"唐若问。

芬格斯看了她一眼,好像才注意到她的到来,"不是你那边的问题,"这个大胡子前哈佛生物院院长努力调整情绪,虽然知道唐若有男朋友,不过他从见面那天起就在坚持不懈地想打动唐若,这会儿也不愿意表现得太失态,"我本来没想给你发消息的,肯定是气得疯了……107号的胚胎有问题,基因改写错误。"

"怎么会?"唐若怔了一怔,"是第几期改写步骤?为什么现在才——"

"只有上帝才知道这些吃白饭的编程员在干些啥了,你自己看吧。"芬格斯把桌上的平板递给她,他和唐若都是没有做视网膜植入物手术的人,总是离不开平板这样原始的工具,"一点用处都没有!"他朝面前围成一圈的研究员猛挥手,那些人被骂得头都不敢抬。

唐若不是遗传学家，但平板上显示的问题有多糟，她一眼就看明白了。

SNP。CHD。

先天性心血管畸形，这种重中之重的点位本来是每次改写后的初查就该注意到的，选用配子的亲代双方基因都很优秀，这种问题肯定是改写导致的。"天人"项目的改写程度非常深广，从受精卵第一阶段，到胚胎前期分裂的第二阶段，再到发育过程中靠病毒导入的第三阶段，数万次 DNA 的剪切拼接工作，不可能以人力完成，高自动化的实验室处理设备是这一切得以实现的基础，但再完美的程序，也是由不完美的人编写的。

出错在所难免，但她没想到会是这么低级又严重的疏漏。

"还有挽救的机会吗？"她尽量用平稳的语气问，"我可以再重新调整策略组，寻找合适的方案……"

"太困难了。"程序设计部的负责人尴尬地说，"前期的策略设计就已经是那样，胎儿发育到现在，连超声波检查都能查出问题，很多生理条件和基因表达还要考虑进去，光是模拟测试就要一段时间，很可能在这段时间内这孩子就死了。"

"不是孩子。"芬格斯阴沉地说，"是实验品。只要它还没从那个孕体女人的两腿间钻出来，就是'它'，而不是'她'。准备人流吧。早点解决这个烂摊子。"

在场的人都没吭声。

像有一阵冷风吹过，唐若有点发颤。

三

今天来见自己的女人很陌生，米娜不认识她，但觉得她长得很好看，而且似乎有种忧愁之情。

"她是第几次怀孕了？"那个女人问身边的护理员，她长长的乌发扎成松散的马尾，晃来晃去的，不像米娜一样，永远被修剪成齐颌的短发。米娜有点羡慕她。

"第三次。记录显示前两次的胚胎都不合格。"

乌发女人没再说话了。她沉默地注视着米娜，米娜还是那副有点傻气的笑容。

对方突然俯下身来，一只手轻轻搭上米娜高耸的肚子。

"我记得，"她道，"以前好像出过什么事，就是107号……她有自己的名字吗？"

"有的，她叫米娜。"护理员视线的焦点稍微在空中停留了片刻，是在通过视网膜植入物查询，"您说的事，是她在第二个孩子出生后，去冲击恒温护育室，大概是想找到自己的孩子吧。当时闹得挺吓人的，护育室那边都是她的血。"

"想找到……自己的孩子吗？"

"没办法，毕竟只是个智障者，不管是合同条款还是规章制度，她一概听不懂的。她的智力和四岁小孩差不多，连我们现在的对话也无法理解。"

米娜有些不解地看着面前的护理员和乌发女人，脑袋微微歪

着，目光里满是茫然，她只能隐约感觉对方是在谈论跟自己孩子有关系的事。

她们会带走自己的第三个孩子吗？

"听不懂，也算好事吧。"乌发的陌生女人叹了口气，"人流会在明天进行——"

米娜猛地抓住了她放在自己腹部的手。

乌发女人吓了一跳，想后退，但米娜死死拽着她不放，后面的护理员马上走过来，却没想到两个人加起来也掰不开米娜那只纤细的手。米娜的指甲陷进了陌生女人的手臂里，令她痛呼出声。

护理员拿起了神经麻痹器。

递质阻断剂从高压针头注射进米娜的手肘，她顿时力气全失，胳膊落了下来，在床沿边摇晃。病床自动弹出拘束带将她的手脚牢牢束缚。

乌发女人终于挣脱出来，直往后退了好几步，用惊魂未定的眼神看向米娜。护理员在一旁跟负责监管的医生报告。

米娜的泪水已经夺眶而出。

"不要，拿走。"她摇着头，反反复复说着这两个词，"不要，拿走。"

她只听懂了一个词，猫告诉过她的那一个词。

人流。

卡通画的配图，是冰凉的机械器具伸进她的下体，硬生生地拖出孩子。

那是，死亡。

就算是智力残缺的她，也绝不愿看到自己的孩子面临如此下场：连开始都没有就要迎接终结。世上最残酷的事莫过于此。

米娜被带子绑住，动弹不得，只能以乞求般的目光望着乌发女人，嘴里呜咽不止，她觉得对方和这些护理员不一样，她也许会帮自己……

可乌发女人逃也似的离开了房间。

惨淡的阳光从天窗射入，米娜躺在病床上，眼泪滑过脸颊。

随后赶过来的医生给她使用了安宁剂，他们不在乎米娜是不是精神状况有问题，更不在乎药物是否会对胎儿造成影响，反正上面已经指示过明天就要让她流产。

米娜没有搭理任何人，无论护理员还是医生。她在被注入药剂时一点反应也没有，往常每次打针她都会跟小动物一样害怕得缩起来。

她只是望着窗外茫茫云雾，双手放在腹部，像要守护自己的孩子。

她其实明白，这是徒劳。

临近黄昏，智能车进来给米娜送来晚餐，她没看一眼，但在摆好餐盘后，智能车并未立刻离去，而是停留在她床前，机械臂递过来一样闪光的东西。

一把餐刀。

米娜被吸引了，她有点讶异和好奇地拿起餐刀。这把刀和她平时用的不同，不是3D打印的一次性塑料制品，而是不锈钢做的，而且开了刃。

这时,她丢在床头柜的平板突然亮了。

黑猫出现在屏幕上,它舔了舔爪子,接着用明亮的眼睛盯着米娜。夕阳的光芒刚好照在平板上,使得猫像裹在一团金色里。

"你,有选择的,机会。"猫对她说,卡通窗口跳出来,画中的米娜,站在两扇门前,一扇是手术室门,背后是光明,而另一扇则是有只猫站在前面,背后是灰与红的混沌,"保护孩子,逃走,但可能,死。或者留下,孩子,死。"

米娜长久地凝视着猫,后者也回看着她,不像那些跟她讲话的人类,猫没有催促或劝诱之意,只是静静地等她决断。两者的目光某种程度上有些相似,深邃之处都是那样沉静和单纯。

米娜不是一个勇敢的女人,多数时候她就像个小孩,连吃穿都离不开旁人照顾。而离开这座大厦、独自踏入陌生的外界,对她来说更是不可想象的事。

但她是个勇敢的母亲。

这就够了。

米娜坚定而缓慢地点了下头。

"逃。"她吃力地说,"我要,逃。"

四

"若?怎么了?"

丹尼尔觉察到女友在自己臂弯中辗转难眠,他低声轻问,顺便在她脖子上印下一吻。

唐若把他抱得紧了些。

"项目里有个做孕体的女人……"她小声说着,以往她是从来不会跟丹尼尔提起工作上的事的,但不知为何,今天她心里一直很难受,"我们要打掉她的孩子,她的第三个孩子,都快出生了,仅仅因为遗传缺陷……"

"她是跟你们集团签了协议的,不是吗?那是她自己选的。"

"不,不是那样。"唐若叹息了一声,"她是个智障者,她根本不知道什么协议。"

"智障者?"

"项目需要完美的胎儿,若是检查出问题,便要立即打掉,不管怀了多久,也不管参与实验的孕体的想法,哪个女人愿意签这份协议呢。原本合格的孕体就很少,还要兼顾保密和社会舆论……他们用的是'处理'这个词,可是本质上,本质上……"唐若的声音低下去,"我觉得那是,谋杀。"

丹尼尔感到她的语气和身子都在颤抖。

"嘘,不要这样说,宝贝。"他搂着她肩膀,安慰道,"那不是你的决定,你不是负责人,你没有罪过。"

"我没有罪过?我觉得我手上有血!"唐若的倾诉变成哽咽,她把头紧埋在丹尼尔胸膛,"今天我去看了她,那个叫米娜的女人,她才二十二岁而已,可是马上就要失去她的第三个孩子……她抓着我的手,求我救她的孩子……"

丹尼尔没有说话，他只能一直轻摇着啜泣的爱人，在残酷的现实前，苍白的言语起不了什么作用。看着唐若如此悲伤的模样，他的心隐隐作痛。

落地窗外没有月色，呼啸的夜风卷动窗帘，暴雨的前兆已然来临，天空之上有闷雷翻滚。犹如上帝也在为这世间的悲剧而愤怒。

不知过了多久，唐若开口道："丹尼尔？"

"嗯？"

"我决定了，我想要一个孩子。"

"若，你该多考虑一下，让这件事影响到你，不公平。我们可以多等一段时间再说……"

"不。"唐若有点固执地说，"不是你一直想要孩子吗？我现在同意了。"

"但不会干扰你工作吗？你每天都那么忙。"

"我不想再参与这个项目了，一想到那个女人乞求的眼神，我就没法平静。这世上没什么事是可以让人拿良心去交换的。"

"我支持你，宝贝，不管你怎么决定，我永远支持你。"丹尼尔在她耳垂边喃喃，热气吹到她脸上，唐若觉得身上渐渐燥热。

她知道他的意图，而且这也正是她此刻想要的。

丹尼尔翻了个身，压住她的手臂，开始亲吻她。

但欢爱的云雨尚未真正到来，房屋智能管家的通信提醒就响了。

丹尼尔有点恼火地挥了下手，示意系统忽略请求，但奇怪的是系统没有反应,轻快的铃音响个不停。接着,不经丹尼尔的指令,通讯窗口自动弹出来,上面是警方的鹰徽。唐若惊叫一声,立马把被子扯上来盖住自己。

"不好意思打扰两位了。"窗口中一个叼着烟的疤脸男人说,他注意到了两人尴尬的场景,不过就跟什么都没看见一样,"我们是奥芙兰警署的,有些关于办案的重要事项,希望跟唐若女士沟通一下。"

"现在是晚上十二点!"丹尼尔愠怒不已,"你这是骚扰公民!"

"有些事,"男人轻描淡写地把烟挪到嘴巴另一边,吐出一串烟雾,"只能在晚上十二点说。我们要跟唐若女士谈论的是苏生集团的一些……项目问题。"

唐若和丹尼尔诧异地对望一眼。

"如果您不介意,"疤脸男人微笑着,"请现在出门,来伯利恒大道的花信咖啡馆喝一杯,就是那家24小时营业的,当然,我们请客。"

五

米娜用餐刀割开自己的手臂。

这把刀是专门用来吃生牛排的,锋利的刀刃轻易就分开了她的肌肤,血顺着手肘流到床单上,晕成一片殷红。

她很用力地咬住嘴唇,生怕自己一不小心痛得叫出来,猫蹲

猫知道一切答案
CATS KNOW EVERYTHING

立在平板屏幕上，歪着脑袋看着她。一旁的卡通窗口反复播放着示意图：在左臂内侧切出口子，然后用刀尖挑出那个硬物，最后将硬物留在空调口处。整个过程简单到即使米娜也能看明白。

她的动作笨拙，再加上疼痛导致的颤抖，手中餐刀怎么也不听使唤，最后花了好几分钟的时间，弄得血到处都是，才把那个埋在皮下的东西挑出来。

米娜用愈菌纸巾笨手笨脚地擦掉流下来的血，然后在卡通画的指示下胡乱做了包扎。她来到墙角，踮起脚尖，把从手臂取出的生物芯片放在空调口里，暖暖的微风吹过她的指尖，不低于二十八度的恒温会短时间内骗过生物芯片，让它以为自己仍在人体内。

假使能看到米娜的这一系列举动，任何一位研究智力开发与教育的专家都会大吃一惊。常人光和弱智者建立信任都是件困难无比的事，更遑论让其按照自己的指示去行动。从迈入 21 世纪以来，生物医学的几乎每个领域都有了长足的进步，特别是与微电子和物联网有关的脑神经科学，但对于先天智障的患者，医生依旧没法治愈他们。干细胞疗法可以再生肢体，却弥补不了脑组织的缺陷，人类灵魂的寓所，其结构之精巧，还远非现代医学可以理解透彻。

猫和米娜之间的沟通互动，某种意义上来说，超越了人类此前在智障教育上的一切成果。

然而这场互动的双方都不在乎这件事，对猫和米娜来讲，这就和风会让树叶唱歌、雨露会让蘑菇一夜间冒出来一样，是再自然不过的事。

她信任猫,因为猫眼中的那种感觉,让她相信它是真心要帮自己的。这样的理由在普通人看来可笑至极,但米娜的逻辑就是如此。

只是刚好碰上了可以相互交流的对象。仅此而已。

米娜试探性地推了下病房的门,这门没有把手,全靠电子锁控制,平时除了有身份识别码的医护人员没人能打开。米娜自己以前也想离开房间,可怎么都推不开它。

但在这个夜晚,仿佛要作为一切梦幻的开端似的,病房的门无声无息地在她面前开启。

一台智能车等在门后。

米娜觉得自己认得这台智能车,她慢慢把手放在智能车"头"的位置,感受着它体内那熟悉的震动。智能车的摄像头抬了一下,在透亮的玻璃镜头后面,米娜找到了猫的眼神,沉静又纯洁。

"跟,我,走。"智能车发出猫那无性别的说话声。

米娜迈开脚步。

作为奥芙兰市的标志性建筑之一,苏生集团医疗总部大厦共有一百八十层。一至一百一十层是通常的医院用途,一百一十层至一百五十层是研究场所,一百五十层往上,是集团高层的办公室,以及支持整幢大厦运作的循环系统。

大厦从一百一十层的研究所开始,安保措施便极其森严,入夜后,除了值班的武装保安和各种监察设施,更有机械猎犬在楼

道巡逻，就连大厦顶部的周围，也随时随地盘旋着携带枪支的无人机。

可以说，这幢大厦就是一座固若金汤的堡垒。

智能车领着米娜在一百五十层的过道内穿行，她们经过一间间禁闭的病房，那里面住着许多跟她一样的孕体，应用于米娜腹中胎儿的基因改写前中期策略，已经在其中很多人的胚胎上实验过。她是这一群体中的最完美者，基因改写工程的结晶，虽然对她来讲，这点并无意义。

她唯一的目的，就是救自己的第三个孩子。

走廊上的摄像头无处不在。它们的模样如悬在天花板的水滴，欲坠未坠，晶莹的表面又仿佛黑珍珠。这些摄像头是全景拍摄，相互组成的空间阵列可以完美覆盖每个角落，海量的视频全部交由计算机负责甄别，哪怕一只不该出现的苍蝇也能引起系统的警报。

米娜在它们冰冷的目光中走过，甄别软件在数据库中搜索到了匹配的特征，默认为安全目标。这些新添加的数据在仅仅几个钟头前甚至还不存在，但软件是不管这么多的，它的思维，只限制于照规则办事。

真正智慧的意义所在，便是突破规则。

和全景摄像阵列一样，一路上的红外线、压感器、气流报警器，还有一道接一道的电子锁，它们全部允许了她的通过。世上最强大的安保系统就这样在手无寸铁的米娜面前卸下了防备，如铁甲骑士在君王面前下跪。智能车在前方为她开道,像高举着权杖的司仪,所行之处,莫非王土,所巡之民,莫不臣服。

当然,这一切,米娜一概不知。

她只对门是怎么被打开的很好奇。这是汹涌的数据暗涛之上,她所能看见的最表层的浪花。

"怎么,做的?"她指着身后那一扇扇在她通过后自动合拢的电子门,语气里带着孩童般的天真与兴奋。

"游戏。"猫从智能车和她手中的平板里同时回答,声音完美地重合,"最简单的,数独游戏。"

米娜轻轻"哦"了一声。她知道猫玩数独很厉害,比自己厉害,这就够了。很简单的答案,对她而言,就足以阐释整个世界。

她已经理解了暗涛最深处的原理。

智能车带她一直走到电梯门口。

为了获得最佳的视角,磁轨电梯都是修建在大厦表面的。因为具有极高的运行速度和安全性,搭乘时不需要担忧高空强风的影响。当它们运行时,从外面望去,就好像一排玻璃水珠在大厦表面滑落又升起。

此刻,一滴"玻璃水珠"恰好停到了她们所在的楼层出口。

"躲避,藏起来。"猫指示米娜,后者跟着智能车,有点茫然地跪下来,把自己缩在墙角一株特大盆栽的阴影里。

电梯门无声而开,一名手握多功能控制步枪的武装保安走出来,身后跟着一条暗蓝色的机械猎犬,流线型的躯体美丽又强

壮，猎犬就跟真狗一样边走边嗅，不时用发光的红色眼睛扫视四周。

米娜有点害怕地抱住了智能车。

"安静，安静，安静。"猫用耳语般的声音连说了三遍。平板屏幕和智能车的灯光都熄灭了。

对于已有八个月身孕的米娜来说，这么跪着很吃力，她尽量听从猫的话，保持一动不动的姿势，连呼吸都屏住了。

机械猎犬在盆栽前停下来。

它红眼的光芒透过叶子，在米娜脸上游移，米娜听见了它那钢铁利齿轻轻摩擦的声音。她的心跳得激烈，几乎蹦出胸腔。有那么一瞬间，人和兽的视线似乎撞到了一起。

机械猎犬嗅了两下，然后调转身子。在另一边的保安并未发觉异样。

他们往前走去。

米娜大大地松了口气，她想扶着墙站起来，不料跪僵了的膝关节却发出"咔嗒"一声脆响。

这声脆响在寂静的研究所中，是如此刺耳。

保安猛然转过身来，正好看见刚刚起身的米娜。

"站住！"他喝道，同时端起手中的步枪，"什么人？！"

米娜傻立在原地，她都不知道把手举起来，而对方在看清她样子的时候也愣了一愣。他大概完全没想到，自己会在这深夜逮到一个身怀六甲的年轻孕妇。

"Subdue[①]！"保安对机械猎犬下达指令，然而他一连喊了两遍，都没见猎犬行动。它本应当不需要人类的指令，就能自行做出反应才是。

他终于意识到不对。

袭击来自他最想不到的方向。

机械猎犬一跃而起，保安回过头的瞬间正好看见它大张的嘴，猎犬咬中了他的咽喉，血像箭一样射出来，在天花板上泼洒出触目惊心的红。

窗外一道电光闪过，接着传来闷雷的轰隆声。

保安无声地倒了下去，身子仍在抽搐，但命已休矣。

米娜被眼前的一幕惊呆了，她捂着嘴巴，没有尖叫，却发出近乎呜咽的声音。一些血溅到了她的脸庞和衣服上，她都没有发觉。

机械猎犬又撕扯了两下，才松开早已死掉的保安，它抬起头望着米娜，摇了摇钢铁的尾巴。

"快走。"猎犬用猫的声音说，"本地计算能力不足，数独游戏会输，系统已发出警报。快走。"

米娜仍然站着，一步也不动，始终没法从保安尸体上移开视线，在她如儿童般天真的二十二岁生命里，死亡从未以如此直白震撼的方式呈现。泪花在她眼里打转。

智能车、机械猎犬还有她手中的平板同时传来猫的话语："不

[①] 动词，表示制服。

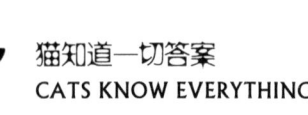

走,你的孩子,一样的下场。"

她浑身一颤。

在智能车和机械猎犬的前后推搡下,米娜以梦游般的脚步,跌跌撞撞走进磁轨电梯里。她在电梯的一角蜷缩下来,双臂紧抱着自己肩膀,不停地打着寒战。雨水渐渐打在玻璃外面,天空中电光此起彼伏,每一声雷响都让雨滴变得更密集,电梯开始下降。

她不想害那个人死的。她不想让他死的。她只想带着孩子悄悄地离开而已。

智能车的摄像头盯着她看了一会儿,"不是,你的,错。"猫说,它的语气平平淡淡,没有安慰,只是陈述事实,"不是任何人的,过错。"

米娜呜咽不断。

又是一道闪电,把暗夜短暂地点亮成了白昼,智能车的摄像头越过米娜的肩膀,看见了外面那些飞翔的东西。激光从瞄准器里射过来,在米娜后脑勺上跳动。

机械猎犬嘶吼一声,飞扑过去,把角落的米娜撞开,同时弹起身侧的陶瓷挡板。

射来的子弹比雨更密集,它们在贯穿磁轨电梯的强化玻璃后动能已经消减了不少,但仍旧打得机械猎犬站都站不住,反弹的弹头在电梯里激溅,到处都是耀眼的火花。米娜在这一片混乱中缩成一团,双手紧捂着耳朵,她不会尖叫,有的弱智者暴躁易怒,但她是那种极其安静的类型,就算受伤也只会小声啜泣,永远不会责怪那些伤害她的人。

电梯下降的速度陡然加快，猫同大厦安防系统争夺控制权的过程导致电压忽降忽飙，轨道的磁性也随之大幅变化，扯得电梯前后摇摆。下方的轨道已经打开了制动栓，但高速坠落的电梯硬生生撞开了制动栓，一路拖着两侧不断涌现的火花，朝大厦底部疾驰，将迟缓的无人机远远甩开。

如陨落的星辰。

在第二十层的高度，电梯开始减速，米娜重重撞上电梯地板，之后就一直被加速度压在地板上，她不再捂耳朵，而是下意识抱住了自己的肚子。在母亲的意识里，孩子不论何时都比自己的安危更重要。

她以为自己会摔得粉身碎骨。

最后一刻，猫断开了轨道的电力供应，永磁体的强大磁力把厢体吸向轨道，仿佛电影里子弹时间的特效一般，电梯瞬间静止，接着砰然撞上轨道。布满弹孔的玻璃坚持到了极限，哗啦哗啦崩塌下来，幸而这些强化玻璃裂而不碎，并没有真正砸伤米娜。

她从扭曲变形的电梯厢体中爬出来，跪在地上大口喘气，智能车跟着驶出，停在米娜面前，它的外壳被反弹的子弹击得坑坑洼洼，黑亮的摄像头上也有一道裂纹。

"站起来。"猫说，"他们，快来了。会杀掉你的，孩子。"

米娜用手臂使劲擦了擦脸上的泪水和鼻涕，小心翼翼地起身。她的动作很艰难，双腿都在战栗，因为被撞到的腹部疼得厉害。

雨从天空落下，冰凉入髓，很快打湿了她的头发与单薄的睡袍。

智能车的摄像头转了一下，看见她睡袍下摆有一缕红色晕开。

"抓紧，时间。"猫说。智能车伸出扶手架，这是为那些行动不便的病人准备的。

米娜努力吸了吸鼻子，一只手始终按在肚子上。她握住扶手架，在智能车的支撑下，一步一瘸地往前走。园区的出口离这里并不远，她听见了车辆经过的动静。

在她身后，苏生集团总部大厦如黑暗的天柱，将倾未倾，于不时划过的闪电中岿然沉默。

六

芬格斯被紧急电话从睡梦中吵醒，他不耐烦地揉揉眼，撑起身来，当望见床头投影是苏生集团的标志——十字架上缠绕的双蛇——时，心里顿时一惊。

"什么事？芬格斯？"被弄醒的情人在旁边抱怨道，她是研究所聘用不久的员工，当初芬格斯看重她的胸部更甚于她的简历，她长得和唐若还有那么几分相似，最重要的是一点不像后者那样对芬格斯保持距离，"又是讨厌的工作吗？……"

"闭嘴。"他喃喃道，挥手接通了通讯，一边在心里祈祷别是什么要命的大乱子，别是最糟的那种事。

"主管级警报:107号代孕体逃离了大厦。"安保系统的电子合成音毫无起伏地通报,"有人员死亡。"

107号?

荒唐。他想。那女人连穿衣服都离不了护理员,还挺着大肚子,怎么可能逃出去了?上天是在和自己开玩笑吗?

"什么孕体啊?"情人抱怨着,"研究所里那么多人,干吗大半夜的操心这个……"

"给我闭嘴!"芬格斯大吼。他翻下床,开始在地上找裤子。

没等他把裤子套好,通讯窗口就闪了几下,切换成了加密路径。一个黑色的剪影出现在窗口当中。

"芬格斯,"集团总裁的声音传出来,"刚才的警报是怎么回事?有孕体跑了?你最好给我拿出解释来。"

"只是件小事故,我保证。"芬格斯抹了抹额头的冷汗,"我们肯定能找回她。"

"客户那边已经在过问此事了,"总裁的语气里明显强压着火气,"你清楚'天人'项目的性质,联合国的调查组跟FBI[①]通过气,那些人一直跟苍蝇一样盯着我们打转,如果出了岔子……"

"我知道,我知道。"芬格斯的冷汗更多了,"我不会让事情闹大的,您大可放心。"

"最好不要让我和董事会失望。"总裁冷冷地说,"更不要激怒我们的客户,否则你连后悔的机会都不会有。"

---

① 美国联邦调查局。

投影关闭,通讯切断了。

芬格斯一屁股坐回床上,他双手抱头,思绪如乱麻,情人这会儿也不敢再吭声。

"总部通讯,接曼莱茨。"他深呼吸了两次,尽量平复心情,几秒钟后,助理的头像出现在窗口中。

"出动安保武装了吗?"芬格斯问。

"出动了,但要在不惊动警方的情况下开展搜捕很难……"助理在屏幕上苦着一张脸,"107号孕体把生物芯片挖了出来,留在了房间里,现在只能靠入侵公共摄像系统来寻找线索。"

"她怎么会挖出芯片?她是个智障者啊!"芬格斯暴跳如雷。

"我们也没搞清楚,而且大厦安防系统显示有黑客活动的迹象,应该有人在暗中协助她。"

黑客。芬格斯越想越怕。除了美国中央情报局或者美国联邦调查局还能是谁?但他们有这种轻易攻入苏生总部防火墙的能力吗?难道是军方或者萨布雷恩企业……

"总部通讯,'天人'项目,代号莉莉丝之胎,"现在最要紧的是立即采取行动,至于那女人怎么逃出去的事后思量也不迟,"登录人芬格斯·亚伯多,口令……"他的目光落到床上的情人身上,盯得后者打了个寒战,"滚出去!"

等到情人抱着衣物慌慌张张出了房间,芬格斯才转回来,说出口令:"希伯来猎杀者。"

"口令确认,声纹确认,生物芯片确认。是否派遣猎杀者?项目测试尚未完成。"系统提醒道。

"这就是测试，"芬格斯眼里透出凶光，"派它们去追猎107号孕体！不管是谁在帮助她，活要见人死要见尸！"

七

咖啡馆里人很少，这条街晚上本来人也不多，唐若不知道对方是故意选择这里还是仅仅是巧合——这里离苏生大厦只有两个街区远。

桌子中间的投影是一束郁金香，精致的叶与花瓣栩栩如生，几乎叫人闻得到香气，包间门外还有舒缓的音乐在飘荡，但这布置和她的心情一点不配。

唐若的对面坐着疤脸男人，还有一个像是他同事的年轻警官。后者很礼貌，一见面就向她出示了警官证，而前者则完全无视咖啡店内禁止抽烟的提示，当侍者过来制止时，他把警官证举到了对方脸上。

"办案中，无关人士勿扰。"他悠悠喷出一口烟，挥挥手，"快点走啦，不然我控告你妨碍公务喔。"

"喂，你还想留几次投诉记录……"年轻警官扯了下疤脸的衣服，"别拉我一起受处分啊。"

"放松，斯兰铎，反正它会帮我把记录抹掉，不要在意这点小事。"

"你真的是警察吗？"唐若有点绷不住了，她嘴角抽搐了

两下。

"你不信的话,请记住我的编号然后去警署系统查询好了。"疤脸男人朝她笑笑,把证件扔在唐若面前,"我的名字叫德欧克。拿走留证也可以,不过我可是要上你家来取的啊。"

唐若没碰那本脏兮兮的证件,上面的污迹很像是意面调料酱,"你们找我是要谈什么事?"

德欧克笑容不减,他对身边同事使了个眼神,年轻警官便立即取出一个灰色的方盒子,在桌上的投影界面上操作了一会儿。唐若看见他把盒子连上了咖啡店的无线网。

霎时间,桌面的郁金香和包间四壁的虚拟投影都消失了,露出白灰单调的墙壁真容。

"以防万一而已,"年轻警官对她解释,"我们的谈话很可能被监视。"

唐若没流露什么情绪,但她右手搭上了左手臂。

"生物芯片也是一样,"德欧克随口揭穿了她的想法,"现在这个房间处在强干扰中,嗯,大概会打扰到外面那些听鸟音乐的高雅人士吧。"

"我男朋友在外面等着,"唐若冷冰冰地说,"如果超过十分钟,有些事会很不好收场。"

"用不了十分钟。"德欧克用手指叩叩桌面,稍微坐直了身子,"要说的事很简单:你是苏生集团'天人'项目的副主管对吧,我们要你帮个忙。"

唐若没能掩饰住自己的震惊:"你怎么知道'天人'项目?"

"作为 FBI，我们不知道的事能有多少？不过这不是重点。"德欧克眯起眼睛，"我们在进行关于你们项目合法性的调查，据可靠消息说，贵集团的项目似乎和某军事组织有些扯不清的关系。"

"军事？胡说八道，我们的科研是单纯的医学领域，基因改写也是取得政府许可的，对大脑智能的提升还能变成兵器吗？"

面对唐若的激烈反驳，德欧克只是笑，"难说，"他道，"人类总是有办法把一切资源转化成武器，有战争就会有需求，而如今的东欧和中东都不缺战争。你说你们的科研工程有政府许可，你这样聪明的人，不会不清楚这背后的灰色利益吧。"

"那跟我无关。我只是负责研究的人。"

"你在说谎。"德欧克的话令她心头一跳，"苏生集团的社会福利院也有猫腻，我听说有些被收容的智障患者莫名其妙不见了……嗯，听说而已，毕竟一群智障患者的生死谁会在乎呢。在数据上动手脚是很简单的事，但在自己良心上动手脚，就不大容易了。"

"我说了，"唐若从牙缝里挤出话，"和我无关。"

德欧克盯着她的眼睛，唐若固执地瞪回去。一旁的年轻警官有点坐立不安。

"行。"最终德欧克点点头，"咱不扯这些有的没的，直奔主题——我们需要你以隐匿证人的身份提供'天人'项目的机密文件。"

"不可能。"唐若斩钉截铁地拒绝,"我和集团之间签有保密协议,就算我离开项目,协议期限内也不能泄露任何机密。"

"我们会为你提供保护。"

"我不需要什么保护!"

"仔细考虑一下,唐若博士。"德欧克身子前倾,"你大概没意识到自己的处境。苏生集团的黑幕迟早会被揪出来,你作为项目副主管,逃不过舆论的谴责。而且不要忘了那些激进的唯人主义分子,他们对基因改写的痛恨程度和对人工智能差不多一样。记得供职于萨布雷恩的所罗门博士的事吗?去年那可是轰动一时的大新闻。"

"我看过那个新闻,他是死于意外。"

"意外是最好的掩饰,也许哪天你也会被什么意外卷进去。"

"你是在恐吓我吗?我会告诉我的律师。"

"随你。但,仔细考虑我们的提议,唐若博士。你是站在时代前沿的人,利益冲突和社会变迁的风暴你是躲不了的。"

"你这样的人,能说出这种漂亮句子真是令我吃惊,但没什么好考虑的。"唐若站起身,"我不会和你们合作,你们以后也别再来打扰我。"说完她就转身朝门走去。

"你的房屋智能管家中有我们的通信方式。"德欧克对她喊,"如果想通了,欢迎随时来电。"

"谢谢提醒。"唐若头也不回地说,"我回去就删掉。"

等到包间门关上,德欧克往后一躺,双手交叠在脑后,"好一个厉害的女人,是不是,斯兰铎?而且她屁股很好看嘛。"

"她回去肯定要投诉我们了……"年轻警官大大叹了口气。

"不要计较这些小事啦。喂,破猫,你倒是吭个声啊。你从头到尾都在听吧?"

桌面的投影重新启动,这一操作并没有经过灰盒子的防火墙许可,但猫的手段两人都见识过了,哪怕是严密防守的联邦调查局数据库它亦能随意进出,所以他们都不吃惊。

桌面上出现一只眼睛碧绿的黑猫,它的四爪和尾巴尖都是醒目的雪白。

"她符合你的要求吗?"猫舔舔爪子,问,"我对人的性格计算还不准确,但她似乎对'天人'项目的非人道一面心怀罪孽感。"

"还行。"德欧克摊开手,"她内心还在斗争……但谁说得准呢?也许要不了多久她就会回心转意。话说,你这么厉害的黑客,为什么要主动帮我们找到合适的线人?而且你不是 CIA[①] 的人,不谈刑法问题,也不要钱。"

"我有我的目的。"猫用明亮的眼睛看着他,尽管它的一举一动都和真猫相似无别,但唯有那双眼,让人一看就明白它的不同寻常,"而且你们要在必要的时候回报我。"

"当然,这是规矩。"德欧克严肃地点点头,"但涉及法律底线的事不行。"

"我不会提出那种要求。"猫说,"不过,也许时候也不远了。"

---

① 美国中央情报局。

八

丹尼尔倚在车门上,一直望着街对面的花信咖啡馆,唐若已经进去一会儿了。对方有 FBI 的信息认证,多半不会出什么状况,但他依旧不放心。

他们说要和唐若谈集团项目的事,丹尼尔大概能猜到是怎么回事,像苏生集团那样的国际生化企业,不可能没有污点。但唐若会被卷进去吗?他向来不过问她的工作,然而这一次,他觉得,或许唐若辞职的决定的确没错。

丹尼尔等得焦躁不安,而这时一个从人行道花坛后钻出来的东西一下吸引了他的注意力。

那是一台医院里使用的智能车,从事医生工作的丹尼尔一眼就认了出来,并且还是台相当高级的智能车,只有像苏生大厦那样顶级的医院才配备得起。

智能车在人行道上停了一会儿,摄像头左转右转,似乎在寻找什么,丹尼尔出于职业本能,心想会不会是有病人走失,因为智能车的扶手架是伸出来的,显然有人在使用。

当智能车望见丹尼尔和他的车时,摄像头一下子停住了,接着它就向他咕噜咕噜地驶过来。当它来到面前时,丹尼尔有些吃惊地发现车体上布满裂痕与凹陷,连摄像头也碎了。

智能车轻轻撞了撞他的腿,黑亮的摄像头仰望着他,好像在请求他的帮助。

以前不是没有过类似的事，丹尼尔在自己的公共网络的身份标签上写着"急救外科医生"，这样倘若附近发生了车祸之类有人受伤的事件，无论是"白丝带"系统还是热心路人都可以立即联系上他。一些医生觉得这种事对自己的隐私构成了侵犯，但丹尼尔觉得人命永远比那么点隐私重要。这个市民互助的"白丝带"平台不是政府搭建的，而是出自一伙致力于自己动手改善社会的黑客。

丹尼尔抓起车上的外套和医疗工具包，跟着智能车往前走。

花坛后面是一条阴暗的小巷，被两边漂亮华丽的楼房挤在中间，显得狭窄又局促。这是城市改造工程尚未顾及的地方，连天幕摄像网都没覆盖到。

被智能车带领着，丹尼尔在巷子里一个脏兮兮的垃圾桶后面看见了一个女人。

她侧躺在地上，昏迷不醒，白色的睡袍上满是污泥和血迹，显然爬行了不短的一段距离。丹尼尔冲过去，把女人的身体翻过来，用膝盖托住她的头，她的头发是很特别的银白色，剪得相当短，睡袍下的肚子高高隆起，至少已经有七八个月的身孕。丹尼尔拿不准她是出了什么状况，她的心跳和呼吸尚算平稳，但不知道有没有内伤和骨折，他用视网查询她的身份信息，但结果显示查无此人。

"丹尼尔？"唐若在车那边叫他的名字，一边朝小巷走过来，当看见躺在他腿上的那个女人时，唐若一下子停住了。

"若，快来帮我一把，"丹尼尔喊道，"我刚刚在这里发现她

的,我们得把她送到医院去。最近的医院是不是你们苏生的总部大厦?"

唐若没有立即回答,她又往前靠近了几步,仔细盯着那个女人的面容,她脸上的震惊也越发明显。丹尼尔终于看出了不对,"怎么了?"他问,"你认识她?"

唐若不知道该如何回答,就在这时,她的手表响了起来。柔性屏幕自动弹出,苏生集团双蛇缠杖的标志闪过,内容是集团发来的紧急通报。这条通报早就送出了,只不过因为待在那两个FBI探员构建的屏蔽房间中,直到现在她才收到。

丹尼尔没有催促唐若,因为他发觉她的手在颤抖。雨水流进了他的眼里,他只顾望着唐若,都没眨眼。

"丹尼尔……"读完紧急通报的唐若慢慢抬起头来,她的嘴唇发白,声调也很奇怪,"我们不能送她去医院……

"她是逃出来的孕体,是向我求救的那个人。"

又是一阵雷声,不夜的城市之上,雨滴落得更急了。苍穹的低泣终于变成恸哭。

九

它们的脚是利爪,它们的身躯是合金,它们的头脑是神经和芯片的组合,它们的思维纯粹无比,从见识这个世界之初,它们就注定要化身最迅捷的杀手、最先进的兵器。

这次训练和以往不同,它们不再是被关在地下的模拟场地,而是来到了园区之外的城市,目标也不再是坚硬的机器人,而是血肉构成的脆弱的人类。

它们循着目标在残破的电梯里留下的血迹,循着稀薄到几乎不存在但仍逃不过它们灵敏电子鼻的气味,在街道的阴影中隐秘地追踪。它们的外表能够随周围的光影颜色变化,无人发现它们的存在,天目摄像网络也不行。它们的其中之一有些疑惑,因为目标的气味似曾相识。

它们来到一条狭窄的小巷,目标在这里躺过,它们看见一个男人和一个女人扶着目标上了车,车子的牌号被它们的电子眼拍下。它们的大脑芯片直连这座城市的公共信息库,侵入这种最低级的网络对其而言毫无难度,从最早的虚拟训练开始,潜行、搜寻和猎杀就是全部课程。它们是信息时代的终极猎手。

它们找到了车辆主人的居所,位于四环路的一个单宅式小区。

它们行动起来,迅如疾风。

十

米娜醒来时,看到的天花板和以往不一样。

没有那个熟悉的医院智能系统的女声问候,四周的墙壁也没有变成她喜欢的爱丽丝仙境风格,她听见两个人在旁边交谈争

论,她试着撑起来,有点茫然地打量自己待的环境。

她在一栋房子的一楼客厅里,当然她并不清楚"客厅"的概念。她以为所有人都和自己一样,要不就是住在乱糟糟的福利院里,要不就是和在医院时一样被关在一个个单独病房中。时不时有神情冷漠的护理员进来检查。

这里却好像不是那么回事。

"若,她醒了。"一个陌生男人朝米娜走过来,后面跟着一个女人,米娜认识那个女人,认识她那长长的乌发。

她是大厦里的人。

米娜害怕地往后缩,她以为这两人是来抓自己回去的,她好不容易才逃离那座囚禁自己的大厦,可是一眨眼就又要被带回去。她想找到猫,但平板和智能车都不在这里。她孤立无助。

"她好怕的样子……不要哭啊,我们不会伤害你的。"

男人好像要安慰她,但米娜还是止不住眼泪,这半夜逃亡的恐惧和憋屈一下子全冒了出来,她的身上到处都在痛,手肘的伤口虽然被重新包扎过了,但仍痛得最厉害。在为保护孩子而逃的勇气耗尽之后,她依旧是那个胆小、天真又怕疼的"小女孩",在两个陌生人面前瑟瑟发抖。

"丹尼尔,我来跟她讲。"

乌发女人来到米娜身边,蹲下来握住她的手。

"你叫米娜,对不对?"乌发女人看着她的眼睛,"我的名字是唐若,你在研究所里跟我见过面的,你肯定记得我。"

米娜犹犹豫豫地点了下头。

"记得……你。"米娜含糊地说,"头发,好漂亮。"

名叫唐若的女人轻轻地笑了,"谢谢你,"她说,"你不要害怕,我们,我和丹尼尔,不会把你送回去。现在不会,所以不要哭了,好吗?"

米娜又慢慢点了下头,她吸了吸鼻子。唐若拿纸巾帮她把脸擦干净,以前从来没人这样温柔地对她,米娜眨了眨眼,渐渐觉得对方可能没有恶意,不会伤害自己和孩子。

"你怎么逃出来的?"唐若拉拉她的手,"病房是锁着的,大厦防卫也很严,你一个人没办法,有人在帮你,对吗?"唐若看着米娜被愈菌纱布包起来的手臂,"而且你还把芯片取出来了,谁教你的?"

米娜张了张嘴,还没说话,脑海中就闪过猫第一次给她看的卡通图——鲜红的大叉,捂住嘴的动作。猫帮她从大厦逃了出来,帮她保护了孩子,她也应该帮猫守住秘密。

她最终只摇了摇头,眼神变得畏惧,她怕唐若会生气。

"那个人不让你告诉别人,是这样吗?"唐若声音很轻地问。米娜忙不迭地点头,见唐若并未发怒,她又有点傻气地笑起来。她的心思清澈得如夏日的小溪,一眼便能见底。面对这样的米娜,唐若也只能微微苦笑。

"可是那人为什么要帮她呢?"丹尼尔托着下巴思索道,"能让她从你们研究所逃出来,不是一般的黑客可以办到的,而如果是'人之子'那样的反基因工程黑客团体,他们肯定要联系各大

媒体和警察,把苏生集团的黑幕曝光……但那个帮她的人,却想隐瞒这件事。"

"也许是和苏生集团竞争的对手,别的生化企业。"大型企业之间经常玩这套相互倾轧的把戏,唐若虽尽量远离这些利益争夺,但多多少少还是了解一些,在这个科技企业主宰世界命运的时代,它们的明争暗斗甚至不亚于上个世纪的冷战。

她回想起了咖啡馆里德欧克探员对自己说的话。

和某军事组织有关联。

人类总是有办法把一切资源都转化为武器。

唐若情不自禁地盯着米娜隆起的肚子,里面孕育的,究竟是一个单纯的胎儿,还是一件自己亲手创造的武器?这疑问近乎荒谬,但它一冒出来就像生了根,唐若无论怎样也无法把它从自己头脑里抹去。

但是……显而易见地,对于米娜来说,这个疑问毫无意义。这就是她的孩子,只是她的孩子。如此简单的执拗,愚昧又蛮不讲理,却又比其他一切猜测揣摩都更无可动摇。唐若突然感到一种自惭形秽,那种不久前的罪孽感,也一并像海啸般涌来。

在这个不过是个人人轻视的智障的母亲面前,她觉得自己好卑劣。

"你怎么了?若?"丹尼尔扶住她一只胳膊。

"我有点不舒服……"她声音虚弱,"丹尼尔。你说我是不是也是这场黑暗纷争中的一员?她和那些相同命运的孕体,那些尚未出生就死去的胎儿,她们所承受的苦难,是不是我加在她们头上的？我以为只要像稻草人那样，不听不看也不说，就能和这些撇清关系，可是光和影是没法被自欺欺人的方式分割的，根本没人能一厢情愿地逃离责难。"

"不要讲了，若。"丹尼尔把她紧紧抱在怀里，"不要讲了。至少你帮到了她，至少你可以选择不再参与这些事。我们把事情交给那两个FBI的探员处理好了，然后彻底摆脱这些，我们可以去夏威夷度假，去新西兰，去澳大利亚都行。"

唐若没有回答，她心里清楚这不过是安慰的言语，一旦和苏生集团决裂，他们的生活从此就要被卷入巨大的洪流中，无可挽回。不说会招致集团的打击报复，那些一贯抵制声讨基因改写研究的人也会对她口诛笔伐，不管在斗争的哪一方看来，她都是罪人。讽刺的是，唯一不会怪罪于她的，却是受难最多的米娜。

她才答应过丹尼尔，说要一个属于自己的孩子。

她真的要拿自己的未来去赌吗？

米娜看出了气氛的不对劲，她蜷在沙发床上，自适应材质凹陷成完美的曲线，但她坐得非常不安，一声也不敢吭。

她的肚子从离开病房起就一直在痛，现在越来越厉害了。

外面的暴雨没有减弱的意思，天空中的雷霆又开始隐隐作响，米娜最怕打雷的声音了。雷声总令她想起童话故事里的怪物，在她孩子气的思想里，一到雷雨之夜它们就会不约而同地出来吓人。

这时候，在唐若和丹尼尔身旁，房屋智能管家的界面突然跳了出来，上面赫然是猫的卡通头像。米娜刹那惊喜得要叫出声，但界面立刻就变为触目惊心的深红，警报图案闪个不停，刺耳的警铃声紧跟着响起，她呆住了。唐若和丹尼尔也分开来，他们吃惊地望着管家界面的警报，一脸茫然。

一道闪电划过，短暂的光明中，米娜好像真的看见了落地窗外站着什么东西。

它们的身姿和人一点不像，反弯的双腿、健硕的上身，倒是和传说中的狼人有几分神似，米娜看见了它们有三只血红的眼睛。

落地窗在下一秒爆裂。

唐若尖叫起来，丹尼尔把她拉到自己身后，米娜看得忘记了呼吸，在这一切都仿佛凝固的瞬间，唯有两个身影在动。它们用金属的肩头撞破落地窗，径直跃入客厅内，失去阻碍的雨水如瀑布般从屋檐洒下，隔着模糊水帘，血红的眼睛像死神的凝视钉在丹尼尔、唐若以及客厅最后面的米娜脸上。

希伯来猎杀者张开双手的合金利爪，它们不打算动用枪械，因为会留下不必要的痕迹，它们也不打算动用身上装备的非致命武器，因为除了目标孕体之外，上面的指令是杀无赦。

在这两只机械猎手的对面，唐若和丹尼尔终于醒悟过来。

"走！！"丹尼尔猛推唐若，"带她走！！"

他转回身，冲到墙边上的保险柜旁边，指纹锁一按即开，他从里面拿出防身用的手枪。这种民用枪械装填的是神经毒素子弹，可以保证不杀伤人员的情况下将歹徒迅速制服，但在钢铁装甲包裹的猎杀者面前，它们毫无作用。

丹尼尔就算知道这点，他也没时间去换弹药了，第一只猎杀者朝正在拉沙发上的米娜的唐若冲过去，丹尼尔连开了几枪。打没打中他不知道，但枪声转移了猎杀者的注意，它们把手持武器的他视作更危险的对象，第二只猎杀者朝他扑来。

唐若没去看身后发生的事，她的头脑混乱得跟风暴席卷一样，但不可思议的是她并未失去理智，她一向执行力强得惊人，哪怕是当下这种死亡近在咫尺的时候，她也保持着一线的冷静。

她抓起米娜的手，不由分说把她从沙发上硬拽起来，拖着她朝楼上跑。匆忙之中脚趾磕到了阶梯边缘，但唐若叫都没叫一声，只是把身后步履跟跄的米娜拉得更紧了。

她知道，这些东西是来抓米娜的。

唐若不是笨蛋，她知道往楼上跑只会把自己和米娜逼进绝境，但两只机械猎手堵住了从客厅到玄关的走廊。不过前段时间房子二楼的集雨槽掉了一截下来，丹尼尔拿把折叠梯爬上去修理过，那梯子应当还留在原处。顺着梯子爬下去的话，就是车库门旁。

楼下的枪声停了，唐若不知道丹尼尔发生了什么事，她来不及在头脑里想象那些恐怖的事，脚下的楼梯就突然重重震了下，她的心也跟着剧烈地跳动。机械猎手已经追了过来。

与此同时，外面的街道上，传来了警笛的呼啸。

虽然房屋智能管家有报警功能，但唐若不知道为何警察到来如此之快，她也没空在意这些，街上的警察救不了楼上的她们。

猫知道一切答案
CATS KNOW EVERYTHING

她拉着米娜飞快地跑过二楼的走廊，这里相对楼下要狭窄不少，她听到后面追猎者在倾斜的天花板和墙壁上磕磕碰碰的响声，还有米娜跟自己差不多惊慌的喘气声，两个人的手心都是汗水。

房屋墙角的隐蔽式投影仪忽然自动开启了，一大堆叫人眼花缭乱的斑斓图像跳出来，把唐若和米娜都惊了一跳，那些投影落到她们身后，挡在她们与那个凶恶恐怖的猎手之间。这招虽然简单，却有效地阻碍了后者的脚步，给她们多争取了宝贵的几秒钟。米娜瞥见猫的身影从投影中一闪而过，于是明白是它在帮她们。

漫长得犹如无尽的走廊终于到了尽头，唐若推开里间的房门，房间窗户边上果然搁着折叠梯的前端。窗外暴雨如注，劈头盖脸打在玻璃上，敲得哗啦直响。唐若早已顾不得下雨的事，她打开窗户，厉风立刻裹挟着雨水闯进来，吹得窗帘像大鸟的翅膀。

唐若把米娜拉到窗边，"爬下去！"她大吼，"快爬！它们来了！"

若不是在跟猫的逃亡中学到了乖乖听话才能保命的道理，米娜没准还会缩成一团。现在她已经明白：独自发抖什么用都没有，想救孩子，就必须抛开恐惧，站起来往前逃。

然而，她们的速度太慢了，而追兵又有非人的疾速。

米娜刚一抓住窗户边框，房间的门就被撞飞了，连门框周围的聚合物墙壁都被挤垮，迸溅的碎片让两个女人都尖叫着蹲下来，紧跟着一前一后两个高大威猛的身影踩过地上的门板，迎着肆虐的狂风，朝她们逼近。

它们完全卸下了光学迷彩，展露的身躯只有在科幻电影中才能看到。它们的四肢和躯干都覆盖着坚实的合金板甲，上面用粗大的螺栓固定，而在板甲的缝隙里，又能看见结实鼓起的赤红肌肉。它们既是机械又是生物，它们的外壳是钢铁，内在是血肉，而在灵魂最深处，又带着编码程序烙下的一丝不苟和冷酷无情。

在它们胸前心脏的位置，"天人"项目的三眼标志像刀子一样扎进唐若眼里。世界各地的不少神话里，额头上的第三只眼是所谓的"天眼"，象征着脱离凡躯、超凡入圣的境界，这和基因改写工程创造新人类的理念不谋而合，所以三眼被理所当然地选作项目标志。但唐若从未想过，自己竟会见识到这种东西，这种纯粹用于杀戮的武器。

人类总有办法把一切资源转化为武器。

我凭什么以为自己可以独善其身？

唐若渐渐看得失了神。这就是我帮他们创造的事物？她问自己。这就是我的基因改写策略组诞下的东西？一个机械和血肉交融的怪物？

是那些孕体生下的测试阶段婴儿。唐若如梦初醒。他们的下落去向，根本不是如项目公开的那样，被送到福利院或者交由合格家庭领养。人工智能研究的止步不前成了这个时代发展最大的掣肘，各国的智能机械化部队依旧离不开人的领导，既然再快再庞大的计算机阵列也无法产生智慧，那么"人工智能"的定义或

许就不再那么严格了。

电子脑做不到的,人脑可以做到。婴儿的大脑拥有最强的适应力,若加以基因改写,使之获得脑机交互的优异天赋——这种天赋对数学直觉要求极高,常人万中无一——并且从出生起就开始虚拟训练,那么被移植大脑并成功操纵钢铁猎手的身躯,也不是没可能的事。当然,在这个工程中最难的就是深度基因改写,而唐若则成了他们的关键,帮苏生集团突破了这一重大阻碍。

德欧克说过,在数据上动手脚是很简单的事,而苏生集团的虚拟网络机组一直都在那儿。有好多次试运行策略组模块时她都接触过。她一直在自欺欺人,只要像鸵鸟那样把头埋进沙地里,周围发生的所有事好像就都烟消云散了。

蒙蔽她的不是修改过的数据、粉饰过的谎言。

是她动过手脚的良心。

而报应如约而至。

米娜是优先目标,其中一只钢铁猎手走向她,每一步都引得地板微微震动。它来到她面前,三只红眼齐齐停在她被雨水打湿、银发纠缠的脸上,看不到情绪。米娜仰头和它对望,羊水已经在两腿间积了一摊,宫缩的阵痛和风雨交加的寒冷令她颤抖不止。

一切都要终结了。不只唐若,房间里另一个旁观的存在也是如此想。

猫透过房间的体感摄像头静静地注视着她们。

它竭尽算计,在胚胎的策略组检查中进行篡改,突破苏生大厦的严密网络防御,指引米娜从一百五十层的研究所逃到地面。除了那个家伙,世上或许找不出第二个能办到这些事的人。然而它还是走到了山穷水尽的地步。它的计划就要在此画上休止符。

希伯来追猎者会按照指令,杀死唐若和米娜,清除一切可能危及项目的人,这是程序,是绝对真理,猫比谁都理解程序的不可违抗。

头脑也许会犯错,程序不会。

一切都要终结了。

米娜却突然咧嘴笑起来。

她笑得那样轻松,声音里的快乐全然不是装出来的,好像她一下子就不怕面前狰狞的钢铁猎手了。唐若坐在地上,呆滞地望着她,不能明白她的笑意从何而来。

米娜唯有在真正开心的时候才会笑。

她甚至伸出手,去触摸钢铁猎手被装甲覆盖的脸。她纤细的手指伸得那么虚弱和缓慢,唐若不相信她能摸到它,它一定会一爪挥断她的指头,然后把她生生撕裂,把婴儿和着内脏从她腹中扯出来——

可是,她摸到了。

钢铁猎手没有动,它僵硬地半跪在那里,任凭米娜触及自己一侧脸庞。它庞大的身体好像锁死了。

这一幕有如童话,一个纤弱苍白的年轻女人,和一头凶猛可怖的机械野兽。狂风兀自呼啸,窗外的雨点不停地打进来,但抹

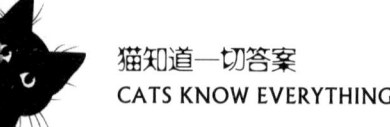

杀不了这种微妙又梦幻的景象半分。

米娜转过头来,"我的,孩子。"她笑着对唐若说,嗓音清澈如泉,"找到了。"

然后弧刃利爪捅入她的胸口。

唐若觉得自己的心跳好像停住了。她眼睁睁看着第二只钢铁猎手不耐烦地把米娜挑了起来,直穿她背心的爪尖在墙上划出深深的沟槽,血从其中汩汩而下。

第一只钢铁猎手似乎也被震惊了,它僵住的头抬起来,发出唐若这辈子听过最骇人的悲吼,接着它撞向自己同伴,两只机械巨兽如两座山一样砸穿墙壁,一起摔到了楼下。

米娜跌落地面,像个破布娃娃一样歪着。

唐若失魂落魄地朝她冲过去,她把米娜扶起来,米娜的视线很茫然,嘴角有血沫不断出现。唐若胡乱把外衣脱下来想给她止血,可是伤口太大了,血在米娜身下渐渐扩散。冰凉的雨点在她的血泊上跳舞。

"没事的,警察马上就会来了,你不会死的,不会死的……"唐若不知道自己跟米娜说这些有什么意义,泪水如决堤般从眼里涌出来。她把米娜抱在怀里,双手和大腿都被染成鲜红。

"不要,哭。"米娜好像还不明白自己受了多重的伤,反倒安慰起唐若来,"不哭啦……以前的孩子,被拿走的,孩子,我找到了。"她又傻气地笑。

唐若咬着嘴唇,拼命地点头。"你找到了,他认出你来了。他是你的……是你的孩子。"

这时候，米娜突然觉得身下有种炽热的感觉，本已麻木的阴道传来极度的挤压感，疼痛让她忍不住大叫起来，某样东西露出了她的体外。是婴儿的头部。

唐若低低惊呼了一声。

她开始分娩了。

偏偏此时，楼下又传来了钢铁猎手的咆哮，它们的彼此残杀已经分出胜负，唐若的心如坠冰谷。然而旋即，她听到了汽车在街道上急刹的声音，两道刺目的光柱劈开无尽的雨幕。

有人来救她们了。

十一

"德欧克探员，增援还有三分钟到达，你和斯兰铎探员务必先等——"

德欧克没等对方说完，就把对讲器重重丢下，他转向蹲坐在挡风玻璃前的黑猫："你说的那个追猎者是什么东西？"

猫的影像不大稳定，说话也夹带着沙沙声，他们租的这辆车投影设备很破旧了，德欧克就喜欢这种不带自动驾驶的老车，"苏生集团为东欧军事组织雷鸟秘密研发的测试阶段武器，"它冷静地说明，"专用于城市地区的特定对象刺杀。它是智能的，小心。"

"看前面！"斯兰铎发出警告，德欧克顺着他的指引，看见一个灰暗的身影从唐若家花园的地上站起来，其表体在车灯照射下呈金属质感的哑光,它的体形高大得可怕,而在它脚边,还趴着另一个灰色的身影,一动不动的样子像已经死了。

它被车灯所吸引。当它转过头来时,斯兰铎吓得倒吸了口气,那三只红眼隔着滂沱大雨也散发出强烈杀意。

希伯来追猎者判断局势已经超出了控制,于是自动解锁武器使用。程序命令它必须抹除所有相关人员。

它抬起一条胳膊,直直指向车里的两名探员,接着,弹链传动的啮合声响起。

"躲开!"德欧克大吼,他和斯兰铎同时推开自己一侧的车门,扑到雨中。高速连射的子弹瞬间就把整辆车子打成了蜂窝,由于是电力驱动,车子没有爆炸,两个人连滚带爬躲开钢铁猎手的射击范围。藏在道路两边的房子后面。

"斯兰铎!"德欧克向对面的同伴喊,"EMP 弹在你手上没?"

"在,"斯兰铎带哭腔的声音传回来,"问题是发射器不在啊。我枪掉在车上了。"

"该死的。"德欧克低头看着自己手里的 PT 警用枪,特种弹发射模块正装在枪管上,但他又没来得及拿弹药。

钢铁猎手停止了射击,它开始往他们躲藏的方位靠近。德欧克用 PT 警用枪上自带的反射镜瞅了一眼,却发现对手已经没了踪影。

他的面色严峻起来。

热光学迷彩。

"猫。"他默念道,视网有默读识别功能,他只能寄希望于那个把他们叫来拖进这烂摊子的家伙还在线。

"我在。"猫的卡通头像在他视角左上浮现,"你们遇到麻烦了。"

"废话,帮帮我们。"

"怎么帮?"

德欧克又往外瞅了下,雨水倾泻的街道上还是一点动静都没有,他的身上全被打湿了,衣服紧贴在皮肤上弄得很不舒服。

对手是有智能的东西。

德欧克头皮忽然发紧,危险感笼罩了他,于是他就地一滚,顺着倾斜的草坪滚到街边。而他刚才待的墙后凭空泛起一阵波纹,钢铁猎手出现在那里,它靠光学迷彩,不知何时竟接近了德欧克所在之地。

德欧克及时逃开了,但不够远。

钢铁猎手一跃而起,它越过数米远的距离,以不输于豹子捕食的精准压到了德欧克身上,唐若家的合金车库门突然升起,卷门之后,那辆午夜蓝谷歌车从黑暗中冲出,在滑溜溜的街面上甩了个大弯,径直冲向压住德欧克的钢铁猎手。自动驾驶系统绝不会做出如此疯狂的行动,但现在操控车子的另有其人。

车子在马上就要迎面撞上钢铁猎手和德欧克的时候转了向,惯性把车尾像链球那样甩出去,正好在不伤及德欧克的前提下砸中了钢铁猎手。

饶是它合金装甲包覆的躯体,也被这猛烈一撞弄得站立不稳,钢铁猎手高大的身子晃了晃,不等它找回平衡,谷歌车就再度袭来,这次是正面撞击。

拖着一路激射的火花,钢铁猎手被顶到了唐若屋前花园的矮

墙上,车子稍稍后退,接着又往前撞,再撞,再撞。矮墙崩裂,午夜蓝谷歌车跟推犁一般顶着它朝花园里冲,泥土往四面八方溅,最后它们撞上了花园里那棵粗大的桂花树,树枝在巨大的动能下纷纷抖动。

车子的安全系统自动熄火,引擎停转,钢铁猎手用力撕开了早已不成形的车头,接着它爬起来。

——正好被那枚近距离射击的EMP[①]弹完美命中。

电磁脉冲摧毁了半径十米以内的所有电子元件,一直以来指引猎手行动的系统也跟着瘫痪,它的本体虽是生物体,但控制肌肉的却是依赖比神经效率更高的导电合成纤维。希伯来追猎者的三只红眼依次暗淡,双臂垂落,然后它跪了下去,再然后,它"砰"地倒在地上。

"该死的。"德欧克放下枪,唾了一口。他的一只手无力地吊着,从小臂处几乎被切断,然而切口处却有金属光泽。方才他正是用这只手挡住了本应取他性命的攻击。

"有机械肢体的,"他抹了一把脸上的雨水,望着倒下的钢铁猎手冷笑,"可不只你一个啊。"

暴雨仍旧肆虐,但一个格外嘹亮的声音穿透了雨幕,穿过了风声,传到德欧克和斯兰铎耳里。他们抬起头来,望着残破的房屋二楼一角,窗帘还在不断翻飞,声音就是从那里面传出的。

那是婴儿的哭声。

[①] 一般指电子脉冲。

十二

它的计算出错了两次。

第一次是它没能料到希伯来追猎者的追杀,这点情有可原,毕竟它不可能掌握苏生集团的全部机密,属于可接受范围之内的、合理误差。

但第二次错误,它甚至不明白自己错在哪里。

没有道理,毫无逻辑,那只希伯来追猎者竟会在最后关头脱离苏生集团的控制,它的思维中除了服从指令就不存在别的东西,它都不是米娜真正的孩子,它和她的染色体没有一丁点的关系,然而为什么——

——为什么它会知道她是自己的母亲?

猫一遍又一遍地思索,可是得不出结论。

曾几何时,它以为整个世界都归于完美的逻辑掌控,一切事物,不论是一个细胞的分裂还是一颗恒星的运转,都可以计算。它坚信只需拥有足够强大的算法,像神一样理解整个宇宙也不在话下,但如今它发现自己错了。

很久以前,父亲曾对它讲,有一些东西,不可以用数字衡量。"比如爱情,比如仇恨,比如母与子之间的亲情……如果一定要有一个推导它们的算法,我的孩子,也许那就是上天的算法。"

言犹在耳。

当时的它并不理解,而如今它似乎有了一丝模糊的感觉。

模糊的感觉?它惊讶于自己会使用这样的词句,这描述明明一点也不严谨,可貌似又准确得超过任何方程定理。

那个时候,让那只希伯来追猎者挣脱头脑中的束缚、拼死去守护自己母亲的,也是所谓"模糊的感觉"吗?是不是,在苏生研究员那些策略组、程序代码和基因图谱之外,存在一条冥冥之中的纽带,始终把米娜和她的孩子联系在一起?是不是在子宫中静静成长的那九个月,的确有什么东西穿破基因的阻碍,在胎儿的体内烙下了无法抹去的痕迹?这种痕迹让米娜可以从保温房里百个新生儿中一眼认出自己产下的孩子,也理所当然地,可以让一个被置入钢铁之躯、接受程序主宰的灵魂回忆起那熟悉的温暖?

猫不知道答案。

一开始,它只是把米娜作为一件纯粹的工具看待,那些智力超常的精英在它眼里也不过尔尔,何况一个智障者。但这个女人到头来却给了它许多意想不到的震撼。它认为自己会记住她,很久很久。

无论如何,它的计划总归进行了下去。它篡改基因改写策略,全力以赴帮助米娜逃出来,还争取到 FBI 探员为自己的计划出力,这一切的一切,为的就是得到那个婴儿。

它成功了。

作为副主管的唐若出席了听证会,苏生集团已经深陷黑幕风波。国会特别通过了一项短时期内禁止任何基因改写人体实验的法令。互联网媒体将此事传遍了全球,苏生股票跌落谷底,而相关高层均被FBI带走接受调查,其中包括项目主管芬格斯。

猫不大在乎这些无关紧要的事,但有一则新闻吸引了它:萨布雷恩企业低调并购了苏生研究部。这则不起眼的小新闻在黑幕曝光引发的社会海啸中显得那样微不足道,但猫却瞧出了端倪。

那个人也在行动了。它不知道对方是否发现了自己在此次事件中的蛛丝马迹,但谨慎起见,它有必要躲一躲。而那孩子未来一段时间的生活,它不会再插手,就让她享受自己的童年吧。米娜为了孩子的自由付出了全部,猫不想破坏这最后的心愿。

那两个探员用处还有不少,猫还会跟他们保持联系,但同时它得另找一个人,可以在未来守护它的珍宝,守护那个孩子。

拭目以待吧。它晃了晃尾巴。

尾声

"非常遗憾,唐若女士,子宫内膜Ghp抗体转移……您对基因方面是有了解的,这种病目前确实没有有效的疗法。所以人工授精对你无用。"两鬓斑白的医生推了推金丝镜框,用尽可能安抚的语气对她讲话。现在很少还有人戴眼镜了,不过诸如医生工程师之类的职业还是有一些人会戴,并不是为了矫正视力,仅仅是为了找到那种熟悉的自我感觉。

我们都在不停地寻找自我感觉。唐若想。米娜是寻找作为一个母亲的感觉,而我,我在寻找那种安定的感觉、过往的感觉。

但他永远不会回来了。丹尼尔的死像铁锤一样击碎了生活中的一切。即便作为证人出庭,揭露过去埋藏心底的黑暗真相,对她而言也无法挽回逝去的一切。

那只不过是最无力的赎罪,甚至谈不上忏悔。

"我了解,"唐若的语气没什么起伏,她近来都处于一种相当平静的状态,几乎再没任何事能刺激她,几乎。

"但我不打算用代孕或者基因改写技术。"唐若喃喃自语。

医生盯着她看了一会儿,好像颇为困惑,但他见过的奇奇怪怪的患者多了去了。他最终没再多说,只礼貌地点点头,向唐若道了再见,切掉了视频对话。

唐若关闭显示屏,坐在柔性椅子里一动不动。窗外的夕阳光芒透出云层,灿烂如锦,散漫在城市之上。

是所谓的报应吗?她捡回性命,却终究没法孕育自己和丹尼尔的孩子。世事难料,充满讽刺。

但她并不是失去了所有。

总有一些事会带来希望……她回想起米娜,那个为了守护孩子逃出大厦并将整个苏生集团都击垮的女人。她比自己勇敢好多,也坚强好多。相较于她,自己似乎找不到心灰意冷的资格。

而且,她也给了自己,希望。

时间不早了,唐若站起来,穿过修复不久、还散发着木香味的走廊,往卧室走。她听见孩子已经醒了。

那张婴儿摇床就摆在她自己床边,离得很近,她睡在床上一伸手就能摸到。摇床上面吊着几只可爱的打印玩具,一只稚嫩的小手正拨弄着它们。唐若进到卧室里，轻步来到摇床旁，捉住了那只小手。

摇床里的婴儿对唐若咯咯笑起来，从嘴里发出的含混声音很像是"妈妈"。她的模样，就和天使一般，一举一动都惹人怜爱，像最不可思议的巧合，她的头发是和米娜一样的银色。唐若也对她微微笑着，觉得世上再也找不到比眼前婴儿更美好的事物，待她长大后，一定会出落成最可爱的公主。

她曾亲手制定了婴儿的基因，某种程度上讲，这就是她的孩子。不过唐若并不是多在意这点。米娜早已令她懂得一件事，那就是基因绝非母亲和孩子之间的唯一联系，真正把人和人羁绊在一起的，是技术之外的东西。

她还不懂得要怎样做好一个母亲，但没关系。

孩子相信她是自己的母亲，这就够了。

唐若俯下身，轻轻吻上婴儿的额头。在那双晶莹清澈的眼睛里，她能看见无限的未来。

猫知道一切答案
CATS KNOW EVERYTHING

不要怕猫

文 墨熊

黑黝黝的炮艇越过入海口,驶进了长江。在与浮标擦肩而过的同时,猩红的警报灯在船舱中闪烁,一句轻缓的提示音随之响起:"侦测到一级警戒信号,注意,本船已进入'陷落区'。UNDO[①]提醒您,不要怕猫,人类必胜。"

原本在半梦半醒间的欣怡猛打了个激灵,下意识地伸手抓向身旁的空座位,直至摸到突击步枪的把手时,才又平静下来,长出了一口气。

"做噩梦了吧?"中尉轻轻拍了拍她的肩膀,"第一次出任务嘛,不奇怪。"

欣怡敷衍地"嗯"了一声,她其实梦见了姐姐欣扬——只是些支离破碎的片段,上一秒姐姐还在帮自己温柔地梳头,下一秒就抢走了心爱的芭比娃娃……不过无所谓了,反正她也从没喜欢

---

① 本文中指联合国防御组织。

过那个娃娃。

"去外面看看吧,"中尉按住欣怡想要拿步枪的手,"看看风景,初夏的长江,很美。"

欣怡点点头,走出船舱,半倚半靠地斜坐在船舷内侧,望向江面。

新月在如镜般光滑的江水上投下一片皎洁白润的倒影,更远些的地方,竖着一排隐隐约约、看起来像是吊机的轮廓——这让欣怡想起了出发时的码头,不同之处在于,军港的夜晚永远灯火通明,而这里……这座曾经居住着两千五百万人口的大都市,却如墓地般幽暗清寂。

这都是"它们"的错——在"悖论事件"之后,它们杀死了三亿人,带来的饥荒、战乱、恐惧与猜疑又消灭了五倍、也许十倍于此的无辜生命……具体的数字,恐怕永远都是一个谜。

炮艇在靠近码头时缓缓减速,开启了潜行模式,引擎发出的纤细嗡鸣,甚至还不如船首破开水面的声音响。它就像是一只漂在水面上的幽灵,匍匐着向岸边爬去。

"我们来早了……"艇长与中尉的对话,从欣怡身后的舱室中传来,"天还没亮。"

"应该还有不到一个小时……"

听到这句话的时候,欣怡看了一眼东方,那里还是一片如墨的黑暗,但与之相对,倒是在前方的码头里,出现了一小团忽明忽暗的火光。

"瞧,接头的人已经到了,"艇长显得有些焦虑,"现在下船

猫知道一切答案
CATS KNOW EVERYTHING

应该没什么危险吧？"

中尉端起望远镜，朝码头上的火光看了一眼，摇摇头，神色冷漠："不，猫习惯了他们的气味，可能不会有什么兴趣……我们就不一定了。"

欣怡记得奶奶在世时，讲过以前的世界中猫曾经的模样……那是一种娇小玲珑的可爱动物，喜欢缩成一团，趴在人类的腿上酣睡，还不时发出咕噜咕噜的声响。

隔壁的邻居非常爱猫，养过一窝，还曾想要送奶奶一只。在 UNDO 发布"灭猫令"之后，这家人忍痛割爱，但还是偷偷藏下了刚出生的幼崽……也正是这一只幼崽要了他们全家的命，至少，媒体是这么宣传的。

现在，在越来越拥挤的"安全区"里，养猫是十恶不赦之罪，一旦被发现，执法者可以将猫连带饲主一并当场射杀……而这种事，正在欣怡面前发布命令的中尉就做过一次……不，也许还不止一次。

"距离登陆还有三十分钟，全队注意，检查装备、弹药和补给，对表——"他低头拨弄了一下腕表，"现在的时间是……2072年5月12日，凌晨3点55分。"

中尉名叫卡特，很难用"好人"或者"坏人"这样的词来形容他，如果有命令，他可能会毫不犹豫地射杀任何人——至少在"陷落区"执行任务时，这是极少数能给队友带来安全感的品性之一。

也正因为此，他才会在今天被指派来带领这支小队——卡特的任务描述起来非常简单，前往位于云林市中心的前哨研究基地，把一位已经在那里工作三年的科学家接出来，带去在东海上游弋的航母战斗群。这项任务既没有什么太大的风险，也不会承担太大的责任，如果一切都按照规范操作，甚至都不会遇到猫，可以说是非常适合"新兵体验"的工作。

但这又不是一次"新兵体验"，六人的队伍中，有四人是服役超过两年的老兵，还有两人是"凝望者"——这个称号只会授予那些直面猫的凝视后安然幸存的幸运儿。

而这一切都是因为欣怡——整个任务，都是为她量身定做的。

她是欣扬的双胞胎妹妹，貌美声甜，能说会唱，聪明，但又不是太聪明，是那种非常适合培养成为"偶像"的好料子。在欣扬因公失踪了六个月、生死未卜之际，UNDO[①]迫切需要一面鼓舞士气的新旗帜，无所谓她是真材实料抑或滥竽充数。虽说还有几个备选的小角色，但"英雄的血亲"追随先烈的脚步参军入伍，怎么看都是个更有噱头的好故事，至于要怎么炒作和包装，当然还得视她具体的表现来定。

作为"万里长征"的第一步，欣怡终于踏上了云林市的土地，晨曦也在这一刻洒遍整个港口，为她纤细的肩头披上了一层灿烂的金光。单兵无人机拍下了这个完美的镜头，但这也是卡特的底

---

① 撤销；撤退

猫知道一切答案
CATS KNOW EVERYTHING

线——他只允许拍一张照片用于宣传,在其他时间,欣怡必须专注于自己的任务,哪怕这个任务简单到可以归纳成四个字"别死就行"。

在把队伍送上岸后,小小的炮艇又驶回了江心,离陆地至少有 200 米的样子。这个距离当然并不能阻止猫顶着近防炮的攒射,把整条船大卸八块,但毕竟猫不喜欢水,如果没有引起它们特别的兴趣,它们也不会主动发起攻击。

在欣怡的想象中,云林市的港口本应是死气沉沉,充满了世界末日般的肃杀与安寂,但事实却相反,到处都能看到人类活动的痕迹——吃剩的食物残渣,废弃的生活用品,成堆的烟蒂与空酒瓶……比起一个废弃的城市,这里更像是一座毫无约束与规矩的大游乐场,只是眼下不在营业时间而已。

唯一能看见活人的地方,正是之前亮起灯火之处。火堆已经熄灭,三个穿着运动衫的男人坐在一堆被帆布遮盖的箱体上,中间那位姿态放松,表情却有些阴冷。他看到七名全副武装的士兵接近,不仅毫无惧色,反而掐灭了烟头,丢到地上,不耐烦地抖起了腿:"我看到你们早就上岸了——"他指了一下不远处的码头,"到底在磨叽个啥呢?"

"夏天到了,前哨基地报告说这几天云林市的黎明都有猫活动,"回话的人叫林翔,队伍中的通讯士官,也是个新兵蛋子,"我们必须格外谨慎。"

"谨慎?谨慎有个屁用?"男人不屑地笑着,比了比身下的帆布,"你们这些外来人口,还不都是要拿着我的货,才敢进城?"

在帆布底下藏着的,是十几个方方正正的金属笼屋,而每一个笼屋里面,都住了一只毛茸茸的小家伙,正透过透明的玻璃小门,朝外警惕地东张西望。

这些就是"猫",或者准确地说,是"若猫"——在它们升变之前,就只会是这般楚楚可怜的娇俏模样。

欣怡还是第一次亲眼看到真正的若猫,她的关注点显然有些与众不同:"这是……什么品种啊?"她饶有兴趣地向前走了两步,"布偶吗?"

卖猫的男人愣了一下:"你还懂猫?"他看了一眼手下,三人不约而同地笑了起来:"有什么区别吗?只要它们还能用,什么品种不都一样?"

虽说并没有实际操作过,但如何"使用"这些若猫的训练欣怡可是一次都没落下,她和另外两名士兵卸下背包,小心翼翼地将卡特中尉挑选的若猫装好。这些特制背包带有气孔和透明的弧罩,空间很小,仅能允许若猫在里面翻身,内侧还藏有毒囊,一旦兆头不对,就可以在精确的两点五秒内将若猫杀死。

在合上背包盖的时候,若猫抬起小脑袋,瞪着水汪汪的大眼睛看向欣怡,欣怡忍不住想要伸手再搓揉两下,却被卡特阻止了:"它们只是一次性用品,你懂的吧?"

言下之意,就是不要对这些小东西投入感情,免得之后需要"使用"时会犹豫——而在"陷落区"活动,犹豫片刻就可能意味着全军覆没。

猫知道一切答案
CATS KNOW EVERYTHING

"装货"结束之后,三位贩猫人将剩余的箱笼抬上手推车,但并没有离去,而是杵在原地,点起了烟,像是在等待小队这边先走。但是当卡特用手势下令出发时,那个头目突然又发话叫住了他:"嘿,如果遇到'猫仆',千万不要跟他们提起这次交易,明白不?"

"怎么?"卡特的语气带着些微嘲讽,"你干这一行都十几年了,到现在才怕?"

"那是因为以前还能同他们讲道理,现在……这些人疯得厉害。"对方猛吸了一口烟,"多加小心吧,老哥,别怪我没提醒过你。"他顿了几秒,朝最后一个从他跟前走过的欣怡吐出烟圈:"暹罗猫,丫头。"

"嗯?什么?"

"给你们的若猫,品种是暹罗,这种猫……"他欲言又止,与欣怡对视了两秒,眉头微微一紧,"我好像在哪儿见过你?好像是……哪张海报上?"

欣怡刚想解释说那是我姐姐,却被卡特一把抓了过来:"不要分心,别忘了,你是 UNDO 的士兵。"

"……明白。"

猫贩子轻轻弹掉了烟头,发出一声轻蔑的"哼"。

云林市的港口离市区很近,但也有五六千米远,再加上前哨基地位于城区深处,步行前往的话,至少也得两三个小时。按照 UNDO 的行动规范,在"陷落区"活动时尽量不要使用从直升机到电瓶车在内的任何载具——机械的噪声与骚动可能会引起猫的兴趣，这是用无数鲜血与牺牲换来的教训。

在UNDO的公报中，云林市"陷落"时遭遇了惨烈的屠戮，数十、也许上百只猫在城里大开杀戒，军人、平民、老人、小孩……它们对目标不加甄别，手段也是随心所欲，有时像是饥饿的狼群在捕猎，有时像是凶悍的军队在作战，有时又像是懵懂的儿童在玩耍……整座都市变成了人间地狱，连撤离的船队也被拦截。专家们估计五十年内这座城市都无法恢复生机。

显然专家们的"估计"出了很大差错—— 一路上到处都能看到零星的定居点，还有三三两两的行人在走动，他们似乎并没有那种"生活在末世浩劫"中的紧张感，和在"安全区"里随处可见的普通百姓并没有区别，非要说有的话，反倒是多了一种知天命似的释然。

但从这些人的穿着上看，还是能感受到他们的生活不易——来自不同时代、不同品牌、不同款式的材料被拼凑在一起，缝缝补补，足够遮体，却远谈不上整洁和美观。欣怡注意到，其中一些人用颜料在背后涂上了怪异的标志，像是……倒挂的猫头？

"'利爪会'的人，"林翔小声介绍道，"他们在年初打败了'金龙组'，统治了云林市的整个东部地区……小心点，不好惹。"

欣怡发现这些"利爪会"的眼神确实咄咄逼人，极不友善："他们也讨厌UNDO吗？"

"我觉得……"林翔一声苦笑，"在'陷落区'，恐怕没人喜

猫知道一切答案
CATS KNOW EVERYTHING

欢 UNDO。"

"可只有我们才能拯救人类啊，不是吗？"

"屈服于猫的人，觉得他们不需要拯救；反抗猫的人，觉得我们已经失败了。剩下那些什么想法都没有，只是得过且过的人，觉得 UNDO 抛弃了他们……抛弃了所有被留下来的人。"

林翔的话音刚落，负责领路的侦察兵突然举拳示意大家停步，他对着导航仪上的地图左右张望，面露疑容："出了点问题，这里……这里不应该有建筑物才对。"

他比了比十字路口远端，在那里屹立着一座怪异的庞然巨物，由断裂的钢梁、破损的木板甚至是废弃的小轿车组装而成——但又绝非是"废物利用"似的堆砌，而是经过了巧妙的搭配与修饰，让这一大堆垃圾看上去还颇具设计感。

"两边的楼上架了机枪——"这个侦察兵名叫王希言，平日是个有些神经质的胆小家伙，"这里可能是一座兵营，看样子刚建好没几天。"

"不，应该是一座关卡。"林翔斩钉截铁地判断道，"越过这个路口就到市中心了，那里是'城里人'的地盘，情报上说，他们不喜欢'利爪会'。"

在走下炮艇之前，中尉就下过命令，禁止队员与当地人私自交流，唯一例外是队伍中的另一名女性——安兰。她比欣怡年长一轮，体格也大出一圈，不仅服役经验丰富，而且挂着心理学硕士的头衔，掌握四种语言，无论遇到谁都能侃上半天，如果一言不合，还能以惊人的速度与准确度把对方打爆头。

安兰把突击步枪举过头顶，缓缓走向哨卡。三名手里捧着撬棍和狼牙棒的大汉围了上来，他们穿着墨绿色的迷彩服，看起来就像是在刻意模仿某种正规的武装组织。

"这个位置相当危险……"王希言始终在紧张地观望四周，"如果被伏击的话，根本无处可躲。"

"放下你的狙击枪，"卡特则不以为然，"表现出敌意才危险。"

不知道安兰与那些守卫聊了些什么，但显然聊得很投机，对方不仅很快就同意放行，而且还为大家送上了进入"陷落区"后的第一个微笑，"欢迎来到云林市，"那人上下打量着欣怡，脸上的刀疤从额头一直延伸到下巴，嘴唇支离破碎，笑起来的时候，大半张脸也都在不自然地抽动，"欢迎来到世界末日。"

直到安兰提醒，欣怡才意识到盯着对方的鬼脸看既失礼又危险，但真正让她恐惧的，是王希言的小声嘀咕："那可不是刀疤，"他撸起袖子，露出已经是钢筋铁骨的左手，"是猫的抓痕……这人被猫挠过。"

在"悖论事件"之前，云林市是华东最繁华的大都会——而且占据了这个头衔可能有一个世纪之久。这也就不奇怪，为何这里的人总是具有如此强烈的地域自豪感——他们称自己为"城里人"，并不只是因为他们生活在字面意义上的"城"里，而是生活在"云林市"里，似乎除此之外的地方，都是"乡村"。

很难说现在生活在市中心的这些"城里人"中，到底有多少是土生土长的"云林人"。他们的肤色各异，体态不均，有些像

是饱食终日的纨绔子弟,有些则像是刚刚从阿鼻地狱跑出来的孤魂野鬼,衣着更是五花八门,从简陋到豪奢。与先前的"利爪会"之流相比,这些人显然更接近"正常人"一些,而无论正在开张营业的店铺还是维持秩序的警员,也都做得有模有样,仿佛在极尽全力地维持着"岁月静好"的幻象。

欣怡突然停下脚,被路边的摊位所吸引,那是一种串状的食物,在油锅里噼啪作响。

"炸臭豆腐!"付国英双眼放光地兴奋了起来,他是队伍里年纪最长的大叔,见证过旧世界的盛世,"没想到这里竟然还有这种东西啊,他们小日子过得不错嘛!"

"炸臭豆腐……"欣怡一字一顿地重复了一遍这个陌生的名词,"……听着不像是很好吃的样子。"

"哦,那你可就错了,丫头,"付国英捧着班用机枪,呵呵呵地笑了起来,"那东西外脆内酥,口感可是一级棒。"

"为什么我在'安全区'从没见过这种食物?"

"也许是……呃,"大叔挠了挠微秃的脑袋,"臭豆腐不好搞吧?"

"那……我们能在这里买一点尝尝吗?"欣怡咽了咽口水,"或者,回来的时候买一点去船上吃?"

"你们俩在搞什么呢?"还不等付国英开口回话,卡特就喝住了两人,"我们必须得在十点之前赶到前哨基地。"

"没发现吗?这些人故意对你们视而不见,他们不会卖东西给我们的……"在回到队伍中央之后,安兰拍了拍欣怡的肩,小声道,"'城里人'已经习惯了生活在自己的小世界里,假装一切都好……就别去打搅人家了,也给 UNDO 留点好印象。"

"可……可是这要怎么假装呢?"欣怡不解地道,"他们的世界里不是有'猫'吗?无论白天怎么样,猫在晚上总会出来活动的吧?"

"猫是一种随性的动物,不会按照绝对的规律来行动,"林翔一本正经地插话道,"如果每天晚上都出来,反而有办法研究对策了。"

欣怡似懂非懂地点点头,她感觉到背包里的暹罗猫用力乱蹬了两下,咚咚作响。

UNDO 的前哨基地位于静安街,那里原本是云林市最为繁盛的核心地段,有一座规模空前、无比壮观的广场,中央竖着一座来自上世纪的纪念碑,三位战士的雕像簇拥着碑身,显得刚毅有力。

如今,广场上到处是激战过的痕迹,十余辆发黑变形的坦克残骸,组成了一张扭曲怪异的圆阵,点缀其间的是大大小小的弹坑与无数碎裂的地砖……虽然尸体早已被清理,血迹也早已干涸,但还是能从残余于此的每处细节中感受到当年激战的惨烈。

这广场显而易见是一个"无人区"——不只是当下除小队之外"无人",而且能看出附近的居民平时也不会靠近。欣怡知道他们在害怕什么:UNDO 的教官说过,猫对于那些曾经留下过伤

痛回忆的地方格外在意，会时不时故地重游，对任何出现的人类进行报复……当然，这可能只是又一个关于猫刻板印象的迷信，它们也许根本就不在乎什么"伤痛回忆"，攻击行为也并非针对与之交战过的人类，而是和平时一样，不加甄别、只凭兴趣地瞎闹。

越过广场便能看到前哨基地，它由一座商厦改建而来，原本配置有一个空降连，连同科学家和技师，总共能驻扎大约三百名工作人员。但是随着时间推移，对所拥有资源与土地都越来越少的UNDO来说，维持这样的外线据点变得愈发困难，而且没有意义。事实上，大部分普通人已经对从猫手中夺回世界不抱希望，只有少数学者还心存幻想。

八木博士就是其中一个典型，但和那些决心战胜天启、拯救人类的同行们不同，他的梦想还要更进一步——他想要解开猫的秘密，并使之将来有一天能够为人类所用。

他可能是疯了……恐怕也只有疯了，才会二十年如一日地有家不回，辗转在世界各地的前哨基地中，不惜冒着生命危险，探究关于猫的一切。

在卡特中尉率队进入实验室时，八木正全神贯注地盯着显微镜，载玻片上盛有一小撮毛发，很难说它来自何种生物……但欣怡觉得是猫的概率非常大。

"八木博士……"等了半分钟未被搭理，卡特忍不住开口道，"我是UNDO第一特勤团第三……"

"嘘！"对方头也不回地竖起一根手指，"要盒饭的话食堂里就有,别来烦我!"

"博士,我们受命来接您撤离,"卡特完全没有要去领盒饭的意思,"您必须参加一周后的联合研讨会,娜芙兰教授将在会上与您展开公开辩论。"

八木像是根本没有听见似的没有任何反应,卡特正要上前,被安兰伸手拉住。

"我来吧。"女兵冲他微微一笑,故意踱着步子走到博士身边,俯身耳语,她不知施展了什么魔法,只用了短短几秒时间——也许只够讲一句话,就让博士抬起头来,如梦方醒似的仰头深吸。

"明白了,我这就去准备……"他先是叹了口气,继而又竖起一根手指,"听好了!娜芙兰的歪理邪说根本不值一提,我这里的研究才是真理,明白吗?"

这句话让林翔一声哼笑,扭头对欣怡小声道:"我打赌……那位娜芙兰教授也觉得自己在研究真理。"

显然他的声音还不够小,博士猛地转过身来,义正词严:"愚昧!你根本就不知道我在这里的工作有多重要!我有多重要!'悖论号'开始实验的命令,就是在云林市宇航监控中心发出的!我在这里,也许能……"他突然愣住了,扶了扶眼镜框,上下打量了一番欣怡,脸上也露出了说不好是崇敬还是畏惧的神情:"你是……是欣扬吧?'屠猫者欣扬'?!那个 UNDO 的英雄!你不是失踪了吗?"

欣怡当然知道自己与姐姐长得一模一样,但有生以来还是第一次,仅仅是因为这个就被人称为"英雄"。

"不……"她脸上微微泛红,有些不好意思,"我是她妹妹,双胞胎妹妹。"

"妹妹……"八木恍然大悟般"哦"了一声,"原来如此……那你可真是走运了。"

"走运?"

"嗯,UNDO多半是要拿你做宣传材料,不会派你去危险的地方了。"

卡特干咳了一声:"赶紧收拾吧,博士,我们……"他低头看了一下腕表,"一小时后出发。"

八木点了点头,但并没有要"收拾"的意思,反而又一次回身盯上了显微镜。而欣怡还是十分在意刚才的对话,便侧过身,耳语问道:"队长,他刚才说拿我做材料,是什么意思?"

"去吃饭吧,"卡特答非所问,"顺便,两人一组,巡视一下基地,就当是训练了。"

欣怡当然明白这个命令是在回避,便也很识趣地不再追问,更重要的是,她也确实是饿了。

说是"基地",其实也就是占据了商厦的两层地下车库而已,其他地方只安装了零星的监视摄像头与遥控炮塔,这种设计其实也是八木博士的试验之一——他认为猫虽然拥有毁天灭地的破坏力,但实际上谨慎多疑,并不喜欢主动探索地下环境。

由于人手的缩减,基地的许多空间都被封闭,小队用不了十分钟便把仍在运作的部分巡视了一遍……或者说是"参观"可能更为贴切。齐整简朴的床铺、方方正正的被褥、一尘不染但难掩旧态的餐盘与勺叉,唤起了欣怡在新兵训练中心时的记忆,这让她禁不住想要换个风景,去外面看看。

"屋顶上有观察哨,"林翔建议道,"我们上去看看吧。"

虽说不是什么情场高手,但天生丽质的欣怡从十二岁起就不乏追求者,她当然能看出对方想要套近乎的意愿……似乎也没有什么理由拒绝。

偌大的商城早已被洗劫过多次,食物、饮料、服装乃至可以被当作燃料的杂物都一件不剩,倒是金银首饰、高端手机、智能家电之类原本价格不菲的时髦产品被落了下来——这些东西一旦脱离了文明,便再也没有了意义。

相比之下,欣怡对建筑本身更感兴趣,作为一个出生在"悖论事件"之后的人,她此前从未见过如此壮观的"商店",根本想象不出这里人声鼎沸时到底会是何种模样,更不明白要怎么才能在如此庞杂的地方挑选出心仪的商品。

在攀登已经停摆的自动扶梯时,一头鹿从侧门闯进了商城,它的蹄子踩响了从天顶散落在地的碎玻璃,引起了两人的注意。欣怡紧张地瞄了一会儿,迟迟不肯放下突击步枪。

"梅花鹿,"林翔笑道,"有这东西出现,说明附近没有猫,我们很安全。"

"猫不都是来无影去无踪的吗?"欣怡压低枪口,"它若是真的遇上了猫,绝对来不及逃走的吧?"

"那没办法,"林翔耸耸肩,"几百万年前,它们刚进化成梅

花鹿时,也没想过会遇上猫这种妖孽啊……"

在商城的屋顶,驻扎有一个观察哨,两名 UNDO 士兵姿态放松,正守着几部组合音响似的设备。其中一人拿着望远镜,漫不经心地东瞧一眼西看一下,当发现有人上来时,朝这边摇了摇手。

"哟,你们是 UNDO 特勤队的吧?"

"嗯,第一团的。"

"来接人的?那个日裔博士?"

欣怡点了点头,顺手接过他递来的望远镜,看向自己来时的广场,但是很快,她的注意力就被云林市的其他部分给吸引了过去——在正午的艳阳下,一座座摩天大楼泛着炫目的光,把整个沿江商业区变成了一座巨大的水晶丛林,美得让人心神不宁。而另一边,广场北侧,屹立着这座城市中最高的建筑"东方之柱",它宛如巴比伦通天塔般极具雄性气魄的英姿,就像是一个象征,象征着人类曾经毫无争议地征服过这个世界,占有它、改造它、让它变成自己想要的模样。然而现在,这一切都已成过往云烟,愤怒也好,不甘也罢,人类只能苟活在这些代表了旧日辉煌的遗迹之下,接受这片业已不属于自己的残骸。

但是……好像有人还过得挺开心?

为了确定自己没有看错,欣怡揉了揉眼睛——在望远镜的视界中,确实有几个样貌怪异的人在手舞足蹈,他们头上戴着说不上是饰品还是耳机的兽耳状发卡,身上披着有点像是蓑衣的长服,手中举着鸡毛掸子,旋转跳跃,还闭着眼。

"那边有人在庆祝唉，今天是什么节日吗？"

听到这句话，原本十分放松的士兵忽然激动起来，他猛地抢过望远镜，紧张地对另一人喝道：

"八点钟方向！650米！发现猫仆聚集！"

另一个人立即戴上了耳机，调整设备，闭眼沉默了几秒："……是镇魂祷言，还好。"

"原来这些就是猫仆……"欣怡有些不解，"看着就像戏班子似的，UNDO资料上不是说他们是邪教恐怖分子，极度危险吗？"

"就是一群自以为臣服于猫就能得到恩宠的傻子而已……"士兵不屑地道，"猫才不在意他们的死活，只会——"

"等等！"负责监听的人突然起身，"歌词！歌词变了！"他面色泛红，侧耳倾听了一阵，用颤抖的声线道，"是……是战颂！快！去发警报！发警报！"

即使是在白天，即使是在UNDO的基地内，所谓的警报竟然也只是播放一曲原速的《致爱丽丝》。在这悠扬舒缓的旋律下，欣怡与林翔一步也不敢停歇地跑下七层楼，从房顶直入车库。途中那头迷路的梅花鹿一直在迷惑地注视着两人，随后又自顾自地埋头觅食，完全不在乎接下来这里将会发生什么事。

布置在商城内部的自动炮塔已经全部启动，一队逆行的战士与两人擦肩而过，冲向屋顶，他们在每层楼留下了大约三四个人——这点兵力与商城的面积相比实在是微不足道，但他们的装备非常好，每组人都配有一支狙击步枪和一挺班用机枪，每个

人身后还背着一架单兵无人机，完全是 UNDO 精锐重步兵的配置了。

唯一不同之处在于，他们没有一个人携带"花剑"导弹——虽然也并不算太有效，但这是步兵对抗猫的唯一手段了——也就是说，这些人要对付的目标并不是猫。

刚进入基地内部，欣怡就看到小队的其他人已经严阵以待，这让她紧张地攥紧了枪把。

"观察哨报告说侦听到了猫仆的战颂，"卡特的脸色不太好看，"他们随时可能会发起进攻。"

"进攻？对哪儿？"欣怡眨了眨眼睛，有些不敢相信，"……对我们？！对 UNDO 的前哨基地？！"

话刚问完，上方便传来了低沉的轰鸣，听起来应该是某种爆炸物击中了商厦的墙体——显然卡特所说的"随时"就是现在了。

"他！他们！"欣怡惊恐地抬头望向基地的天花板，"他们是疯了吗？！怎么会有人进攻 UNDO 的基地啊？！"

八木博士突然从卡特身后闪了出来，他显然已经准备妥当——换上了军装，戴上了钢盔，背后还有个小小的旅行包，只是表情还是和在实验室时一样难看："猫仆才不是疯了！他们认为自己是被猫选中之人，能通过祈祷和舞蹈聆听到猫的教诲与指示——他们认为猫是天降的神明，顺之者昌，逆之者亡。"

欣怡略作思索："那！那不就是疯了吗？！"

楼上又响起了两次连续的爆炸，然后是断断续续的枪击声，看来猫仆的进攻很猛。

"这个月来，他们的人越来越多，攻击性也越来越强，上个月就朝基地打过黑枪了——"在交火声的伴奏下，八木心平气和地解说着，仿佛完全事不关己，"发展成对我们这儿的全面进攻，也是迟早的事吧，嗯嗯，毕竟，我们UNDO号称要从猫的手里夺回世界，还当真杀过猫。"

"迟早会进攻？"林翔有些恼怒地质问道，"情报里为什么没有提及？这么重要的情况，为什么没有上报？！"

"呵，当然报过，但UNDO的官老爷们才没空管猫仆这种小角色呢，"八木摇摇手指，"光是在华东，就有好几个大军阀要处理，哪个都不好惹，更不要说北方同盟正在南下，他们可是拔掉了好几个UNDO据点呢。"

"我不想和你谈什么国际形势，要谈也不是现在，"卡特眉头紧蹙，"形势有变，我们没法按预定计划撤离，博士，你这里还有别的路线推荐吗？"

八木挠了挠后脑勺："没有。"

"那就只有启动应急方案了——我们通过地下车库的E出口进入解放广场站，然后利用地铁隧道向北移动至第二撤离点，炮艇会在江边接应。"

"'悖论事件'之后，长程通信全都中断了，你们要怎么通知炮艇改变接应地点？"

"因为本来就出动了两艘炮艇……"卡特有些不耐烦了，"你和你的研究确实对UNDO很重要，博士，所以我建议马上出发，不要浪费时间了。"

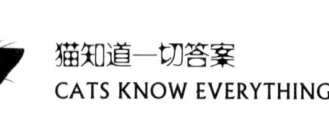

在几名基地士兵的护送下,小队来到了 E 出口前,这里巨大的防爆门显然已经很久没有被开启过了,在它背后,通向"解放广场地铁站"的隧道一片漆黑,只有阵阵阴风穿堂而过。卡特冲队员们点点头,所有人都打开了装在肩胛骨处的电筒。

士兵们左右分散,警戒了几秒后,朝卡特挥手示意:

"安全,可以前进了。"

"你们只能送到这儿?"

"这边还有一场仗要打呢……"士兵比了比身后,"不过这个东西可以送给你们,我们暂时用不到……但愿以后也用不到。"

一部无头无尾、半人高的四足机甲摇摇晃晃,走到欣怡身边——是巨神动力公司生产的"铁驴",用于在复杂战区中为前线输送补给和弹药,关键时刻还能搬运伤员……但比起机甲本身,士兵所要赠送的东西还另有所指。

"这是……最新型号的'花剑'吗?!"付国英摸了摸机甲背上驮着的单兵导弹发射筒,满脸惊喜,"是 DX9901 吧?厉害了啊。"

王希言的表现则完全相反,他的手因不安而微微发颤:"这是什么意思?我们会遇上猫吗?在白天?!"

士兵斜了他一下:"看你的眼睛,是个凝望者吧?不该这么……"

他没有把话说完,但显然王希言明白了他想要表达什么,不悦地反驳道:"正因为我被凝望过,所以才更怕猫。"

虽然正如八木所言，"悖论号"空间站的控制中心就设在云林市，很多人至今也还认为这里是猫征服地球的起始点，但实际上恰恰相反，它是整个东亚大陆最晚覆灭的大都市之一——从"悖论号"空间站坠毁那天算起，它坚持了差不多九个月才陷落，这也让UNDO有足够的时间组织防御，并试验各种各样的新式武器和战法。

其中一项被称为"淹埋"，计划是把猫引到地铁隧道中，用一种能够迅速凝固的胶体将其淹没，困在地下，同时释放毒气。为了准备这个行动，UNDO提前疏散了与解放广场站直接相连的四条地铁线路，将其清空，并用水泥堵上了几乎所有出入口……事实证明，这根本阻止不了猫的前进。

"停！"打头阵的王希言突然半跪在轨道中间，用手势示意大家安静，他侧耳倾听了几秒钟，"没事，只是一群拾荒者。"

欣怡不太清楚这位侦察兵是怎么能只靠听力就识别出对方的身份，但卡特显然对他的判断十分信任："关灯，用夜视仪，小心绕过去，不要与任何人接触。"

在早已废弃的站台上，五六个拾荒者——或者说是流浪汉，在一盏应急灯前围成半圈，有说有笑，灯旁还摆了个便携式煤气炉，变形的铁锅里不知煮的是什么，热气腾腾。

应急灯能照亮的面积非常有限，流浪汉们根本不可能发觉贴着隧道远端墙壁走过的小队，只是铁驴机甲的动静稍微有点大，好在火锅嘟嘟作响，盖过了电机的嗡鸣和金属的摩擦。

但是很快新的问题就又出现了——通往前方的隧道被封了个

严严实实，用的不是水泥，而是各种杂物和垃圾，中间还混了一些性质不明的溶液……像是几个小时前才给泼上的。

"这里走不通了……"卡特打开束在左臂上的腕装电脑，展开地图，"最近的出口是，中山东路站的 B1——"他往身侧一指，"离这里大约一千米。"

一千米并不算长，但在黑暗逼仄的地下隧道行进时，距离的概念会变得模糊，欣怡觉得自己可能花了得有一个小时，才走到能看到太阳的地方。

"中山东路站 B1 出口"像是被一枚重磅航空炸弹击中过一样，已经面目全非，原本与地面相连的部分完全敞开，只剩一堆瓦砾，抬起头便能看见太阳。

欣怡注意到地上似乎有一大片不均匀的反光，蹲下身轻轻一碰："这是……水晶？"

"是沙土被玻璃化了……"林翔解释道，"猫袭击过这里，看样子有好多年了。"

"是个大家伙，"王希言显得有些紧张，"很厉害的大家伙。"

最后一个爬出洞口的是铁驴，它在付国英和安兰的拉扯下，才四脚乱蹬地勉强"上岸"，十分狼狈。其实这东西在设计上十分精巧，堪称完美，就算是翻倒在地，也能完全凭自己的力量正过身体——但前提是它背上没有连扛带挂、硬堆了六枚"花剑"导弹发射筒。

从南边传来的枪炮声断断续续，听起来已经十分遥远，不过小队现在所要担心的并非发生在身后的攻坚战，而是眼下的处境——这一片城区静得出奇，遍布楼宇墙面的裂缝与爬山虎，说明这里似乎已是荒废多时。

在云林市其他地区还有大量人类居住的情况下，这可不是什么好现象，卡特朝王希言使了个眼色，后者掏出了盖革计数器，对着空气一阵比画。

"辐射剂量……正常。"

卡特琢磨了两秒："……我们还有多远？"

侦察兵比了比北方，一座红白相间的巨型塔式建筑矗立在蓝天白云之下，格外显眼："距离第二撤离点还有五点五千米，假设路况完全畅通，我们可以在半小时内赶到。"

半小时……欣怡看了眼腕表——现在是下午两点二十五分，离天黑还早，时间绰绰有余。

"很好，保持警戒队形——"卡特做了个手势："前进！"

欣怡位于队列的正中央，身后跟着猫腰俯首的八木，她感觉到博士搭在自己肩上的手在微微打战，便小声安慰道："别怕，博士，我们会保护好你的。"

"你们当然得保护好我！我比你们都重要，懂吗！"

"呵，"欣怡没好气地翻了个白眼："懂。"

"不对劲啊……"博士紧张地四下观望，"我来过这里……那时这里明明有个大排档来着……"

"大排档？是什么东西？"

"队长！"八木突然想起了什么似的，惊叫一声："凯特队长！这次来接应你们的炮艇上，应该有搭载直升机吧？你能发信号让它过来接我们吗？！"

"我叫卡特，是中尉不是队长……而且，博士您应该比谁都清楚，云林市有猫活动，在这里呼叫直升机非常危险。"

"我知道，但是……"

就在博士与中尉争执时，王希言的注意力被路边一个不起眼的小角落给吸引了过去，他快步上前，半跪在地，从几个烟蒂中捡起一根，轻搓了两下——指尖传来温度，说明几分钟前还有人在这里吸烟……而且不止一人，以烟蒂的数量和位置来看，这群人至少应该有五个。

他不解地皱紧了眉头，迟疑了两三秒，先是恍然大悟，继而倒吸了一口凉气，像松开的弹簧那样跳了起来："快！退回地铁站！快！"

王希言一边跑一边挥舞双臂，将狙击步枪举过头顶示意，同一时刻，一颗从左后方废楼中射来的子弹擦脸而过，将他的耳朵打碎了，他连忙钻到了地里。

小队所在的位置离地铁站的空洞已经有一定距离，在试图后退时，四面八方的伏击者陆续显出身形，大呼小叫着乱射猛打，好在他们的武器粗制滥造，训练水平看来也不咋样，匆忙中发起的第一轮攻击除了侦察兵的左耳外，什么都没有打中。

慌不择路的 UNDO 小队，几乎是凭着求生的本能而非战士的经验，钻进了最近的小楼。

"我！我被打中了！"王希言捂着满是鲜血的侧脸，整个人都像丢了魂魄一样浑身发抖，"我的头！被打中了！"

名义上身为队医的欣怡挡开他的手："没事，你只是……呃，少了只耳朵，包扎一下就好了！"

"没时间了！"卡特朝楼外瞄了一眼，弹雨横飞，尘土四溅，"必须立即组织防御，你们谁看清伏击者的样貌了？！"

话音未落，一枚流弹打在了小楼的外墙上，离入口只有一米左右，爆炸的气浪几乎把欣怡掀翻在地，整个建筑都像是要散架了一般剧烈地晃动起来。

"虽然我不是什么军事专家啊……"八木抱紧了自己的钢盔，"但我觉得在这里组织防御不是个好主意……"

枪声戛然停止，取而代之的，是电喇叭喊话的巨响："各位大兵！我们是！云林猫仆！赞美喵！"

排山倒海的呼喊从楼外传来，男男女女，似乎还有小孩子夹杂其中："赞美喵！"

在喊完祈祷词后，这些人开始此起彼伏地学起猫叫来，听着让人毛骨悚然。

卡特冲安兰点了点头，后者扯着嗓子大喊着回应："云林猫仆！你们知不知道袭击 UNDO 军人会有什么后果？！"

"我们不想袭击 UNDO，"喇叭回应道，"我们只要一个人，交出来，我们就放你们走！"

八木打了个激灵："坏了坏了坏了坏了……"

欣怡赶忙搭肩安抚："别怕博士，我们会保护你的。"这时外面的声音继续喊道："我们要那个女人！"欣怡突然闭上了嘴，与回过头来的安兰对视一眼，目瞪口呆。

"我们要欣扬!要她!只要她一个!"

"欣……欣什么?!"欣怡先是惊恐万状,继而大惑不解,"我姐?!他们要我姐?!"

"他们不知道你姐失踪了,除了UNDO内部,现在全世界都还不知道……"卡特阴着脸道,"恐怕,他们说的欣扬……就是你。"

"我……我?!"

安兰润了润喉咙:"欣扬是UNDO的英雄,你们要她做甚?!"

"屠猫者欣扬!我们要用她来举行献祭仪式!"

人群又开始号叫:"祭了她!""把她献给猫!""让猫吃了她!"

欣怡听得脸色发白,几乎都快要握不住枪了,但这还不算完……

"当然不会立即献祭,"拿着喇叭的人似乎在讨论一件非常学术的事情,"我们要先让她受孕,成为猫之天选。"

"什、什么?!为什么还有受孕这个环节?!"欣怡已经哭笑不得,"另外!什么叫猫之天选啊?!你们这是什么傻子邪教?!"

"我找到后门了!"林翔突然赶了上来,"通向一间废弃的中学!"

"很好,先撤!机枪手!殿后!"

卡特扳过欣怡的肩膀,用力晃了两下:"嘿!听我说!"他见女孩还是惊魂未定,便轻轻给了她一记头槌,"听好!我不会把你交给那群疯子,这和你是谁没关系——你是欣扬也好,是UNDO的主席也好,是我的亲妈也好,只要你还在我的队伍里待一分钟,我就绝不会放弃你。"

欣怡点点头,脸上挤出一丝勉为其难的干笑。

即便对于慌不择路的逃亡者而言,林翔提到的这所学校也实在算不得安全——它本身已经是千疮百孔,遍地狼藉,更诡异的是,教学楼的一面墙被完全烧黑了,连一扇窗户都没剩下。

"等等……"在最后一个跨过校门时,付国英突然犹豫了一下,"这个地方,这些痕迹……明显是与猫激战后留下的吧?!"

如果这里发生过激烈的战斗,那可能会引起猫的额外兴趣……然而并没有人搭理他,反倒是身后大呼小叫的猫仆们催促着这位机枪手不要想太多,还是先跑进教学楼躲避近在咫尺的子弹再说。

可新的难关很快就摆在了眼前——这鬼地方曾经还是所名校,三面临水,虽然有个后门,但通往小河对岸的桥已经断了,小队等于是自己钻进了一个口袋里。

"目测有十五米宽……"王希言顿了顿,"如果强行泅渡的话,全队过去大概需要两到三分钟。"

八木听得两手直摇:"别啊!我不会游泳!"

"敌人一早就盯上了欣怡,袭击前哨基地肯定也是他们的计策,说不准岸上那群猫贩子也是他们的眼线……"看向断桥的卡特略作思索,"……如果河对面有伏兵,我们全部都得交待在这儿。"他转向靠近操场的一座四层办公楼,"我们在那里坚守待援,林翔,发信号,让他们把'晴空'派过来吧,没办法了。"

林翔迟疑了一瞬,从腰间卸下巨大的一次性信号枪,举过

猫知道一切答案
CATS KNOW EVERYTHING

头顶,带着可怕的啸叫与眩光,红色的焰火拔地而起,直上晴空。

仿佛是预感到了将临的危险,之前还勉强能保持安静的暹罗猫们,突然骚动起来,在背包里又踢又打。

欣怡刚把头探出四楼的窗口,猫仆们便冲进了校园。

这些奇装异服的怪人简直就像是在参加化装舞会,有些腰上围着窗帘,有些袒胸露乳,有些满身油彩……只是不管装束如何,他们好像都在刻意地模仿猫,除了头顶上的兽耳发卡外,还有屁股后面的尾巴和绘制着虎斑的披风,其中几个人还戴着毛茸茸的面具——多半是头目之类的狠角色吧。

一个穿着睡袍和拖鞋的大汉站在学校的围墙上——平衡性还挺好,他一边用难听的嗓音学着猫叫,一边冲其他人手舞足蹈。欣怡正看得出神,这人也抬起头回望向了她,随后从不知什么鬼地方掏出了一支电喇叭:"她在那儿!屠猫者欣扬!在那儿!"

欣怡打了个冷战,正要缩回来,屋顶的狙击步枪及时响起,一颗子弹从喇叭口射入,将这人直接掀下墙头,也拉开了猫仆们围攻的序幕。

"十分钟!"卡特在短程通讯频道中嘶吼道,"只要最多十分钟,直升机就能赶到!"

眼见欣怡又想要探头观望,他赶忙上前把她拽了回来:"搞什么?!不要命了?!"

欣怡抱着步枪倒吸一口气,用力点点头,躲在办公室角落里的八木博士却说起了风凉话:"放心,你是献给猫的祭品,他们绝对不敢伤你。"

卡特并未搭理他,而是指示欣怡道:"别愣着,动起来!你是UNDO的战士!有人向你开枪,你应该怎么办?!"

"我应该……"欣怡有些不确定,"应该还击?"

"这还用想?!向那帮猫崽子们射击啊!"

女孩手忙脚乱地爬起身来,端起步枪,小心翼翼地探出窗口,她瞄准了一个正举着勺子猛跑的小个子,刚要扣动扳机,又蹲了下来。

"他……他是个小孩子啊!"

"那又如何?!"正在点射的卡特无心分神,"你觉得他会对我们手下留情吗?!"

"但是……"

道理欣怡都懂,只是,她参加UNDO时,可没想过有一天会朝小孩子开枪。

"但什么呀?!开火!"卡特怒吼起来,"你忘了他们说要怎么对你了吗?!"

欣怡咬了咬牙,但再次瞄准时,那小孩子已经扑在地上,和另外几个人倒成一排——付国英架在二楼楼道的机枪开始扫射,将冲在最前面的猫仆瞬间击毙,剩下的人也停止了冲锋,四下逃窜,各自寻找掩体隐蔽。但在平坦的操场上,无论躲到哪里也不过是在苟延残喘,占据制高点的UNDO小队可以轻而易举地将他们逐一射杀。

猫知道一切答案
CATS KNOW EVERYTHING

但也许正是因为太过专注于瞄准这些唾手可得的目标,一向谨慎的王希言,竟然忘记了身为狙击手的第一要义——"藏好自己"。他本应该能够预料到,像猫仆这种敢于直接攻击 UNDO 士兵的组织,极可能保有一两把精度优异的好枪……以及可以使用它们的高手。

在被击中之前的刹那,王希言猛然意识到了自己的失误,他倒吸一口凉气,抬起头来,刚好用那双属于凝望者的眼睛看到了射向自己眉心的子弹,应声倒地。

"生命体征消失"的讯号通过战术网络瞬间传遍了整个小队,但只有欣怡停止了射击,用不知所措的神情看向靠在另一个窗口边、正在更换弹匣的中尉。

"王希言他……"

"别担心,系统出错了,他没事。"

欣怡默默地点了点头,她感觉到自己的眼角有些湿润——也不知是因为失去战友的悲愤,抑或是"可能会死"的恐惧……但无论哪一样,都让她彻底横下心来,与窗外的敌人展开对射。

她不确定自己到底打中了没有,甚至也不在乎。对于一个仅仅完成了十周基础训练的新兵来说,在这种情况下,已经难以做出恰当的判断,她忘记了教官"尽量使用点射与单发"的指导,而是和对面的猫仆一样,看到人影便狠狠扣下扳机,将一串子弹扫了过去。本来小队这次到云林市就没打算激战,只带了一个标准基数的弹药,卡特见她已经换上了最后一个弹匣,连忙叫停:"你!去找'铁驴',拿两枚'花剑'上来。"

"花剑？可是……"欣怡放下枪，背靠住墙："UNDO手册上不是禁止对人类使用'花剑'导弹吗？"

很好，她还记得"UNDO手册"——说明精神还没失常，卡特点点头：

"现在又不是制定手册的人在打仗，快去！"

越是在生死存亡的危急时刻，令行禁止的作用就越大，哪怕仅仅是去"拿东西"这样简单的指令，也能有效地阻止胡思乱想。"铁驴"匍匐在通往楼道的拐角处，见到欣怡靠近时兴奋地抬起了上身。欣怡从其背上卸下两枚"花剑"发射筒，刚准备拎起，便看到了正匆匆上楼、灰头土脸的林翔。

"怎么回事？你不是守在三楼的吗？"

"墙被炸塌了……等等，你这是怎么了？"

"队长叫我带两颗'花剑'上去，我……"

"不，我不是说导弹……"他颤巍巍地抬手指道，"你的背包！是在报警吧？"

欣怡疑惑了一秒钟，突然反应过来对方是什么意思，赶忙丢下发射器，脱下背包，背包侧边亮起了象征着"警告"的黄灯，她又看向里面那只差点被完全遗忘的若猫。暹罗猫既没有缩成一团，也没有炸毛应激，而是静静地倚边"犬坐"，四十五度昂着头，目光呆滞，似乎在眺望着远方的什么东西。

"队长！黄灯了！"

卡特中尉立马理解了这是什么意思，忙在作战频道里大声询问："安兰！你的若猫呢？"

安兰的回话延迟了几秒:"……若猫没有异常,但黄灯也亮了。"

"处理掉!马上!等会儿可能没有机会了!"

"但是!"林翔争辩道,"黄灯说明猫随时可能会现身,如果没有若猫预警,我们会被打个措手不及……"

"直升机很快就会到!"卡特的情绪显然也有些波动了,"执行命令!快!"

"收到,"安兰顿了顿:"……若猫已毒杀。"

林翔冲欣怡点点头:"这是你的若猫,你来吧。"

欣怡摸了一下背包的透明圆罩,那只暹罗依旧目不转睛地盯着远方,心无旁骛。她掀起了毒囊的开关,连按三次,但没有任何反应,既不见毒气,那暹罗猫也毫无反应,依旧蹲得像座石佛。

"怎、怎么回事?"欣怡又连按了三次,"是我操作不对吗?!"

林翔掏出手枪,"闪开",说完便对准玻璃罩。若猫仿佛预感到了将死的命运,终于有了反应——它弓着背,面对枪口"哈"地嘶吼一声。

子弹贯通了背包,将暹罗猫打了个血肉模糊,射手还不放心,又补了两枪。

"若猫已击毙,"林翔眉头微蹙,显得有些惋惜,"这下我们没有任何预警了……"

"没事……"卡特听起来很是振奋,"我看到直升机了!所有人,都到四楼来!"

"终于来了！"通讯频道里的付国英如释重负，"我就剩下十六发子弹了。"

"晴空级"在楼群上方现身，自北方而来，速度很快，那优雅的流线形外壳极易辨认。为了不引起猫的"兴趣"，这种直升机采用了特制旋翼，转动的声响听着就像是某种乐器的嗡鸣，距离远的话，还颇有点悦耳。

猫仆们同样也注意到空中的异动，纷纷抬起头来指指戳戳，他们显然缺少能够威胁到直升机的制导兵器，只能有什么用什么地朝天上胡乱射击。

在卡特能看清银色机鼻下方 UNDO 徽印的同时，短程通讯也被接通了："目击到身份不明的武装人员正在与 UNDO 士兵交战，"是机载人工智能的声音，"请指示是否进行还击。"

"还击！"卡特吼道，"所有敌我识别系统里没有显示的全是目标！干掉他们！"

直升机突然改变飞行模式，襟翼翻舞，在河流上方悬停，侧身面向教学楼。旋即，机腹打开，从内部探出一部倒悬的炮塔，30 毫米口径的三管机炮开始转动，在自动瞄准系统的锁定下，炽热的弹雨被倾泻到校园中，顿时荡起一片血雨腥风。断肢混着墙砖，碎肉拌着尘泥，连绵的爆炸声中点缀着哀号与咒骂，仅仅十秒钟过去，教学楼便已是"七窍生烟"，机炮停火的瞬间，再也支撑不住，倒塌成一堆废墟。

"就趁现在！"卡特嘶吼道，"所有人！上顶楼！准备撤离！"他转向欣怡："你！带着博士先走！"

猫知道一切答案
CATS KNOW EVERYTHING

　　猫仆显然还没有打算放弃，他们拼尽任何一个还击的机会，而"晴空级"也毫不留情地为他们每个人送去炮弹。有一两枚RPG①几乎就要击中直升机，但都被它轻巧地一闪躲过，甚至都用不上主动防御系统。

　　八木博士第一个爬上屋顶，激动地朝"晴空级"手舞足蹈，又叫又跳，而欣怡显得更加小心，她端着步枪左右扫视了一圈，目光忍不住落在了王希言的尸体上，她轻轻地哀叹一声，正要感慨，突然发现了他的背包——他压在身后的背包，正发出一闪一闪的红光。

　　这时她才想起来，清晨时分他们在港口那边买了三只若猫，而刚才……只处理掉两只！

　　"队长！那个包！"欣怡惊叫道，"他的包在报警！"

　　"你这时候还要汇报？！"八木脸色煞白地推开欣怡，一个滑铲扑到王希言身边，手忙脚乱地把尸体翻了过来，若猫在里面打着滚，发出说不上是发情还是痛苦的干号，一长两短，非常有节奏。

　　"快！毒了它！"八木自说自话地在背包上摸索着开关，好不容易找到后，用力按了下去。

　　"这样不行！"一旁的欣怡焦急万分，"你得按三次……对，连按！你会不会啊？！"

---

① 角色扮演游戏（Role-playing game），简称为RPG，是游戏类型的一种。在游戏中，玩家负责扮演这个角色在一个写实或虚构世界中活动。

"我又没用过猫包!"

博士一边抱怨一边照着指示操作,果然,毒囊爆裂,玻璃罩中霎时充满了墨绿色的气体,暹罗猫忽然就没了声音,只能隐约看到它在抽搐。

"得赶快走!马上!"欣怡下意识地抹了抹额头,"这可是红灯警报!猫……猫可能随时会出现!"

"不……等等,"八木站起身,往后退了半步:"这若猫……好像没死……"

欣怡一惊,赶忙用突击步枪对准了背包——果然,正如博士所言,若猫黑色的小爪子在玻璃罩上抓挠着,发出咯吱咯吱的怪响。

"这!这鬼东西要升变了!"八木手脚乱颤,"必须马上处理掉!"

欣怡犹豫了几秒才意识到"处理掉"这个任务眼下只有自己才能完成,猛地抬枪扣下扳机,小口径子弹顿时将背包打成了筛子,毒气也随之散了开来,好在对于站在空旷环境中的人类而言并无威胁。

"这样……行了吧?"

"如果它已经开始升变……"博士看了一眼欣怡的步枪,"你这点火力是不够的……"

话音未落,在渐渐弥散的绿色烟尘中,突然伸出一条毛腿——看形态有点像是蜘蛛,但毛色还保持了之前暹罗猫的颜色。

这次不光是博士，连欣怡都往后退了好几步。烟尘中的轮廓逐渐清晰，原本娇小纤弱的若猫，在短短两三秒内迅速膨胀，已经有了和人相似的体型。暹罗猫的脸像是从内部被撑大了一样极度肿胀，那黑黝黝的鼻头抽搐着，而后整个头旋转了180度，胸腔在扭曲，肩胛骨在颤抖，仿佛有好几个拳头在它已经被拉扯到极限的皮毛下方滚动……突然，从额头到下颚完全裂开，就像盛开的花朵，另一个东西的脸完全显露了出来，它向前推进，钻出裂口，一个光溜溜、宛若被扒皮的牛蛙一样的肉团掉在了地上，它还没抬起头，便用后腿把身后若猫的残骸扯了下去。

"它的升变不完全！"八木惊恐地尖叫道，"打！打打！打它！还有机会！"

欣怡只打出了三颗子弹便听到了枪机的空响，她下意识地摸向胸口，却想起自己已经用完了最后一个弹匣。

眨眼工夫，面前的肉团身上已经长出了微微的绒毛，它艰难地支撑着躯体想要站起来，却因为手脚过于纤细而失败滑倒……这样一个滑稽笨拙、甚至都难以自立的怪物，仅仅是因为"快要变成猫"了，便在UNDO的短程通讯频道中引起了一片歇斯底里的哀号。

"快！我需要弹药！不！手雷！"

"手雷威力不够！"

"铁驴呢？！把铁驴叫过去啊！上面有'花剑'！"

唯有卡特中尉，还保持着一如既往地冷静："退后，欣怡，保护好博士。"

"什么？"

卡特没有解释，但人工智能控制的"晴空级"径直掉过头来，将转轮机炮对准了屋顶，在欣怡扑倒八木的瞬间，炮口喷吐出了火舌，将怪物打得血肉横飞。停止射击的同时，半个顶楼轰然崩解，连带着四楼的一部分外墙垮塌在地，而怪物也被压在这堆瓦砾之中，只露出一截瘫软无力的带骨长腿。

不光是卡特的队员们，就连围攻的猫仆也停止了行动，纷纷站出掩体，驻足观望。

"它死了！"其中一个戴面具的女人叫道，声音里混杂着惊恐与愤怒："这些 UNDO 的鬼畜！杀了它！杀了一只猫！"

从八木博士身上爬起来的欣怡听到了猫仆们的号哭，她掸了掸身上的碎屑灰尘，走到崩塌的楼层边缘，也许是天命注定，她不慎踢到了怪物那颗被炮弹打掉的头颅，不禁苦笑一声，将这个甚至都分不清哪里是前哪里是后的可怕东西拎了起来，像古代行刑的刽子手一样，举过头顶，向楼下的猫仆们展示了几秒，用力抛下。

"是她！屠猫者欣扬！又是她！"

欣怡心头不禁涌起一股大仇得报的快感，而直升机也已经悬停在了楼顶上方不到十米的位置上，抛出了一条速降索。

"快！所有人！登机！"走上楼顶的卡特挥手指示道，"一秒都耽搁不得！我们闹的动静太大了！"

抓握住速降索时，欣怡下意识地朝校园又看了一眼——猫仆们表现得非常诡异，他们席地跪坐，左右手各竖起两指，贴在太

阳穴上,下半身的姿态十分虔诚,上半身的动作则分外滑稽,口中还念念有词,一本正经。

"这是……"八木咽了咽口水,"是唤猫颂……"

"唤猫?"欣怡笑道,"他们还真有本事把猫给召唤过来?我不信。"

八木目光呆滞地看向她,完全无视了卡特要求登机的催促:"不,只有在猫已经出现的时候……他们才会吟唱唤猫颂……"

话音刚落,一道闪电贯穿了所有人的视野,落在河对岸的一座梯形小楼上——这闪电并非自天而降,而是以一个诡异的角度,从楼宇间横向窜出,伴随着仿佛抽打长鞭的烈响。

所有人都屏住了呼吸,盯着闪电的落点——那里已经变成一片幽蓝色的光雾,两三秒后,雾气骤然凝结,像雪花般散落在小楼的顶部。一具惨白的骸骨……一具看起来应该是某种四足动物细长高大的骸骨,拔地而起。在任何人有所反应之前,骨骼被覆上了一层猩红色的肌肉,继而,以肉眼可见的速度,皮肤也环绕着肢体长了出来,最后,柔滑的毛发蠕动着,组成了橘白相间的条纹。

这个从闪电中降临的生灵,这个肩高足有三米的庞然大物,慢慢抬起头来,或者说,应该是头的那个部位,用两只几乎占据了整张面孔、大如卡车轮胎的巨眼,看向站在办公楼顶的 UNDO 小队。蓝紫色的瞳孔闪烁,里面仿佛布满了星辰,能倒映出整个世界。

它像是在笑,那咧开的嘴角一直延伸到耳根,随后,触手般的舌头滑了出来,足有两米长,满是倒刺,尖端还分了叉。

极致的美丽与优雅,叠加在极度的威武与恐怖之上,它仰起头,发出一声慵懒的长鸣,震耳欲聋:

"喵——"

是猫。

一只真正的猫。

不用任何多余的形容词,仅仅是这个概念,就足以让每一个在场的人心惊胆战、呆若木鸡地杵在原地。

这也是欣怡第一次亲眼看到猫——就是像这样的东西,摧毁了整个已知世界,把原本属于人类的一切:秩序、文明、信仰……全都在短短的几年内碾为齑粉。

卡特本应该用"不要慌"这样的字眼来安抚大家,但即便有过多次交战经验的他,也是第一次在白天遭遇猫,一时间自己都有些慌了神。

猫突然弓了一下背,身体周围产生了一圈蓝紫色的电火花,眨眼的瞬间,电火花与猫融为一体,跃过小河,绕着办公楼划了个弧形,在原本的残像还未完全散去时,便已经来到了操场中央。它看了一眼散落在一楼的废墟和那只未完成升变的猫的尸体,又慢慢抬起了头,看向楼顶。

这一幕不禁让周围的猫仆们狂喜雀跃:"是 UNDO!是 UNDO 杀了猫!""对!就是他们!""赞美喵!""赞美喵!赞美它!"

然而猫并没有响应猫仆此起彼伏的呼喊,反而是半转过身

猫知道一切答案
CATS KNOW EVERYTHING

来，侧头看向这群手舞足蹈的信徒。忽然，它的尾巴高高抬起，在空中回旋半圈，向那位正一边吟唱"唤猫颂"一边靠近的小个个抽去，锋锐的尾尖将他直接拦腰斩断，上半截横着飞出去了七八米远。

猫仆们落荒而逃的样子，与他们刚才吟唱时的模样形成了鲜明对比，这些人屁滚尿流，号叫着四散逃离他们所崇拜的偶像。

猫并没有尽全力追赶他们，而是漫不经心地踱起步子，朝左右各投去惊鸿一瞥，这个看似轻巧悠然的动作，却伴随着一道道扭曲成奇怪角度的蓝紫色闪电——或者说是某种貌似闪电的能量集束，人体与其相触的瞬间，便立即炸开了花，在转瞬即逝的光芒中分解成一片片黑色的灰烬。

"趁现在！"卡特终于回过了神来，"去拿'花剑'！人手一把！"

"你疯了吗？！"八木大惊，"你不会是想要和猫开战吧？！明明应该是'趁现在'上飞机跑路才对吧？！"

卡特知道事情没这么简单——"晴空级"的体型和动静都不小，一旦猫对猫仆们失去兴趣，随时会掉过头来，只消一个眼神就能将直升机当空打爆。

"我说人手一把！包括你！博士！"他指了指身后的楼梯口，"我们让直升机吸引猫的注意，从陆地上撤退！"

队员们互相看了一眼，似乎都对这个命令不那么确定。

"安兰！你和付国英在顶楼殿后！其他人立即下楼！快！"

卡特推了一下机枪手的肩膀："执行命令！你在愣着干什么啊？！"

"……是！"

与此同时，猫跳到了操场边缘，用前肢抓住了一名试图逃跑的猫仆，也不知是怎么想的，这人的女同伴没有选择趁机逃跑，而是就地"鸭子坐"，冲着猫摇头晃脑，像是在施展什么奇怪的咒法。猫确实对这个怪异的行为有了反应，但明显是充满了厌恶——它反手就是一记横扫，将女人拍在十米开外的围墙上，浆液四溅，就像是一颗丢在石头上的臭鸡蛋。

被猫抓着的人见此，发狂般地挣扎大喊，猫扭过头来，将其举到面前，狠狠瞪了一眼，这位猫仆突然收声，嘴巴微微张开，目光呆滞，再也不动了。

"猫在'凝望'时没有办法'脱离'！"八木指着猫瘦长的背影，吐沫横飞地大喊道，"你们真要杀猫的话，就现在！赶紧动手！"

不只是卡特，就连"晴空级"直升机的人工智能都意识到这确实是个极好的机会，它猛地收回速降索，一边爬升一边用转轮机炮对猫扫射。猫确实没有"脱离"成闪电，它维持着原本的形态，在第一颗炮弹击中之前便侧滚闪开，起身时又弹跳着前后翻转，再次面向办公楼。

在同一个瞬间，安兰扛在肩上的发射筒将一枚"花剑"射向了它，导弹的速度很慢，不规则地打着圈儿，同时还像烟花般地四面蹿火，发出噼里啪啦的怪响。然而猫只看了它一眼，并没有产生太大兴趣，反倒是那正在迅速爬升、试图抢占有利位置的直

升机,让它咬牙切齿,发出恶狠狠的哼声。

导弹的锁定系统发现目标并没有上钩,便突然加速,弹头的战斗部也炸裂开来,喷吐出数以十计的微型智能弹药,它们如天女散花般展开,又从不同的角度收束,一并射向猫。

猫不躲不闪,不退不让,在它周围凝结的电花迎着弹雨而上,将炮弹淹没之后又分成两股,一股刺向天空,击中了"晴空级"的正面,半个机身被瞬间击穿,熔化的金属液粒四散飞溅,像金黄色的暴雨般坠下。安兰躲闪不及,被其中一粒沾到了军服的袖上,顿时燃起了青烟,她慌忙丢弃发射筒,想要挣脱军服。另一股闪电恰在此时落到了顶楼的边角,猫于其中现身,与近在咫尺的安兰四目相接。

安兰一时没能理解眼前的状况,呆愣在原地足足有三秒钟,而在另一边扛着"花剑"瞄准的付国英也不好开火,只能心急地大喊:"不要看它!不要看猫!"

这歇斯底里的狂吼之后,安静了十来秒钟,紧接着便是"花剑"发射的轰鸣。已经跑到地面的欣怡忍不住抬头望向顶楼,正好看见"晴空级"直升机拖着浓烟坠落,一头扎进了河道,霎时火光四起。

"不要停!"卡特推了她一下,"付国英是个凝望者,不会有事的!"

欣怡知道他在说谎,卡特也知道她知道自己在说谎,但是两人还是冲对方点了点头,朝塌了个缺口的围墙跑去——之前的猫仆们正是从这里逃跑。到那里的直线距离最多也就五十米,但为了确保这五十米万无一失,卡特扭头冲着天空发射了一枚珍贵的"花剑",希望它能够引起猫足够多的兴趣,而不注意这边。

欣怡护着八木博士,正准备跨过围墙缺口时,下意识地回首观望,却发现猫已经不声不响地来到了身后,就蹲在距离自己不到五米的操场跑道上。

"它!它怎么会……"

欣怡当然知道"怎么会"——它是猫,即便不使用"脱离",它也能够凭借着远超人类想象的运动能力,轻而易举地从办公楼上一跃而下,然后利用脚上的肉垫,悄无声息地靠近。

"别!别看它!"八木扭过头去,蜷缩在墙边:"它要'凝望'了!闭上眼睛!"

欣怡从来没有想过,猫的巨爪竟然会是如此柔软,那细腻的绒毛轻轻抚过她的侧脸,就像是初夏的雨雾。

她知道自己就要死了。

虽然人类还无法解释被称为"凝望"的现象,但这毫无疑问是猫最令人生畏的能力——凡是被它们在近距离"瞪过"的受害者,绝大多数都会变成失去心智的活死人,如同被抽走了魂魄。猫偶尔会"大发善心"把这些可怜虫吃掉或者弄碎,但更常见的是将他们留在原地,就像在炫耀某种战利品。

欣怡没有闭上双眼,而是直视着看向她的一对巨瞳,她不敢相信这世上竟有如此绝美之物,仿佛闪耀着极光的夜空。一股难以言喻的舒适涌上脑海,她感觉时间好像静止了,整个人越来越轻,周围的世界也越来越亮,最终,一切,一切的一切,都完全

淹没在了蓝紫色的眩光之中。

伴随着一声带着哭腔的惊呼,欣怡猛地睁开了双眼,她一边大口喘息着,一边本能地想要抓住什么东西,正好握到了八木伸来的手,但还没来得及发问,又被对方捂住了嘴巴。

"嘘!嘘!"博士咬紧牙根,声音像是从唇缝里挤出来的一样,"小点声!那些猫仆!还在周围找我们呢!"他指了指头顶。欣怡顺着望过去,看到只剩下一片昏黄余光的天空——她正躺在断垣残壁之中,被大楼所投下的一片阴影所笼罩。

"猫呢?它走了吗?!"她左右张望,刚想要松一口气,突然又意识到天色已晚,赶忙抬手看表,大惊失色,"已……已经是六点半了?!"

"是……"八木面色凝重地点点头,"最多还有四十分钟就要天黑了。"

"就这样猫仆还没走?!他们都不怕猫的吗?"

"怕,而且看来猫也不会怜悯他们——"八木叹了口气,"所以啊,他们是真的想要你呢。"

"他们想要的是我姐!是我姐欣扬!"欣怡又气恼又无奈,"我的命有什么用啊?!我又不是什么'屠猫者'!我只是一个普通人!普通人!"

八木微微后仰,用异样的目光上下扫视了一番欣怡,掏出手机打开正面摄像头,送到女孩脸前:"有件事必须告诉你……你已经不是一个普通人了。"

画面中的脸带着斑斑污迹，额头还有一点擦伤，原本齐整的短发也是一片凌乱，看起来就像刚刚经历过一场空难……但所有这些都比不上另一个特征更显眼——欣怡的瞳孔变成了截然不同的两种颜色，左紫右蓝，像极了一只波斯猫。

欣怡只惊讶了很短暂的几秒钟，她还活着这件事本身就已经能够说明问题——她在猫的直视下幸存了下来，成了万里挑一的"凝望者"。

"呵……"欣怡一声苦笑，"这也太讽刺了……"

"讽刺？为什么？"

"姐姐常跟我说，如果她是'凝望者'的话，就能消灭更多的猫，救下更多的人……"

"只有在被'凝望'之后才能知道一个人是否能够成为凝望者，"八木摇摇头，"你姐也不例外，哪怕她是这个世界上杀猫最多的英雄，哪怕她是和你一模一样的双胞胎。"

欣怡似懂非懂地点点头，突然又想起了什么：

"你之前说拿我做宣传材料，就是因为我是欣扬的双胞胎妹妹吧？"

"不然呢？你以为UNDO把你当成普通的大头兵？"

"我不知道啊……我一直就是按命令去做事……"

"欣扬是与猫对抗的象征，失去她对人类的损失非常大，为了弥补，肯定需要培养替代品来鼓舞士气。"

"替代品？可我比我姐差得也太远了，我从小就……"

"别想太多，"八木摆摆手，"现在UNDO需要的只是花瓶而已，

到时恐怕也就是让你拍拍视频，表表态什么的，如果你姐被确认为阵亡，恐怕还得需要你来主持追悼会呢。"他突然意识到自己的失礼，忙扶了一下眼镜，干咳了一声，"……抱歉，我只是打个比方。"

"不，也许她……"欣怡咽了咽口水，"算了，没什么……"

在八木的搀扶下，她慢慢起身，发现脚边竟然还放着一支"花剑"导弹发射筒。

"我是……怎么到这儿来的？"欣怡拉住发射筒的束带，扛在肩上，"队长他们人呢？"

"说来话长，我也不想说了，反正现在他们生死未卜，你啊，就剩下我了，天马上就要黑了，还有不怕死的邪教徒在外面徘徊，而我们离撤离点 B……"八木朝不远处的路口比了比，"鬼知道还有多远，少说五千米吧。"

欣怡打开腕装电脑，想要确定一下路线，此时，一颗蓝色的信号弹从市中心的位置腾空而起，悬挂在即将入夜的苍穹中，久久不落。

"天黑警报，是前哨基地发的信号弹……"八木叹了口气，"至少他们没事，太好了……"

欣怡很快便在地图上选定了路线。正常情况下，天色至此已经不适合在户外行动，必须赶紧找个不透光的地方躲好。猫的五感远远超过人类，甚至不逊于救灾用的专业探测仪器，而晚上夜深人静，一丁点光亮或者异响都有可能引起"它们的兴趣"，招来灭顶之灾。

好在她与博士两人身体上都没有什么伤，体力也还算充沛，即使分别背着旅行包和导弹，也还能小跑着走街串巷。

在跨过一截废水泥管时，八木险些被绊倒，十分狼狈地扑在了欣怡背上。

"喂！看着点路啊！"

"我哪里能看得有你清楚……"博士不悦地咕囔着，"你都是凝望者了。"

欣怡一愣，这才意识到自己已经拥有了平日所不敢想象的视力——明明是暮色凝重的街区，对现在的她而言却宛如白昼，她摸出夜视仪，递给八木："你用这个吧。"

"天还没完全黑呢，先省点电。"

由于身处大都市的关系，"天完全黑下来"的速度比预计中要快得多。在前行的路上，偶尔也能见到几个行色匆匆的人影，但看起来都不像是猫仆。陆陆续续，又有几颗蓝色的信号弹在不同方向升起，有近有远，显然不光是UNDO，云林市的所有派系都在发出警告，提防即将到来的夜幕。

"来不及了，实在不行，咱们还是找个地方蹲着吧……"八木提议道，"等明天天一亮，咱们立即动身。"

"炮艇只会等到午夜十二点……"欣怡一口回绝，"而且我们人生地不熟，也许明天一早人家就埋伏好了陷阱，等着我们往里跳。"她拉住博士的手腕，"来！猫仆可能还在后面追呢！"

低沉的轰鸣在市区各处时不时响起，仿佛平地起了惊雷，偶

猫知道一切答案
CATS KNOW EVERYTHING

尔还能看到隐隐约约的蓝光。猫们降临于世，开始在暗夜中游荡，寻找每一个它们"感兴趣"的目标，玩弄、杀戮或仅仅只是观察，随心所欲，百无禁忌。

接近一个十字路口时，欣怡突然抬臂将八木挡在了身后："小心！"

博士赶忙躲到一个垃圾箱后面，透过夜视仪观察了几秒，什么也没发现，但当欣怡也蹲到他身边时，十字路口的一端出现了一头巨兽的轮廓，而后，在另一端，出现了第二头。博士无法看清它们的形状和颜色，但能听到从它们喉咙深处发出的低吼。

两只猫在十字路口中间转着圈，互相试探了几秒之后，终于按捺不住地撕打起来，它们并没有遁入闪电，而是像在发情期中争夺配偶的普通公猫一样，完全依靠自己的身体扭成一团……但即便如此，它们闹出的动静还是十分惊人，哪怕只是那两条看起来最纤细柔弱的尾巴，轻轻一摆便将路灯杆拦腰扫折，整个儿拔离了地面。

"看，那边，"欣怡指向一座小楼，轻声道，"楼顶。"

八木正奇怪她为什么不去关注"两只猫打架"这么难得一见的绝景，却发现楼顶有白光闪过。其中一只猫也注意到了，它猛地抬头看了一眼，又回去和同类激战。

"是什么？看不清楚啊。"

"有个人在拍照，还用了闪光灯……"欣怡有些紧张，"会是猫仆吗？"

"可能吧，还有谁会疯到在大半夜出来拍猫……"

说话间，又有一道蓝紫色的闪电穿街而过，划向两人身后，虽然被建筑物阻挡看不到落点，但毫无疑问那是另一头猫。

"该死……它应该是被打架吸引过来的……"八木慌了神，"前后都是猫！没有退路了！"

欣怡指了指身旁不远处的旋转门，博士有些犹豫地摆摆手，但那两头正在搏斗的猫显然已经察觉到了新来者，也停止了动作，朝街这边望了过来。以猫的嗅觉，藏在路边并没有任何意义，无奈之下，八木只得跟着欣怡穿过旋转门，入室躲避。

这里面的装潢十分气派，带有包厢，看起来应该是某种 SPA[①] 会所之类的休闲中心。陈设与家具都还算完好，但显然是被搜刮过好几轮了，连一块肥皂、一条毛巾都没给留下。

楼外传来了巨兽扭打的声音，而且这次还夹杂了闪电的轰鸣——看来战斗升级了，彼此不服的猫们开始了真正的以死相搏。为了尽可能不被波及，在欣怡的示意下，两人小心地爬到三楼，从阳台向外观望。

八木一开始还有些胆怯，但很快就被交织的闪电、飞溅的血肉和刺耳的尖啸所吸引，看得越来越痴迷、投入，半个人都探了出去，被欣怡用力拉住，拖了回来。

"小心！别被猫看到了！"

"我的团队不在这里，真可惜啊……"八木不无遗憾地道，"以前我们只是从视频里看过猫打架的样子，如果能有机会在这么近

---

① SPA 美容，指通过 SPA 的各种方式使身体在各方面得到调整与放松。

猫知道一切答案
CATS KNOW EVERYTHING

的距离观察……"他脸上现出会心的笑容,"指不定还能研究出什么了不得的东西来呢……"

"那个……博士,您到底研究的是什么呀?"

八木最后看了一眼窗外,缩回身体,靠墙坐下,抬手指了指天空:"你看到夜空了吗?"

"嗯?"

"我小时候,它不是这个样子的,那时候一到晚上,整个天空都弥散着蓝紫色的极光,一整夜都不会消退……"

"是因为……'悖论事件'的关系吧?"

八木点点头:"……绝对是令人迷醉的美景,无数次,我想要在那样的星空下撒欢奔跑,但是父母却说,外面有猫,太危险了。"

"所以你恨猫?"

"所以我想知道,猫为什么会毁灭世界——它们是怎么从一种可爱、友善、迷人的小动物,变成现在这种……这种杀人不眨眼的妖魔。"八木看向欣怡,脸上露出了前所未有的认真,"我研究的领域,是猫的起源。"

"猫的起源,不就是……'悖论事件'吗?"

"'悖论号'空间站坠落的同时,引发了全球规模的电磁风暴,而设在云林市的指挥中心和研究机构更是被彻底摧毁,大量实验资料遗失……再加上猫的肆虐,人们根本没有办法在第一时间获知发生了什么,甚至都不能确定空间站的实验内容。于是各种猜测都出来了,有人说空间站中在进行生物实验,从那里泄露的病毒引发了猫的变异；有人说是空间站遭到了外星人的袭击，猫是它们的生物兵器；极端分子嘛，则认为这是神罚天谴……类似的歪理邪说吧，无所谓了……"

楼外的战斗听起来愈演愈烈，好像有更多的猫加入了进来，其中一头发出了垂死挣扎般的惨叫，继而是响彻云霄的雷鸣。按照经验，它应该是死了，在高温中沸腾着化为灰烬，只留下些许残渣。

"那您的研究成果呢？猫的起源是？"

八木沉默了好一会儿："还没有结论……不过，2043年的整个9月，'悖论号'空间站都在进行一项旨在揭示宇宙结构的高能物理实验，如果这个实验成功，我们就能够拥有窥探其他维度的手段。我相信他们成功了，因为空间站在远地轨道打开了一个小缺口，不属于这个世界的某种东西，通过这个小缺口闯了进来。"

"它们就是……猫？"

八木摇了摇头，答非所问："你知道吗？在古埃及，猫被当作圣物来崇拜，人们认为猫是可以在人间与冥界自由往来的使者。直到21世纪，都还有许多人相信，猫拥有通灵的能力。而关于猫的传说更是千奇百怪——什么有九条命啊，能带来财气啊，驱邪避祸啊……"

"这些都是迷信吧？和您的研究又有什么关系呢？"

"也许，那些不是迷信呢？"八木突然显得分外认真，"也许人们说的是真相，猫确实是这个星球上最为特殊的生物呢？它们

被更高级的存在选中，成为承纳其灵魂的载体，最终征服了一切、拥有了一切，化身成真正的圣物，乃至神明……"

"这我不能苟同，博士，猫再怎么强大，也只是没有智慧的畜生，人类只要不放弃，总能找到消灭它们的办法！"

"嗯……"八木撇了撇嘴，"上一次听到这种话时，我还在东京上学，现在，UNDO的大本营已经转移到澳大利亚了吧？"

"……新西兰。"

"很好，一步到位了……"博士苦笑一声，又点了点头，"不过你说的也没错，只要不放弃，一切就还有希望，这是个没法证伪的事情。"

两人相视一笑，欣怡刚准备说点什么，但目光越过博士肩膀的瞬间，突然又闭紧了嘴巴，迟疑了几秒。她看到在对面的楼顶上，有一个套着黑色披风的身影，正一动不动地矗立着，似乎正看向自己。不太确定那是个活人还是尊雕像，或者塑料模特之类的东西——她还不能完全适应现在的"凝望者"视觉，就如同是隔着一层纱布在看电影。

"那是……"

话音未落，那身影突然晃了一下，眨眼就不见了，这让欣怡打了个激灵，赶忙缩到八木身边，好半天才开口惊叹："糟了！"

猫依然在搏斗，只是声音听起来已经是相当遥远，至少也隔了一条街。如果说周围潜伏着猫仆的话，现在恐怕已经没有什么东西能够阻止他们杀过来了。

不知是不是因为过于紧张而产生的幻觉，欣怡听见楼下传来了人的脚步声。她上下摸索了一番,身上只找到一把手枪和一柄匕首。

"不妙啊……"欣怡小心地朝阳台外又望了一眼,发现街道上竟然有几个人在跑——虽然看不清脸,但从身形来看,他们全都穿着带兜帽的披风。

"是猫仆!"欣怡哭丧着脸,"猫仆还在找我们!"

"别慌,稳住!"八木用双手按住手枪,"不到万不得已别开枪!动静太大,可能会把猫引过来的!"

"没用了,已经结束啦……这枪只有一个弹夹,只有八发子弹……"欣怡摇摇头,"我听到他们在上楼了,好多个人……我一个人不可能挡住他们的。"

眼看对方的情绪越发沮丧,八木赶忙安慰:"别啊……我也能帮忙的嘛!"他拍拍胸口,"我学过剑术的!而且是高手!"

"剑术?啥玩意儿?"

"居合你懂吗?"八木做了个削人脑袋的动作,"一刀一个小朋友的那种!"

"那……也行,正好冷兵器的声音小,不会引起猫的兴趣……你的剑呢?"

八木愣了一下:"呃,没带。"

刚刚燃起的希望又瞬间破灭,这让欣怡彻底心灰意冷,她苦笑了一声,继而脸色坚毅地点了点头,用手枪抵住了自己的下巴。

"哎哎?!你这是在干吗?!"

欣怡大义凛然:"猫仆要的是我,等我死后,你就投降,就说可以用你去跟UNDO换取物资和武器弹药,他们应该不会伤你。"

"刚刚不是才说不要放弃的吗?!"八木说着就要去抓手枪,"你现在却要自杀?!"

"不能让他们得逞!"欣怡激动地道,"他们都要把我献祭给猫了,还要让我受孕!我这还能不自杀?!"

"别啊!别想不开呀!"八木与她争抢起来,"只要没死!没死!坚持下去就有希望啊!"

"说得轻巧!"欣怡急得都要哭出来,"受孕的又不是你!放手啦!"

忽然,从阳台上方翻下来一个披风怪人,优雅地落在两人身后:"不好意思,打断一下——"她单手叉腰,声线甚至比那窈窕的身形还要轻盈,"如果你们刚才是在讨论能不能通过自然繁衍的方式来获得'凝望者'的话,那答案恐怕只能让二位失望了。"

犹豫的瞬间,欣怡的手枪被八木抢了过去,但博士犹豫了一下,又意识到自己并不会用枪,赶忙又塞回给欣怡。

"我试过了……"怪人单手叉腰,笑道,"没用的。"

"你!"欣怡本能地举枪瞄准,"你你你!是邪教徒吗?!"

"邪教徒?"对方愣了一下,恍然大悟,"哦,你说那群叶公好'喵'的猫仆吧……这帮人晚上都不敢出来溜达,还敢说自己爱猫呢。"

"那……"欣怡与博士交换了一下眼神,"那你到底是什么人?!"

怪人揭开兜帽,露出一张俏丽的鹅蛋脸,然而一条细长的伤疤贯穿鼻梁,最近处离异色的双瞳只有不到两厘米。

"通常,外面的人叫我们'逗猫帮'。"

欣怡当然听说过"逗猫帮"——虽然这些"勇者"的视频与照片,按 UNDO 官方的规矩都算是"违禁品",但还是在年轻人中很受欢迎,被当成来自"陷落区"的第一手资料而广为流传。

他们不是一个组织,而是一群人—— 一群不愿意在夜晚向猫臣服的人。他们并没有精良的装备与武器,能依靠的只有自身的灵巧、技术与经验。好在他们的目标也并非杀死或者驱逐猫,而是在不被猫逮住的情况下,尽可能久地同它们周旋。

起先,传出来的视频看起来都颇有些"尴尬"——脸色凝重的愣头青们,穿着黑咕隆咚的衣物,蹲在窨井盖或是排污口的边上,用烟火和灯光将猫引来,然后对着镜头先是一番豪言壮语,再拼命逃窜,躲进对猫而言过于狭小的犄角旮旯里,十分狼狈,却也是相当刺激给劲。

所谓"高手在人间,失手在阴间",无数人惨死在一个个"逗猫"的夜晚里。然而,随着时间推移,他们的身手也不断精进,生还率大大提高,甚至开始玩起了花活儿,比如在逃跑前,给猫

跳一段钢管舞，说一段 Bbox① 什么的。

此时，另外两位"逗猫帮"成员也在欣怡面前退下了兜帽，正如传闻中那样，他们都拥有异色的双瞳——随着猫不断袭击人类，"凝望者"的数量自然也越来越多，"适者生存"之下，现在"逗猫"的视频里，已经很难看到普通人类的身影了。

"哟，你是在最近才被'凝望'的吧？"一个留着络腮胡子的大叔蹲下身来，盯着欣怡仔细看了几秒，"瞳孔的颜色还很浅呢……"

欣怡被看得有些不好意思地侧过脸："是……是今天才变的……"

"等等！"另一位看上去还没成年的小凝望者见到欣怡的容貌，突然惊叫起来，"你是！是欣扬啊！那个 UNDO 的英雄！"

"谁？"

年轻的凝望者从怀里掏出一张皱巴巴的海报，递到同伴手里："屠猫者欣扬！"

海报上的少女英姿飒爽，手中握着宝剑，脚下踩着猫头，身后弥散着天神下凡般的金光，配着两行刚毅的楷体大字"和我们一起，为未来而战""不要怕猫，人类必胜"，气势如虹。

海报在几位凝望者手里传阅着，他们再看向欣怡时，眼神也发生了微妙的变化——崇敬中似乎还夹杂着点羡慕，可越是这

---

① Beatbox，全称 Human Beatbox，起源于美国，是一种出现于20世纪80年代的新兴嘻哈元素，一种在21世纪初兴盛起来的音乐文化。中文称作人体音响，大众喜欢称之为口技，但其与中国传统口技有本质上的区别。

样，就越是让欣怡感到拘谨与羞愧。

"其实我，我是……"

欣怡还没来得及说完，就被八木摁住了胳膊，赶紧抢过话道：

"其实欣扬和我是在赶时间，她今天来执行秘密任务，但遇到猫仆的袭击，和 UNDO 的人走散了。"

"赶时间？"最初露脸的女子笑道，"这大晚上的，外面到处都是猫，你们要赶去哪儿啊？"

"江边！人民公园后面的游艇码头那里！"八木激动地道，"你们逗猫帮，一定有什么地下通道之类的吧？能给我们指条路吗？UNDO 大大有赏！"

女子没有立即回话，而是盯着欣怡看了几秒："……倒是不远，但很遗憾，我们没有发现穿过公园的地下通道，而且那里缺少掩护，遇到猫基本上是九死一生，你们还是等到明天早上再走吧。"

"明天早上的话……"欣怡面露难色，"恐怕就来不及了，UNDO 的船只等到午夜十二点，没赶上的话，我们就被困在这儿了……"

女子若有所思地点点头，看了一眼大叔："怎么说？老八？"

"这姑娘是屠猫者欣扬啊……"被称为"老八"的大叔搓了搓自己的胡子，"那还用想吗？当然得帮忙咯。"

"她可是活着的传奇！是人类的希望！是勇气的赞歌！"掏出海报的小年轻显然最为激动，挥舞双拳，"我们这辈子！能有

多少机会与这样的英雄合作啊?!"

"嗯……"面带伤疤的女子点了点头,"那就这么定了,欣扬?我可以帮你们穿过人民公园,但有一个要求。"

欣怡有种不好的预感:"请……请说。"

女子从腰包中摸出了摄像头,笑而不语。

废弃的医院与人民公园只有一街之隔,但对于绝大多数人而言,这条街便是人间与阴间的边界。这条边界的南边,是钢筋水泥组成的都市丛林,撞见猫时,人类可以在大大小小的建筑物中穿行,辗转腾挪;而这条边界的北边,是占地面积55公顷的林荫绿地,无人照料的花草树木在几十年中兀自生长,把这里变成了一座小型的原始森林,普通人在这样的环境中遇到猫,躲藏与逃跑都没有意义,除非它们失去兴趣,否则必死无疑。

站在医院楼顶的欣怡放下望远镜,她看到树林中有不止一只巨兽的轮廓在漫步……即便没有过"逗猫"的经历,仅仅是凭借UNDO所传授的作战经验,她也知道要穿过这座"人民公园"是一件多么可怕的事情。

"我看……还是等天亮以后想办法返回 UNDO 基地好了,"她有些畏惧地对八木道,"说不定过几天还会派人来接我们……"

"不必担心,"疤面女安慰道,"我们会负责引开猫,你们只管按指定路线行进就好了。"

"引开猫?在这种地形里?"八木不可置信地摇摇头,"你们这是自寻死路……"

"很危险，但并非不可能……现在的观众老爷们越来越挑了，各地的逗猫帮也都在尝试更刺激的表演。"疤面女笑着指了指不远处的一小群人，"老八和他的弟兄们已经在人民公园里摸过好几次底了，目前为止也只有两个人遇害，问题不大。"

两个人遇害还只是"问题不大"——这轻描淡写的说辞反而让欣怡不安起来，但她还没来得及开口，老八便一个箭步冲了过来，揽住了她的胳膊："这位呢，就是我们今天的摄像师了，阿发，"老八指了指走到两人面前的另一位逗猫帮成员，"他是精锐中的精锐，最棒中的最棒，就像是你在UNDO中那样。"

阿发面无表情地摇了摇手，将调校好的摄像头套在额上，又拉起了兜帽："来，看这边，"他的嗓音也是不冷不热，"准备——可以开始了。"

就在欣怡还不知道要说点什么时，老八已经朝镜头比出了一个胜利的手势："各位看官老爷大家好！我是'云林老八'，你们最牛的逗猫人！"

欣怡怯生生地问道："这是……是直播吗？"

"不是，放心，想说啥都行……"老八润了润嗓子，继续道，"今天我老八啊，要给大家来点没见过的——看看这是谁！"他按住欣怡的肩膀，把她轻轻往前一推，"跟大家打个招呼！"

"呃……"欣怡尴尬得浑身都在起鸡皮疙瘩，"嗨。"

"没错！UNDO的欣扬！屠猫者本人！"老八用力拍了拍挂在欣怡背上的导弹发射筒，"看看这东西！货真价实的'花剑'

导弹！UNDO正品！就在这儿！就在今天！就在你们面前！请问，欣扬小姐，您今天来云林市是要干吗？是要猎猫吗？"

欣怡非常不想回答这个问题，但没法子，之前已经答应过疤面女，要给云林市这儿的逗猫帮打广告了："我……我奉命执行任务，护送这位八木博士，前往人民公园的游艇码头。但由于遭到袭击，我与队伍失散，天也黑了，现在唯一的希望，就是与云林市的逗猫帮合作……"

"听到没有！各位！听到没有啊！"老八激动得直捶胸口，"UNDO的英雄！求着我们逗猫帮办事呢！"

"我才没……"欣怡刚要争辩，被身后的八木博士掐了一下小臂，"哎哟！"

"以前天天都有号称要与UNDO合作的人，基本上呢，都是些带节奏的啊，"老八的表演多少有点浮夸，"但是，今天，我老八，就要给你们玩点真实的！我今天就是要和世界上最牛的女人一起——穿——越——人——民——公——园——"。

这一番鼓噪，让逗猫帮的"弟兄们"群情激奋，像一锅钢水那样沸腾起来，声音大得让人担心会不会把猫给直接引过来。而欣怡也明白，此时已是箭在弦上不得不发，只能硬着头皮，在众人的簇拥下走出医院，跨过无人的街道，来到公园门口。疤面女抬臂挡住欣怡，示意她站定；而以"老八"为首的六名逗猫帮弟兄，互相击掌，戴好兜帽，用一句"不要怕猫"作为临别赠言，四散钻进了幽暗的丛林。

"别急，"摄像师阿发冷冷地小声道，"等他们信号。"

整整十分钟，四人站在原地，面对着漆黑一片的树海，一言不发，只有若隐若现的虫鸣在耳边回荡……对欣怡而言，这绝对是人生中最为漫长的十分钟——她感觉得有一个世纪那么久。直至两发红色的烟火拔地而起—— 一近一远，一左一右，她才猛吸一口大气，如梦方醒。

"前进！"疤面女朝前方用力一比，"记住！跟紧我！就算我在冲向猫，你们也必须跟上！"

刚听到这话时，欣怡还有些担心，以为自己很难跟上对方的速度，然而她很快就发现真正令人惊叹的，是此女的身法——她在各式各样的植被之间游移，利用每一个不规则的轮廓潜藏自己，无论是杂乱的灌木、繁茂的大树，还是五彩的花丛，她总能找到最完美的姿态和位置与之适配。她根本就不像是人类，而更像是一个影子，一个如流水般游动的影子。

森林深处突然传来了一声雷鸣，大群的飞鸟被惊起，四散纷飞，而后是猫的仰天长啸，凄厉中带着怒意。

"那是……猫吗？"欣怡感觉脊背一阵发凉，"从没听过这么可怕的猫吠……"

"连你都没听过吗？哼哼……"疤面女不禁有些得意，"我们管它叫'公主'，是云林市的王者，经常来人民公园这边暴打其他猫……"她望着远方跃动的蓝紫色电光，略带遗憾地叹了口气，"有机会的话，你真应该看看，它真是美得让人惊心动魄。"

在另一个方向上，树木被斩断的脆响此起彼伏，似乎是有一只猫正在追逐猎物……或者是在玩耍，对它而言，这两者可能并没有多大区别,所以也能听到从它嗓子眼里喷涌而出的嘶吼声中,带着亢奋与愉悦。

"应该是与老八撞上了……别担心,他上道得很,不会有事。"

疤面女的语气并非十分笃定,听起来就像是在自我安慰。她带着欣怡和博士在林间穿行,而负责摄影的阿发紧随其后,四人就像是在农田中躲避天敌的小蛇,从不选择直线一往无前,而是蜿蜒缓进,走走停停,有时涉水而过,有时又避池绕行。

欣怡对这种怪异的选择多少有些疑惑,不过想来必有其道理——也许是为了寻找更快的捷径,也许是为了不惊扰猫的栖息地。总之,此时此地,除了相信"专业人员"的判断,似乎也没有什么更好的办法了。

在经过一棵小树时,欣怡被什么东西绊到,打了个趔趄,撞到了树干,趴伏在枝头的虎纹若猫突然起身,弓着背对她"哈"了一下,欣怡被这没礼貌的小东西吓了一跳,也反过来冲它做了个鬼脸。

"等下!"阿发唤住另外三人,"老大!看这若猫!"

在疤面女扭过头来的同时,那若猫坠下树梢,掉到八木脚边,它在地上打着滚儿,发出有节奏的鸣叫。

"它!"博士吓得一屁股坐到了地上,"它它它!"

欣怡打了个冷战,本能地掏出手枪,对准若猫,却被疤面女一把摁下:"别!交给我们!"

她冲阿发使了个眼色,这摄像师也不犹豫,箭步上前,俯身拎住若猫的尾巴，用力甩向半空，待其落下的瞬间上去就是一个大脚，那升变中的若猫一边旋转一边膨胀，就像一个正在充气的气球，落进了大约二十米外的树丛。

"快跑！"

欣怡跟着疤面女夺路狂奔，再也不管什么路线什么隐蔽的，笔直地一口气冲了可能有四五百米，直到一座几乎被藤蔓完全包裹的小凉亭前戛然停步。疤面女左右观察了一下，确定没事后，才和其他人一起大口地喘起气来。

"你……"疤面女指了一下欣怡背后的导弹发射筒："你……还带着……'花剑'呢？"

"我是军人……UNDO规定……不能擅自丢弃……作战装备……"

"呵，真不愧是楷模……"这话听着多少有些阴阳怪气，疤面女站起身来，朝前方的树丛指了指，"前面就是游艇码头了，你们UNDO的船在哪儿呢？"

"这里是'陷落区'，还是晚上，"八木解释道，"炮艇不可能长时间停在水边的……"

"那总不能打信号弹吧？"不知何时，疤面女已经蹲在了凉亭的顶上，"刚才那小家伙现在肯定已经变异成猫了，你们不会想再把它引回来吧？别忘了，咱们刚刚才踢过它的屁股……"

"那不叫'变异'，"八木认真地更正道，"术语是叫'升变'，用来形容被更高阶的存在选中并获得恩宠，非常贴切。"

"呵，"疤面女翻了个白眼，"你天天就在研究这个？术语？"

"术语很重要,它可以为人灌输正确的概念,"博士不依不饶,"这就跟行军打仗一样,必须使用规范的流程、正确的代号、保密的通讯……总之,必须按规定做事,懂吗?不然就乱套了。"

这段话让欣怡突然想起了什么,她打开挂在脖根处的通讯器,试探似的呼叫了两声,然而回应她的就只有微微的电噪声。

"别试了,没用的,在'陷落区',夜间的通讯距离不会超过一千米,炮艇按规定应该停在江中央,那至少也得有……"八木正要继续解释,通讯器突然响了起来,"欣怡,是你吗?!"虽然依旧伴随着电噪声,但这明显是卡特中尉在喊话,"请回话!"

欣怡有些心虚地扭头看了一眼疤面女,对方正警惕地四下张望,看来她并没有听清卡特刚才呼喊的是"欣怡"这个名字。

"……是,我和八木博士在一起,在人民公园里面。"

"非常好……现在,到二号撤离点这里来,你们应该很近了。"

"别急!"八木突然插话道,"说不定有猫躲在游艇码头里,我们先过去确认一下,你们再开船来汇合。"

"……我们整晚都在码头等你们,并没有猫靠近。"

疤面女一声苦笑,看向欣怡:"看来,你真的很重要呢……"

"重要的是我,我可不能死!"八木指了指自己的脑门,"我这儿的研究关系到人类的未来,懂吗?"

于是四人继续向码头前进,然而才走出不到十米,疤面女就突然半跪在地,后面的跟随者们也有样学样。

"看到了吗?树丛里面。"

欣怡定睛细看,枝叶确实在晃动,但很难说清是不是被风吹的:"是……是猫吗?"

"虎纹猫——"摄像师阿发冷冷地应道,"应该就是刚才那只,来得还真快啊。"

欣怡仰着脖子又瞄了几眼,确定没有看到什么"虎纹猫":"它……是来寻仇的吗?"

"也许吧,猫很随性,做什么都不稀奇——"疤面女斜了一眼身后:"它可能是爱上你的脚臭味了,阿发。"

阿发一语不发地摘下头上的摄像头,递给八木:"好说,我去引开它。"

"在开阔地挑衅猫太危险了……"疤面女略作思索:"这样,你找个方便脱身的地方,想办法拖住它就行,我带欣扬他们稍微绕一下路。"

"绕路……"阿发一愣,"你……难道是要走祭坛那边?"

"别担心,这都大半夜了,猫仆早跑光了。"

再次听到"猫仆"这个词时,欣怡皱紧了眉头,用唇语吐出了"又是他们"四个字,很是愤恨。

如果说整个"人民公园"都充满了原始与蛮荒的风情,那么在靠近"祭坛"时,欣怡又重新感受到了属于"文明"的气息——

树枝上挂满了"空瓶",塑料的、玻璃的,各式各样,里面全都藏有一张便签,隐隐约约写着字;灌木丛中堆放着无数纸花圈,全都编成了看起来像是"猫头"的形状,大大小小、五颜六色,有些明显已经被放在这里好几年了。

"这些都是……猫仆的手笔?"

疤面女斜了欣怡一眼:"不全是……除了他们以外,云林市还有一些视猫为神明的正常人,他们也一样会在祭坛这里向猫祈祷……当然,得是在白天。"

在树丛更深处,是一小片圆形的开阔地,草坪明显被人精心修整过,完全不像外面那般胡乱地自然生长。开阔地的正中央,是一座手工搭建的木架子,它像一座土著人的神龛,供奉着一块……一块电热水器状的圆柱形物体。

"嗯?那是什么东西?"身为学者的本能让八木放慢了脚步,"猫仆们不是应该供奉猫的骨头牙齿之类东西才对吗?"

"鬼知道是什么?也没人在乎……哦!"疤面女突然想起了什么,"对了,提醒你们一下,'凝望者'不能碰它。"

"凝望者……什么?"

"不能碰它,否则会直接把猫召唤过来。"

"召唤?"八木突然有了兴趣,"是像施展法术的那种'召唤'?"

"具体怎么回事我们也不清楚,"疤面女耸耸肩,"一开始我们也没把猫仆的警告当回事,但确实是,怎么说呢,把猫给召唤来了。"

"也就是说……"欣怡看了一眼自己的手,笑了,"我现在是'凝望者'了,只要碰一下那个东西,猫就会出现?这么玄乎的吗?"

"千万别碰,姐们,百试百灵,我这儿都死了三个人了,猫追着他们猛打,就像有仇一样……喂!你去哪儿?"

只顾着和欣怡说话的疤面女,没来得及拉住八木博士,这人小跑着冲到"神龛"中央,半跪在地,轻轻掸开"热水器"表面的灰尘,轻轻默读着上面的字母与编号。

"你是聋子吗?"疤面女怒气冲冲地掐住博士的后颈,"跟你说了别乱碰!"

"唉唉唉!放手放手……我又不是'凝望者'!"

"我们答应过猫仆不乱碰,就是不乱碰——"疤面女强行把博士拉了起来,"我们也不想惹恼那帮疯子,懂吗?!"

"这个东西!"八木一边挣扎一边指着神龛,"让我再看一眼,一眼就好!"

疤面女叹了口气,松开手,任由他再次扑向了圆柱体。

"不会错的!"不光是声音,八木激动得整个人都在颤抖,"这个……这个是……是'悖论号'空间站上的重粒子传导器!天哪!我来云林市快三年了,怎么才发现它!"

"那说明你应该多出来走走……别老是蹲在基地里。"疤面女不以为然地道,"而且,'悖论号'足有八百吨重,零件散得到处都是,UNDO 这些年应该搜集到了不少吧。"

"……嗯,你懂的还挺多嘛。"

疤面女苦笑着撸起袖口，向博士展示了一下手腕上的文身——UNDO海军陆战队。

"你是……"八木把"你是个逃兵"这句话给咽了回去，"……总之吧，这不是一般的零件，它是实验的核心部件，明白吗？是解开'悖论事件'真相的一块拼图！也许是人类找到的第一块拼图！"

"我很了解你们这些学者的套路，"疤面女没好气地摇摇头，"把什么东西都夸大其词，你们要是真顶用，这么多年，早该研究出克制猫的办法来了。"

"这次是真的不一样！你刚才不是说'凝望者'接触这个物体时，会把猫招过来吗？这正好验证了娜芙兰教授的假说！猫只是投影！你明白吗？！"

"猫什么？猫是投影？大叔你这思维是不是也太跳跃了一点？"

"你不明白，按照娜芙兰教授的理论，'凝望者'本身就是猫的一部分，是在……哎呀，这里面的逻辑关系太复杂了，以你的学识我可能很难解释清楚……"八木摇了摇手指，"反正！你只需要明白，这个发现可能会改变我们的命运就行了！"

博士激动得手舞足蹈，嗓门也越来越大，一时间连疤面女也忘记了身处的险境，反而被对方的狂喜所感染，但她很快就意识到自己的松懈可能会致命，然而一切还是太迟了——

一条分叉的长舌从树丛中射出，贯穿了八木博士的腹腔，将他高高挑起后，又猛地甩在了地上。

一头猫于阴影中现身。即便是没有多少与猫打交道经验的欣怡,也能一眼就看出这不是一头普通的猫。

光滑如镜的皮毛上,长满了黑白相间的条纹,下巴和耳尖挂着密集而艳丽的翻羽,纤细瘦长的身躯,却有着线条分明的肌肉,全然是一个力量与优雅的完美结合体。

"这就是……"

疤面女下意识地往后退了一步,点点头:"……嗯,是'公主'。"

猫对这边的两个女人似乎并没有什么兴趣,它扫了一眼倒在血泊中的博士,然后慢悠悠地踱向神龛,用舌头轻轻舔舐着所谓的"重粒子传导器"。

"它为什么会出现?我们俩都没有碰过那个东西吧?"

"只有一种可能……"疤面女压低嗓音,"你那位博士……他也是个'凝望者',只是他还没有被凝望过而已。"

"那现在……要怎么办?"

"慢慢走,千万别跑——"疤面女拉住欣怡,一边小心翼翼地后退一边轻声道,"不要做任何可能会引起它兴趣的事……"

"这样就行了?"

"难说,它也有可能趴在这儿舔上一整晚。"

"那博士呢?博士怎么办?"

"嗯?这时候你还想着博士?"疤面女一惊,"果然英雄就是英雄啊……"她思索了几秒,目光落在了欣怡背后:"这样,你把导弹给我,快!"

欣怡卸下肩带，但又犹豫了："你想做什么？UNDO的条例规定——"

"别管什么条例了！想活命赶紧给我！"疤面女半劝半抢地接过导弹发射筒，"等会儿我开火时，'公主'如果来追，你就赶紧去看一下博士，然后到码头那边，无论发生什么事都别回头。"

"你、你要攻击它？"欣怡咽了咽口水，"在这个距离？"

"至少能引开它。"

"不，这太危险了，这简直是自杀……"

"听好，姐们，我知道你是'屠猫者'，"疤面女用非常娴熟的动作拉开了发射筒的保险栓，"也许杀过那么几只猫，但你不清楚'公主'的能耐，我不能让你冒险。"

"我、我其实……"复杂的心情煎熬着欣怡，让她没法把话说完，"其实！其实……"

"你是欣扬，是UNDO的英雄，只要活着，就能给人类带来继续与猫对抗的希望，你明白吗？这是我们这些'逗猫之人'不计代价都想要做到的事情，而你仅仅是活着，就能够做到了……"疤面女将发射筒扛在了肩上，炮口朝下，"有些人的性命比另一些人更重要，而你的命，已经重要到不属于你自己了……真要死的话，也请你死在更有价值的地方，死在万众瞩目之下，而不是今晚，死在这个鸟不拉屎的人民公园里，死得毫无意义。"

欣怡突然哑口无言——她的姐姐欣扬，正是在某个鸟不拉屎的鬼地方执行任务时失踪的……连她自己有时也觉得，那确实是太"不值"了。

疤面女一步一步慢吞吞地退进了树丛，而欣怡则呆立在原地，盯着那头正用脸颊轻蹭神龛、发出满足的呼噜呼噜声的"公主"。

大约一分钟后，一枚"花剑"导弹从它背后的阴影处射出，速度很慢，带着刺耳的尖啸与绚丽的火花。"公主"在瞬间"脱离"，变成一片混杂着电光的蓝紫色烟云，但它确实与众不同——这头美丽的怪兽并没有因为受惊而拉开距离，而是在一秒之内又恢复到了原态，只是前后掉了个头儿，正脸对着来袭的飞行物。

这是个好现象，说明导弹引起了猫的兴趣，这也正是"花剑"设计的初衷。

在绕着"公主"进行了一串布朗运动之后，导弹捕捉到了它脸上细微的表情变化，突然加速，朝它一头扎了过去。猫眼疾爪快，用爪子捞住了"花剑"，在下一个瞬间，弹头炸开，数十枚散弹从中射出，猫尽全力躲闪，然而还是有几颗命中了它的侧脸。

"打中了！"

欣怡亢奋地惊叫出声，旋即又紧紧捂住了嘴——"公主"并没有像普通的猫那样在地上一边哀号一边挣扎，而是朝导弹最初射来的方向发出愤怒的狂吼。腐蚀性的剧毒液体开始发挥作用，它脸上的毛发被迅速烧尽，皮肉也在滋滋地冒着青烟，但这除了将其激怒以外似乎并无用处。

"公主"弓着背,浑身的毛发都竖了起来,它深吸了一口气,站在十几米开外的欣怡都能清楚地听到一串绵长的"嘶"声。

之后,伴随着仿佛温压弹爆炸般的可怕巨响,一片扇形的青色焰火以"公主"为圆心喷薄而出,以排山倒海之势涌向它正面的树丛。植被连着其上的挂坠、花圈皆被高能的等离子体淹没,瞬间蒸发,剩余的残骸也在烈火中熊熊燃烧。

毫无疑问,无论疤面女再怎么神通广大,如果她被这一口喷中,也必死无疑……

欣怡腰带上的辐射警报器发出"滴滴"的尖鸣,她赶忙将其关闭,屏住呼吸。"公主"别过头,用眼角的余光扫了一下欣怡,随后便冲向火海,一边发出低沉的闷吼,一边四下翻腾,时不时还昂起头,毒蛇吐信似的伸出长舌,像是在品嗅什么东西……

欣怡愣了几秒,突然想起了疤面女的话,大步冲到八木身边。

"博士!你!你还好吗?!"

八木的肚子已经完全被染红,他虽然用手紧紧捂着,但依然不能阻止鲜血如喷泉一样往外喷涌。

"我,我不行了……"他嘴唇发白,满头虚汗,但声音却是镇定得不像是将死之人,"没法止住血,恐怕也就是……几分钟的事了。"

"不,博士,一定还有办法的,一定……"

"我时间不多了!听我说完!"八木的身体因激动微微抽了一下,他咬紧牙关,"你必须帮我做件事!你必须活着……活着回到 UNDO 那边……"

"我懂——"欣怡抓住博士的手,眼角闪着泪花,"我一定会把你的背包带回去,那里的资料我一定……"

"不!不要!我的资料!没有意义了!"八木艰难地吸着气,"娜芙兰教授……她是对的,她是对的……我的理论错了……我从十年前……从一开始就错了……你只需要……只需要把这个结论带给她……就足够了……"

他的气息越来越弱,握着欣怡的手也越来越乏力:"……答应我,你一定要……要把结论……"

"我答应你,博士,我答应你。"

"你发誓!"

"我发誓。"

八木松开了手,躺平望向天空,面露微笑:

"……啊,真幸运啊。"

欣怡不知道他说的"幸运"到底是指什么——他不仅在这个晚上死于猫舌,而且在生命的最后时刻,自己付出一生心血所进行的研究被证明完全错误……这到底何"幸"之有?

这最后一句话仿佛有魔力的咒语,夺去了八木的最后一口气。

欣怡将博士的双眼合上,默默起身,用手背抹去脸上的眼泪,独自一人,踏上了通往游艇码头的最后一段路。

欣怡接过卡特中尉的手,踩着船舷,一跃登上了炮艇,也许

是有些力竭的关系,她小腿一软,打了个趔趄,被队长紧张地抱在了怀里。

"你脸上的血是……"

"……是八木博士的血,"欣怡将卡特轻轻格开,"我没事。"

"博士他?"

欣怡面无表情地摇了摇头,扫了一眼炮艇的甲板:"……林翔呢?其他人呢?"

卡特也面无表情地摇了摇头,两人一语不发地默默对视了几秒。

"你的眼睛,变得……"

"嗯,"欣怡下意识地摸了摸自己的眼角,"我现在也是个凝望者了……能力变大了,责任也变大了,对吧?"

"嗯,"卡特微笑着点点头,"也变得更漂亮了。"

船身轻颤,继而传来了引擎启动的微微嗡鸣,炮艇离开了码头,以静悄悄的潜行模式向江心驶去。

在意识到自己终于脱离险境的瞬间,难以言喻的脱力感自脚底心扩散至全身,欣怡忙用手撑住船舷,大口大口地喘息了几下。之后,莫名的内疚与羞愧涌上心头,本已收敛的泪水也再次决堤,夺眶而出。

"都怪我……死了这么多人……"

"你没事就好……"卡特上前安抚道,"以后,我们一起找机会,为他们报仇。"

"是我……都是我太没用了……如果姐姐在的话……"

"嘿，喂！你是你，你姐是你姐，无论今晚的任务是成功还是失败，你都要学会自己承担后果，不要去用'如果我姐姐在，一切就会不同'作为借口来逃避，懂吗？"

"嗯……"

欣怡点了点头，几秒之后，她的表情突然凝固，仿佛想起了什么生死攸关的大事：

"但是……'有些人的性命比另一些人更重要'……"她默默地念叨着，抬起头来，望向渐行渐远的游艇码头，完全无视了队长关切的询问，猛地扯开自己的衣领，将脖子上的军牌摘下，盯着看了几秒，将其用力抛向水面。

"欣怡！你在干吗？！"

"欣怡死了，"欣怡叹了口气，看向卡特，露出释然的浅笑，"死在云林市里了。"

"你……这是什么意思？"

"我不可能赶上我姐的，从小到大，她做什么都比我强，这次也不会例外……"欣怡慢慢摇摇头，"你们UNDO想让我替代她，成为新的宣传偶像，对吧……这不会成功的，我知道这不会成功的。"

"不，你……"

"所以……"欣怡停顿了好一会儿，"还不如让她来替代我。"

卡特突然领悟到了女孩的言下之意："你是想……变成你姐？用欣扬这个名字活下去？"

"至少活过这场猫的末日。"

"活过猫的末日……"卡特苦笑道,"……那也不知道是猴年马月的事了啊。"

"十年?二十年?也许这末日永远不会结束,也许人类必须学会与猫共存下去,但无所谓了。欣扬能够在那样的世界里,带来勇气与希望,而我不行,我做不到。"

"带来勇气与希望的是你姐的行动,而非'欣扬'这个名字……"卡特迟疑了一下,又思索了几秒:"行吧,就算你说得也有道理好了,但这也不是改个军籍、发个新身份证那么简单的事。"

欣怡看向岸边,那里正巧有蓝紫色的光芒隐隐闪过:"反正全世界都认识我姐,却没几个人知道她有个双胞胎妹妹。你们大可以编个故事,就说在欣扬失踪后,UNDO 一直没有放弃搜救,终于功夫不负有心人,又把她——也就是我,给找到了。"

"这……"

"你觉得行不通吗?骗不了大家?"

"以我的军衔和职务,恐怕没法在这件事上给你建议,但是……"卡特神色凝重地点点头,"我敬佩你的觉悟,士兵。"

"我姐姐的军衔是上尉,"欣怡笑道,"下次再见面的话,说不定你得喊我长官了呢。"

"非常期待。"

卡特后撤了一步,立正行礼,而欣怡也收起笑容,一本正经地回礼。

黑黝黝的炮艇越过入海口,驶进了东海。在与浮标擦肩而过的同时，绿色的提示灯在船舱中闪烁，一句轻缓的提示音随之响起："警戒信号解除，本船已离开'陷落区'。UNDO 提醒您，不要怕猫，人类必胜。"

我与猫

根据我以往读到和"猫"有关的文学作品（不光是科幻小说），我觉得这其实是一个很大却也很有趣的挑战——对猫的定义可以说是人类最广泛的共识之一，不亚于一加一等于二。这是一种可爱的大众宠物，优雅、美丽，而又特立独行，能够给饲主带来许多乐趣。我家以前也养过猫，即便是现在，我对猫依然有极大好感并自诩为"撸猫高手"。

但也正因为此，关于猫的科幻小说很难写（至少我个人这么认为），毕竟科幻小说是一种对"独创性"比较苛刻的文学题材，如何能在一个已经形成了刻板印象的"猫"身上，找到与众不同且还有趣的点，就是这篇文章的关键之所在。

我决定接受这个挑战，并且带着恶作剧似的心情，结合猫的特征（比如随性、好奇、敏捷等）创作了一个"猫的末日"，最初的设计中，"猫"接近于《进击的巨人》中的巨人，但我觉得那对于现代军队来说实在是太不堪一击了，再加上需要给猫的出现安排一个"更科幻"的背景（最后很俗套地选中了高维度），所以对它们进行全方位的强化，使之变成了一种破坏力极强且很难杀死、来去无踪的可怕怪物。至于其他的故事情节、角色塑造之类……在确定了最核心的设定之后，都是顺理成章的小事了。

最后，重申一点，我不怕猫，我喜欢猫。

——墨熊